科幻文学馆
Science Fiction Museum

鲤鱼池

LI YU CHI

萧星寒 著

天津出版传媒集团
百花文艺出版社

图书在版编目（CIP）数据

鲤鱼池 / 萧星寒著. -- 天津：百花文艺出版社，2025. 1. -- ISBN 978-7-5306-8732-1

Ⅰ. I247.5

中国国家版本馆 CIP 数据核字第 2024N1A269 号

鲤鱼池

LIYUCHI

萧星寒 著

出 版 人：薛印胜

丛书策划：成 全 责任编辑：成 全

装帧设计：丁莘苡 营销专员：王 琪

出版发行：百花文艺出版社

地址：天津市和平区西康路 35 号 邮编：300051

电话传真：+86-22-23332651（发行部）

+86-22-23332656（总编室）

+86-22-23332478（邮购部）

网址：http://www.baihuawenyi.com

印刷：天津联城印刷有限公司

开本：710 毫米×1000 毫米 1/16

字数：155 千字

印张：17

版次：2025 年 1 月第 1 版

印次：2025 年 1 月第 1 次印刷

定价：58.00元

如有印装质量问题，请与天津联城印刷有限公司联系调换

地址：天津市宝坻区新安镇工业园区 3 号路 2 号

电话：(022)29937958

邮编：301800

目 录

起

·风起于青萍之末

一

天热得发了疯。从早到晚，太阳都在高天之上，刺下一把把亮闪闪的刀，刺得大地热浪滚滚。已经很多天没有下雨了，在空气中随便抓一把，都能抓出一连串火花来。

段楠和程小葵相约到鲤鱼池 42 号玩。

那里以前是一家颇有名气的汽车厂，后来汽车厂搬走了，留下的厂房荒废了好多年，前几年才改建成打着“艺术公园”幌子的商业中心。不过，也确实是附近老百姓吃喝玩乐的好去处。

黄昏时分，太阳下了山，暑气仍然盘桓大地，如同厚实无比的棉絮，压得所有人汗流浃背，近乎喘不过气来。

在鲤鱼池 42 号的入口处，浅浅的池子里养了一百多条锦鲤。它们大小不一，颜色各异，品种极为丰富。段楠和程小葵在池边看了一阵，就离开了。锦鲤是他俩的共同爱好，说起锦鲤的几大家族，什么别甲、黄金、秋翠、丹顶、光写等，两人都如数家珍。若是平时，他俩起码会看上半个小时，但今天，实在是太热了，只能放弃。

段楠跟程小葵钻进旁边的一家奶茶店。强劲的空调风吹来，令他俩直呼舒服。“空调救我！”两人异口同声地说。一道简易的玻璃门，将门里门外隔成两个世界——门里是天堂，门外是地狱。

段楠点了一杯“幽兰拿铁”，程小葵点了一杯“人间烟火”，两人找了处空的双人座，面对面坐下。

“热死我了。”

“我担心再这么下去，重庆会在一阵阵剧烈的战栗中，变成水雾，升上天去。”

“不只是重庆，全世界都热，有人甚至被热死。”

“极端天气出现得越来越频繁了。”

两人都不由得心中一凛。

接下去，他俩就眼下的热是不是极端天气的具体表现、是不是人类的活动导致目前的极端天气、现在的极端天气表现与地球历史上的极端天气表现是不是一样的、极端天气的频繁出现是谁的错、面对极端天气人类能够做些什么、如果明知现阶段的做法有错去修正还是不去修正各有什么样的后果等诸多事关人类与地球的重大问题充分表达了自己的看法。

“你说这些到底是什么意思？是说人类不该为眼前的极端天气负责吗？你这是不负责任的言论。”

这是一个很严重的指控，两人同时停了下来。

段楠埋头吸了两口“幽兰拿铁”，程小葵歪着脑袋仰望窗外的天空。

不远处的屏幕上，正在播放新闻，说四川因为很久没有下雨了，各大水电站的发电量骤然下降，好些地方开始限制用电——有定时停电的，也有把大工厂停了，全力保障民生用电的。老百姓都对用电习以为常，一限制，日子忽然间变得艰难起来。

隔壁桌的几个人正在讨论这件事——

“四川水电资源全国第一，不但自己用电便宜，还卖了很多给外省。哪个晓得一不下雨，就变成这个鬼样子。”

“真是可笑。”

“莫笑别个，重庆还不是差不多。大哥不说二哥。”

“重庆怕还是比四川好点儿哟。”

“不要随便开地图炮。”

“我听说，都这样了，四川还在给外省送电。”

“为啥子四川不把电留着自己用？”

“有合同吧？违反了要遭罚几十亿那种。”

“事先怎么没有人想到四川会缺水缺电呢？”

“又不是诸葛亮。就算是诸葛亮，也有算错的时候。”

“如果，我是说如果，外省不用电，那这电是不是可以送回四川？”

“不是……你想想，你家水池里的水能通过水管回到水厂吗？”

后边这个类比甚是精妙，段楠和程小葵不由得会心一笑。

“你在想什么？”

“我在想，如果继续这么热下去，地球上的冰川会不会全部融化？如果地球上的冰川，从南极到北极，全部融化了，陆地全部被海水淹没，此刻窗外所见，会是怎样一番情景！”

段楠将奶茶向远处推了推，也歪着脑袋望向窗外。越过鲤鱼池熙熙攘攘的街区，在环绕的青色群山之上，是一整片高远湛蓝的天空，几朵棉絮似的白云无声地飘浮着。

“你知道吗，其实我也在想，海水漫过头顶，水草在身边摇曳，鱼群游过湛蓝的天空，会是什么样的感觉。”

二

水下纪元996年初夏，鲛人与蛟人在观音桥打了一场足以载入各自史册的大仗。

四千名骁勇善战的蛟人战士在“龙头大爷”老炮儿的指挥下，准备向观音桥发起进攻——老炮儿率三千蛟人主攻，“朝天门管事”陌刀和“南纪门管事”闷墩儿各领五百蛟人作为预备队。

老炮儿的身材异常高大，上半身是人，肌肉遒劲有力，腰部以下是一条又长又宽大的鱼尾，背鳍从颈后延伸到臀部，像一把漂亮的折扇，大块的黑色鳞片上均匀地分布着红色和白色的闪电状斑纹，看上去又漂亮又凶悍。

三千蛟人弟兄手持骨矛，腰悬蚌刀，已经列队完毕。他们皆人身鱼尾，背后有鳍——当他们悬浮时，背鳍是收拢的；当他们游动时，背鳍是展开的。背鳍两侧各有一道弧形鳃裂，随着他们的一呼一吸，鳃裂一开一合。他们裸露的皮肤面积和颜色不一，覆盖在皮肤上的鳞片，数量、形状和颜色也各不相同。他们的耳郭宛如传说中蛟龙的犄角，眼睛上有透明的白色瞬膜……这些细节上的变化，给蛟人的水下生活带来极大便利。

蛟人弟兄的注意力都在老炮儿身上。他们中流传着一个说法：列队冲锋时，跟着龙头大爷，永远不会死。

老炮儿手持鲸骨枪，在蛟人阵列中穿行，一头齐腰白发随着他的游动狂乱地飞舞。他左边的弧形鳃裂上，一道陈旧的疤痕非常显眼，那是多年来四处征战留下的无数荣耀之一。蛟人崇尚武力，越是领袖越需要亲自上阵杀敌，才能在蛟人弟兄中建立起独属于自己的权威。

老炮儿来到阵列最前方，俯身望向观音桥。透过层层浑浊的水体，他看见那座城市地面以上的部分，在成片成片的水草包围之下，显得残破不堪。但老炮儿可不敢掉以轻心。

因为观音桥是鲛人秋翠家族的领地。

现在鲛人有七大家族，秋翠家族是其中实力最强的。近五百年来，鲛人家族联盟盟主一职都是由秋翠家族族长出任。观音桥是最古老的水下城市之一，秋翠家族在此经营多年，三分之二的建筑在肉眼看不到的地下，攻下它的难度可想而知。当然，攻下观音桥的价值是无比巨大的。老炮儿心里很明白，此战必须速战速决，如果其他鲛人家族及时来援——尤其是战斗力与蛟人不相上下的别甲鲛人——那么之前为这次战略奇袭所做的种种努力与牺牲就会全部白费。

考虑到即将到来的水荒，一贯自信满满的老炮儿也不禁焦虑起来。

观音桥内,秋翠鲛人们也在疯狂地忙碌着。与蛟人相比,同样是人身鱼尾的她们,个体要小一些,样貌上也相对统一。她们的皮肤大部分是裸露的,没有鳞片覆盖,只在背鳍边缘及身体两侧的侧线上,各有一条排列紧密、闪着金属光泽的鳞片,从头部一直延伸到细长的尾部。她们的背部呈大片鲜亮的天蓝色,而腹部则分布着艳丽的红色斑纹,这是秋翠鲛人的显著特征。

听到蛟人突然大举来袭的消息,现任秋翠家族族长兼鲛人家族联盟盟主绯秋翠,立刻召开家族会议。她先吩咐狩猎队队长五色秋翠动员更多的秋翠鲛人死守观音桥,然后叮嘱育婴堂堂主黄秋翠搞好育婴堂、手弩厂和养殖场等地下深宫的保卫工作,最后命令巫罗花秋翠召集信使,向别甲、金银鳞、丹顶、光写、衣等鲛人家族请求支援。

“葵神保佑!”绯秋翠对她们说,“情况紧急,不容我多讲,姐妹们,秋翠家族的生死存亡,全靠你们了。”

绯秋翠挥一挥手,五色秋翠、黄秋翠和花秋翠甩动尾巴四散游走,去执行任务了。观音桥目前只有秋翠家族的区区一千五百名姐妹可以作战,与蛟人的四千战士完全不是一个量级。更何况,蛟人个个膀大腰圆,光是一条尾巴就比鲛人长出一大截。他们从小接受严苛至极的军事训练,尚未成年就已经凶悍异常。因此,其他鲛人家族的驰援,是守住观音桥的关键。

然而,蛟人跟鲛人作战多年,早就知道信使的存在。那些秋翠家族派出去的信使，又有多少能够突破蛟人的封锁，把观音桥被围的消息传递出去呢？

观音桥外，老炮儿扭动长长的尾巴，转身面向排列得整整齐齐的蛟人阵列。他长吸了一口水，水从背后的弧形鳃裂排出，发出呜呜呜的声音——这是蛟人的战歌。蛟歌低沉、绵长，鼓动人心，是蛟人发起冲锋的号角。

“海底在上！”二十名蛟人卫队成员也跟着老炮儿吹起了蛟歌，三千蛟人战士随之响应。一时之间，呜呜呜的蛟歌响彻整片扬子海。水被他们吸进口中，又从后背上的鳃裂迸出，无数的水流汇集起来，扬子海仿佛沸腾了一般。蛟歌一起，蛟人们都兴奋得难以自持，从瞬膜之下的眼睛，到脸颊、脖子和没有覆盖鳞片的前胸都变成了猩红色，好像体内的鲜血就要奔涌出来。

旋即，蛟人们一边吹着蛟歌，一边排着密集的队形从斜上方向观音桥发起了冲锋。远远看去，就像一支硕大的骨矛被巨人掷向水下那座小小的城市。

起初，观音桥寂静得如同一座死城。待蛟人们冲到一定距离，城墙上突然跃出数百个娇小而矫健的身影。那是负责守卫观音桥的秋翠鲛人。在五色秋翠的指挥下，她们个个持手弩向着从斜上方冲过来的蛟人展开了一次齐射，冲在最前面的蛟人战士纷纷中箭。

他们中有的当即死掉，有的还在拼命挣扎，鲜血从他们的伤口和鳃裂汩汩流出，转眼间就染红了一大片水域。

对于鲛人手弩的厉害，蛟人早已领教过无数次。她们可以使用弩箭远程射杀擅长近战的蛟人。最可恨的是，这些弩箭箭头还被她们抹上了水蛇之毒，即使没有射中敌人要害一击毙命，中箭者日后也会痛苦地死于水蛇之毒。愤怒中，蛟人战士迅速摆动尾巴，调整冲锋的方向，整个队伍呈扇形冲向观音桥。

他们张大嘴巴吸入血水，再将血水透过鳃裂向身后猛烈喷射，游动速度一下子快了两三倍。

三

第一队鲛人射击结束，后退装填弩箭，第二队迅速补上，继续射击。五色秋翠站在鲛人队伍里指挥，看着从四面八方如沙丁鱼群一般涌来的蛟人，心急如焚。

第二队鲛人射击完毕，退后装填弩箭，第一队再度上前，占据城墙，向蛟人军团射击。蛟人军团的队形如此密集，以至于鲛人们几乎不用瞄准，就能射中他们健硕的身体。然而，这一轮冲锋，蛟人军团距离鲛人的城墙已经很近。靠前的蛟人纷纷掷出手中的骨矛，这些用大鱼肋骨磨制的兵器，划出一道道弧线，直指观音桥的城墙。

好几名鲛人弩手来不及躲避，被飞来的骨矛刺中，哀鸣着死去。虽然立刻会有弩手补上空位，但弩箭的密集程度有所降低，这给了蛟人军团一个机会。第二波蛟人投掷的骨矛与鲛人射出的弩箭相向而行，弩箭射中蛟人，骨矛刺中鲛人，更多的鲜血喷涌出来，更多的生命宣告终结。

如此交战两个回合，蛟人的先头部队已经冲到了观音桥的城墙之上。

绯秋翠并没有指望能将蛟人军团挡在城墙之外，见此情形，她急忙吹出秋翠鲛人才能听懂的歌。只见她的弧形鳃裂一开一合，里面深红色的叶状鳃时隐时现。鳃裂开合之间，悠长的鲛歌已经将族长的命令传递到了战场上每一个鲛人的耳朵里。

鲛人弩手纷纷由城墙退到最近的碉堡里。

蛟人如潮水一般占领了观音桥的地面部分。没有及时撤出的鲛人都被骨矛刺死，有的身上扎了好几根骨矛。近身作战蛟人是无敌的，凶悍的他们根本不需要俘虏。

但战斗远没有结束——跟鲛人交手过无数次的老炮儿很清楚这一点。鲛人在体格与体能上，远远比不上蛟人，但她们在制作器物上颇有天赋，像手弩这种东西，蛟人就造不出来，学都学不会。她们还特别狡猾，知道正面对抗不是蛟人的对手，就每次都躲起来，借助机关和暗器杀害蛟人战士。现在就是这种情况。

老炮儿在亲兵的护卫下，游过观音桥低矮的城墙，进入城内。

观音桥在地面的建筑大部分都是石头砌成的圆丘形碉堡。碉壁四周留有射击孔，鲛人弩手就躲在碉堡里，利用射击孔向外射出致命的弩箭。有经验的蛟人都会躲着碉堡游动，无奈碉堡分布密集，设计时又充分考虑了射击需求，所以很快又有不少蛟人战士死于弩箭的奇袭。

作为蛟人的龙头大爷，老炮儿聪明多了，他命令亲兵用蚌刀割取观音桥附近的水草。那些水草长在厚实的淤泥里，有七八个蛟人高，盘根错节，密密匝匝。割下来的水草被成捆成捆地送到碉堡上方，丢下去，封堵碉堡的射击孔。这一招甚是有效，碉堡里的鲛人弩手既无法观察，也无法射击，顿时哑了火。

见此情景，老炮儿颇为自得，命令所有蛟人战士都去割水草。好些蛟人还没回过神，不明白作战怎么就变成割草了。但龙头大爷的命令还是要听的，于是，蛟人们成群结队地游向城外的水草丛林。

老炮儿又发布命令，让蛟人去拆鲛人的碉堡。这是蛟人擅长的事情。他们寻找碉堡的缝隙，没有缝隙就用骨矛来制造。他们还用水草作绳子来拖拽碉堡。经过反复戳刺与拖拽，一些小型碉堡被蛟人攻克，藏在里边的鲛人被蛟人拖出来当场刺死。继而，中型碉堡也陆续沦陷，尽管中型碉堡里藏的鲛人数量更多，但还是无法与蛟人正面对抗。

绯秋翠藏身于一座大型碉堡里，焦灼地观察着外边的局势。她看见狩猎队队长五色秋翠被蛟人从一个中型碉堡里拖了出来，跟其他秋翠鲛人一样，被几骨矛刺死。

中型碉堡下方有通往其他碉堡的密道。蛟人战士发现了这个秘密，立刻冲进密道，进入其他碉堡，展开一边倒的屠杀。这些密道如迷宫一样复杂，其中一些通向大型碉堡，而另一些则通向秋翠家族的地下深宫，那里有秋翠家族的育婴堂、手弩厂和养殖场。

黄秋翠带着几个秋翠鲛人守在地下深宫的入口。这些守卫，不是育婴堂的嬢嬢，就是手弩厂和养殖场的工人，毫无战斗力可言。

此时此刻，绯秋翠也无暇顾及地下深宫。因为她所在的大型碉堡外边已经有鲛人在戳刺和拖拽，而下面的密道里，也传来了不是鲛人的游水声……

就在这时，身处两座碉堡之间的老炮儿突然感觉到了危险。这危险来自……他来不及细想，下意识地将手中的鲸骨枪向下方猛刺。

却刺了个空！

疑惑间，背后传来水体裂开的声音，他没有回头，舞动手中的鲸骨枪，向身后狠命一扫。

还是扫了个空！

海底在上！他明明感应到了敌人的存在。为什么……他一扭头，只见一个身材纤细的鲛人手持利器悄无声息地自上而下。那不是刀，比刀更短，应该是匕首，而且不是由河蚌壳儿磨制的，而是由传说中的金属锻造而成。金属匕首本就锋利无比，又是瞄准了老炮儿后背上的旧伤口，因此一刺即入，刀柄深陷。

剧烈的疼痛令老炮儿忍不住惨叫连连，从未有过的恐惧将他完全包裹。他意识到，这一次恐怕真的要去木阳城了。

四

海沫一击得手，也不恋战，甩动长尾，钻入旁边被蛟人拆开的碉堡，消失在密道里。在她身后，老炮儿的亲兵惊慌失措地围住了他。

海沫兴奋地游着，剪刀似的尾巴上下起伏，充满了生命的力量。她是秋翠家族的一员，很年轻，甚至可以说是幼稚，从头部到尾部的三条鳞带还是浅白色的。伴随着她的游动，一头乌黑发亮的头发在水里舒展地摇曳。

对于密道的七弯八拐、无数岔道，海沫是熟悉的。好多地方有死去的蛟人和鲛人，她就从那些尸体旁游过。战斗还没有结束。她游啊游，游到了族长绯秋翠所在的大型碉堡。

“族长，我杀死了他！杀死了蛟人的龙头大爷！”海沫激动地向绯秋翠报信。

“我看见了。”绯秋翠没有看海沫，继续透过射击孔观察外边的情况。与其他秋翠鲛人不同，绯秋翠背上的斑纹不是天蓝色的，而是和她的腹部一样，呈鲜红色——这正是她名字里“绯”的来历。她的鳞片是深黑色的，这说明她的年纪已经不小了。

海沫也找了一个射击孔去看外边的情况。她一向对族长敬畏有加，这次虽然立下大功，可她还是不敢凑到族长身边。

失去龙头大爷的蛟人战士一时之间竟不知所措，有的继续割水草，有的继续拆碉堡，但多数都愣在原地，宛如没有背鳍也没有尾巴的木头。他们的眼睛不再猩红，而是变成了沉静的蓝灰色。稍远的地方，七八个亲兵护卫着龙头大爷离开。更远的地方，有一队先前负责策应的蛟人迎了上来。虽然看不到龙头大爷的伤情，但海沫相信，那把留在他体内的匕首会让他不死也重伤。刺那一匕首，她可是用尽了全身的力气。

“呜，呜呜，呜呜呜。”战歌再一次响起。不过这一次，吹响战歌的是鲛人。

“葵神保佑！”绯秋翠说，“别甲家族的援军来了！终于来了！观音桥得救了！”

她话音未落，海沫就看到别甲家族三姐妹赤别甲、白别甲和黄别甲各率五百别甲鲛人，向蛟人发起了进攻。白别甲通体洁白，躯干和尾部密布深黑色的斑纹；赤别甲通体绯红，背部深黑色的斑纹分外显眼；黄别甲通体金黄，全身点缀着深黑色的斑点。别甲鲛人个个体格强健、肌肉发达，她们手持鱼骨和燧石打造的兵器，即使与蛟人面对面作战也不落下风。

别甲军团杀入蛟人军团。蛟人群龙无首，但基于作战的本能，立刻挥舞骨矛，又戳又刺，与别甲鲛人形成混战。一时之间，杀声阵阵，鲜血汩汩，胜负难分。

“金银鳞家族也来了！”海沫汇报她的发现。

只见另一个方向，金银鳞家族在族长金鳞、巫罗银鳞的指挥下，驱赶数百只电鳐冲进了蛟人军团。这些被金银鳞家族驯化的黑斑双鳍电鳐，身体扁平，有半个鲛人那么长。它们一进入蛟人的队伍中，就施展放电绝技。蛟人没有流血，却在一阵阵抽搐中即失去了生命。

“全军出击！”绯秋翠发布命令。

藏在碉堡里的鲛人弩手纷纷出击，落单的蛟人战士丧命于弩箭之下。

眼见战况越来越不利于己方，朝天门管事陌刀一方面护卫重伤的龙头大爷离开，一方面对南纪门管事闷墩儿说：“立刻撤出战场。”闷墩儿心里一千个不乐意，想要继续作战，无奈陌刀坚持，他不得不通知亲兵，吹起了命令全军撤退的蛟歌。

蛟人军团有序地撤出战场，同时带走了蛟人弟兄的尸体。

秋翠、别甲和金银鳞三大家族合兵一处，又追杀了一阵，这才结束战斗，唱着代表胜利的鲛歌回到观音桥。那鲛歌欢快而短促。

战损统计很快出来了。在这次观音桥保卫战中，秋翠家族牺牲的鲛人超过四百，受伤的超过三百，其中重伤一百，狩猎队队长五色秋翠战死，损失不可谓不大。绯秋翠一边安排救治，一边对别甲三姐妹和金银鳞两姊妹表示感谢，并设下盛宴招待她们。“没有你们的及时驰援，秋翠家族已经不复存在了。”她又对接到消息却拒绝参战的丹顶家族和写家族进行了严厉谴责，表示一定会以家族联盟盟主的身份对这两个家族施以惩罚：“鲛人力弱，若在与蛟人的对抗中不能团结一致、齐心协力，只会是死路一条。”

海沫在一旁看着，听着。族长对观音桥保卫战的总结里，没有她的名字，没有提到她煞费苦心的策划、稳如泰山的潜伏以及对蛟人龙头大爷列缺霹雳般的致命一击。没有，什么都没有，就像这事不存在，就像她这个鲛人压根儿就不存在一样。

愤怒之火在海沫体内燃烧起来。

很久以前，还只是小小婴儿的海沫就敏锐地意识到了自己的与众不同。别的婴儿都是在育婴堂由专门的鲛人负责照管，几十个婴儿在一起生活和学习。她不是。她由珍珠秋翠独自抚养，稍大一些后，才被送到育婴堂学习。珍珠秋翠让海沫叫她妈妈。“这是一个非常古老的词，可以一直追溯到陆生时代。”珍珠秋翠对海沫说。

然而，别的孩子都是没有妈妈的，她们管育婴堂照顾她们的鲛人叫嬢嬢。嬢嬢也是一个非常古老的词，可以一直追溯到陆生时代。那妈妈和嬢嬢有什么本质上的不同呢？小海沫反复追问，尤其是她在被小鲛人欺负之后。她们朝她丢水草和石头，往她身上抹烂泥，骂她是有妈妈的杂种。有时，妈妈会解释“我怀了你，生了你，我就是你妈妈”；有时，妈妈听了她的哭诉，只是皱紧眉头，一言不发；有时，妈妈会异常暴怒，操起身边的东西就打她，打完了又抱着她痛哭。

小海沫越长越大，渐渐知道了更多的事情。她知道了鲛人有七大家族，而她被剥夺了以家族为名的权利；知道了蛟人是鲛人的世仇、最可怕的敌人；知道了曾经有一个陆生时代，陆生人用两条腿行走，当陆地毁灭的时候，葵神创造了在水下自由生活的鲛人。葵神保佑鲛人，是鲛人坚定不移的信仰。

但葵神似乎并没有保佑我。小海沫想。

小鲛人们对欺负小海沫情有独钟，似乎不欺负她就不舒服。小海沫试着反击，一挑几不行，就想办法一挑一；面对面硬杠不行，就一边努力学习功夫，一边暗地里使坏。没有谁教海沫水下功夫，她只能在一次次挨打中自己琢磨。育婴堂的嬢嬢们在小海沫受欺负时袖手旁观，可一旦她反击伤了某个小鲛人，她们便立刻行动，义愤填膺地指责小海沫天生残暴，并将原因归结到她那个“不知羞耻”的妈妈身上。

珍珠秋翠把小海沫送到绯秋翠那里学习。那时绯秋翠还不是族长，但在秋翠家族里威望日隆。正是在那两年间，在绯秋翠的指导下，海沫的功夫有了质的飞跃。怎样调动腰部的力量、背鳍怎样与手臂配合、怎样发挥尾巴的优势、怎样预判对方的行动、怎样把握出手的时机、怎样感知和控制水流……诸如此类的疑惑，现在她都有了明确的答案。

直到绯秋翠接任族长，成为鲛人家族联盟盟主，忙得不亦乐乎，也就没有时间再教海沫功夫了。不仅如此，海沫敏锐地察觉到，绯秋翠在有意地疏远自己，就像那两年的悉心指导不存在一样。

不管怎么说，海沫是感激族长的。苦练之下，功夫日益精进的她自信能单挑任何一个鲛人。即使面对绯秋翠，她也有信心搏杀一番，至少全身而退是没有问题的。离开绯秋翠回到珍珠秋翠身边的那一个月里，海沫打败了一直欺负她的那帮小鲛人，足足三次。最为关键的是，她采取"拉一派、打一派"的战略，分化了那帮本就没有什么凝聚力的小鲛人。看着她们内讧，从口角纷争到拳脚相加，海沫终于有了大仇得报的快意。小鲛人们甚至没有向育婴堂的嬢嬢告状，因为她们马上就要离开育婴堂，参与到秋翠家族的各项工作之中了。

海沫依然孤独，没有朋友，只有怪脾气的妈妈。她去找族长，绯秋翠对她不理不睬。她出言挑衅，要和族长决一死战，绯秋翠只是叫卫兵将她赶走。她独自在观音桥各处游动，茕茕孑立，形影相吊，仿佛孤魂野鬼。

这一次，蛟人军团突然来袭，秋翠家族危在旦夕。看着身边的鲛人纷纷死去，海沫也很恐惧，躲在碉堡里瑟瑟发抖。当蛟人的龙头大爷来到她所在的碉堡附近时，她意识到这是一个难得的机会——如果能一举击杀龙头大爷，拯救秋翠家族于既倒，那她就是家族的英雄，绯秋翠还会对她不理不睬吗？家族成员还会对她说三道四吗？她这样想了，就这样做了，并一击得手，那个满头白发的老炮儿后背上插着她刺入的匕首被蛟人带走了。毫无疑问，这成为观音桥保卫战的转折点，蛟人败退，鲛人胜出，秋翠家族得救了。然而……

然而绯秋翠还是对海沫不理不睬。

此时此刻，绯秋翠正与别甲三姐妹和金银鳞两姊妹在宴席上谈笑风生。"丹顶家族用毒与治病还是有一手的，"赤别甲毫无顾忌地说,“写家族就只有漂亮而无用的脸蛋儿。”黄别甲和白别甲没有说话,但同样一脸的不屑。

金银鳞家族的巫罗银鳞扬了扬手里的橡胶手套——这种陆生时代的遗物能在她们挥舞鞭子驱赶电鳐时避免触电——骄傲地说:“就让电鳐去教训她们吧,保证她们活蹦乱跳。”绯秋翠附和道:“好主意。”族长金鳞立即阻止:“没有这个必要。”金鳞和银鳞样貌极其相似,连花纹和颜色都很像,只是金鳞的鳞片像钻石而银鳞的鳞片像珍珠。但两姊妹的性格正好相反,一个焦躁,一个沉稳。

海沫觉得无聊,转身游走。四周都是鲛人姐妹,可她是如此孤独。

珍珠秋翠迎面游来,劈头就问:“海沫,你杀了老炮儿?”

“是啊。”海沫欣喜地回答,“我杀了老炮儿,杀了蛟人的龙头大爷,我拯救了……”

珍珠秋翠厉声打断了她:“你知道他是你的谁吗?你都干了些什么呀!”

五

朝天门是蛟人总部所在地。蛟人有六大门,以朝天门的规模最大。它位于长江水道和嘉陵江水道的交汇处,大部分建筑在地面之上,据说主体造型是按照陆生时代的大型帆船设计的。朝天门经历了近千年海水的浸泡以及大洪水的冲击，因为蛟人孜孜不倦地修修补补，现在基本上保持了千年前的原貌，也算是一个奇迹。

龙头大爷回到朝天门就快要不行了。那把金属匕首从他的后背深深地刺入了他的内脏，所有的急救措施都宣告无效。老炮儿气息奄奄，吩咐陌刀去找圣贤二爷和当家三爷还有所有的管事到讲茶大堂来："我有些话需要当着他们的面讲。"

圣贤二爷老飘哭哭啼啼地游进讲茶大堂："我的炮哥，这是怎么啦？"

当家三爷冷开泰姗姗来迟，一路闹出极大的动静，生怕有蛟人不知道他来了。"我该早点儿来的。"冷开泰号啕着说，"我为啥要去管那些杂事呢！大爷，您才是最重要的。冷开泰该死啊。"

朝天门、千厮门、金紫门、南纪门、储奇门和太平门的六位管事在冷开泰之前已经到了讲茶大堂。冷开泰一到，蛟人的领导层就到齐了。

老炮儿眯缝着眼睛，瞅着眼前的一干蛟人。他的目光从朝天门管事陌刀、千厮门管事龙麻子、金紫门管事离魂、南纪门管事闷墩儿、储奇门管事幺师和太平门管事牛耳大黄的脸上一一划过。他们是蛟人的中坚力量，都是老炮儿一手提拔的，他信得过。然而……

"我的血已流尽，"老炮儿费力挥手，打断了老飘无用的安慰，"海底在上，等我把话说完，你再唠叨行不行！"

陌刀看见老飘瑟缩了一下，捋了一把颌下的白胡子，但没有出言反驳。圣贤二爷由全族推举，由重信守义、豪迈耿直，而且知识丰富、足智多谋的蛟人担任。老飘与老炮儿年龄不相上下，是同期从鲤鱼池出来的。老飘优点明显，缺点也很明显，那就是没啥大用。用当家三爷冷开泰的话讲，圣贤，不就是"剩"下的"闲"人吗？

"老飘，去，去把《海底》拿出来。"老炮儿有气无力地说，"你知道在哪里。"

老飘愕然，默不作声地甩动尾巴离开讲茶大堂。不一会儿，他手里拿着一本书游了回来。书的纸张泛黄，书页已经脱落，封面上有两个大大的方块字。陌刀认得，那正是"海底"两个字，他不由得倒吸一口海水。

老炮儿从老飘手里接过《海底》："这本《海底》乃是蛟人的至尊宝典。当蛟人的先祖还在陆地上用两条腿行走的时候，就遵照《海底》的规章说话与做事。我们的祖师爷段楠预见到陆地将被淹没，预见到蛟人迟早会到海底生活，所以早早地编撰了《海底》。世间所有的真理都在其中。陌刀，你说我说的对不对？"

陌刀一时错愕，不知道为什么龙头大爷这个时候要点自己的名。他还没有来得及说，一旁的当家三爷冷开泰已经抢先答道："大爷说的对。"

多数蛟人都不认字，像龙头大爷、圣贤二爷、当家三爷这种识文断字、能读会写的，是极少数。甚至六位管事中，都有闷墩儿这样不识字的。

《海底》用词佶屈聱牙，用句曲折婉转。老炮儿对陌刀说过，有的他大概知道意思，比如“一尘不染谓之光，直而不曲谓之棍。光者明也，棍者直也，即光明正直之谓也”，这样的句子读着就很舒服。另外一些，比如“人王脚下两堆沙，东门头上草生花。丝线穿针十一口，羊羔美酒是我家”，就算他已经能背诵了，可还是不知道它的意思。

“不管意思是什么，你先背下来。”老炮儿当时说，“有用。”

陌刀赶忙接着冷开泰的话说道：“大爷说的对。”

他已经猜出冷开泰为什么要抢答了。当家三爷负责族内人事和财务收支，负责规划各项事务，工作极为繁复，深得蛟人的信任。除此之外，他还是清水派的领袖……

“每一任龙头大爷，都是手持《海底》登上龙头大爷之位的。”老炮儿对着讲茶大堂的蛟人们说，“谁拥有《海底》，谁就是蛟人的龙头大爷。”

这话在众蛟人中搅起一阵波澜——老炮儿这是要宣布继承人啊！闷墩儿和离魂都看着冷开泰，幺师与牛耳大黄交换了一个叵测的眼神，龙麻子抬头望了老瓢和陌刀一眼。按照《海底》的规定，下一任龙头大爷由上一任龙头大爷指定，那么老炮儿的继任者会是谁呢，圣贤二爷，还是当家三爷？显然，当家三爷比圣贤二爷合适。

老炮儿喘息了片刻，问道：“老瓢，我担任龙头大爷多少年了？”

老瓢上前，答道：“水下纪元 956 年，大爷手持《海底》登上龙头大爷之位。今年是水下纪元 996 年，正好四十年。”

扬子海混浊不堪，光线变化并不明显，全凭圣贤二爷观察水流与动植物的变化，修订历法，确定时间。

“四十年。”老炮儿若有所思，“太久了，太久了。”

自陌刀懂事起，老炮儿就是龙头大爷，带着蛟人战士四处攻城略地，为蛟人带来无限荣光。陌刀学过历史，知道在老炮儿之前还有很多任龙头大爷，但毫无疑问老炮儿是最优秀的一个。他曾无数次跟在老炮儿身后冲锋，眼看着老炮儿的头发从乌黑变成花白直至雪白。那句“跟着龙头大爷，永远不会死”的话，最早就出自陌刀之口。

老炮儿静默良久，好像是陷入了回忆，又好像是打了一阵瞌睡。他睁开惺忪的眼睛，说：“我的血已流尽，无法再担任龙头大爷。在此，我宣布，大家都听好了——在我死后，朝天门管事陌刀继承龙头大爷之位。”

陌刀的心剧烈震动。他从来没有想过，龙头大爷也有战死的一天，蛟人也有失去老炮儿的一天。没有老炮儿，蛟人可怎么活呀？他更没有想到，老炮儿会选择他接任龙头大爷。虽说之前也不是没有迹象，但事情还是来得太过突然。一时之间，陌刀愣在原地，仿佛被冰水冻住，动弹不得。

“陌刀！”老飘提醒，“刀娃儿！”

陌刀这才甩动尾巴游到老炮儿跟前，郑重其事地从对方手中接过《海底》。“陌刀定不负大爷重托，”陌刀将身体在水里直立，双手捧着《海底》举过头顶，朝老炮儿拜了三拜。

“冲啊，刀娃儿。”老炮儿微微颔首。

陌刀转身，面对讲茶大堂里的一众蛟人，迎面便看见当家三爷恼恨的目光。他不管，自顾自展示《海底》，然后朗声念道：“岂曰无衣？与子同袍。王于兴师，修我戈矛。与子同仇。”

圣贤二爷带头，全体管事与众蛟人跟着庄严地诵读：“岂曰无衣？与子同袍。王于兴师，修我戈矛。与子同仇。”

如此重复了三次，接任仪式才算结束，再看老炮儿，已经停止了呼吸。圣贤二爷上前查看，大声宣布：“恭送老炮儿去往木阳城！”《海底》里说，木阳城是蛟人死后会去的地方。众蛟人跟着圣贤二爷齐声诵念：“恭送老炮儿去往木阳城！”

念毕，老飘负责处理老炮儿的尸身，离开了讲茶大堂。

陌刀手持《海底》正要开口，却听到冷开泰的暴喝：“等等！我有话讲。”

陌刀拱手道：“三爷请讲。”他已经意识到，这是自己接任龙头大爷之后，遇到的第一个危机。

冷开泰厉声说道：“我们尊重老炮儿临终的决定。但你必须杀死那个鲛人杀手，为老炮儿报仇，为蛟人雪恨，我们才会认你这个龙头大爷。”

南纪门管事闷墩儿立即接话道：“支持当家三爷！清水派的才有资格当龙头大爷！”

这口号喊得真不是时候。冷开泰两眼一瞪，没等闷墩儿明白过来，金紫门管事离魂就将其摁住，拖后半步。自此，清水派与浑水派的矛盾完全暴露出来。

不知道从何时开始，蛟人分作了两派：一派坚持把《海底》作为唯一的信仰，他们自称清水派，取从祖师爷段楠一脉清水传下来，未曾改变之意；另一派则认为《海底》不过是一本古书，时过境迁，没有必要再严格按照它上面的话来行事了，他们自称浑水派，取与清水对着干之意。清水派指责浑水派是想把水搅浑了进而谋取自己的利益；浑水派讥讽清水派是墨守成规的老顽固，不知变通的老古板。

时至今日，清水派的实力仍在浑水派之上。蛟人六大管事里边，南纪门管事闷墩儿、金紫门管事离魂都公开支持清水派，而当家三爷冷开泰则是清水派的领袖。老炮儿活着的时候，他还能压制两派不至于发生正面冲突。现在，老炮儿一死，又任命属于浑水派的陌刀接任龙头大爷，那冷开泰把浑水派与清水派的矛盾公开化，显然是要借助清水派的力量，抢夺龙头大爷之位。

陌刀沉声道："好。这本就是我必须做的事情。"

冷开泰不依不饶："陌刀，记住，为老炮儿报仇，你不能借助其他蛟人的力量，必须亲手杀死那个鲛人。记住咯。"

陌刀拱手道："蛟人决不拉稀摆带。请众弟兄听我的好消息。"

六

海沫不傻，听了珍珠秋翠的话，联想到之前的种种蛛丝马迹，她立刻明白过来:“他是……”

“他是你爸爸。”珍珠秋翠说。

这是一个和“妈妈”一样古老而恐怖的词语。即使早有思想准备,海沫依然感觉五雷轰顶。“这不可能!你骗我!”她喃喃自语道,“鲛人是没有妈妈,也没有爸爸的。”

很小的时候,海沫像所有的小鲛人一样反复思考过一个问题:我是怎么来的。这似乎是智慧生命的一种本能,甚至是智慧生命的独特标志。反正,身边那些游来游去的草鱼、鲫鱼、螃蟹和河蚌是不会问这个问题的。

成年鲛人对这个问题的回答出奇一致:她们一边露出明白一切的神情,一边讳莫如深,说什么“你长大了自然就知道了”。小鲛人在一起玩耍的时候,也会探讨这个问题,但大多都依据从成年鲛人那里听来的只言片语,加上自己一些或美好或邪恶的想象。兴致来了,小鲛人会模仿成年鲛人互相拥抱,尾巴和尾巴绞在一起,彼此摩擦。小海沫没有朋友,从小到大,她都被孤立,被仇视,被咒骂。正因为如此,她听到了很多别的鲛人没有听过的话。

小鲛人说:“你是个杂种,是个野货,是个地地道道的异类。”育婴堂的嬢嬢说:“鲛人是没有妈妈也没有爸爸的,而你有,你就不该来到这水下。”起初,小海沫完全不知道该如何应对这样的咒骂,只会觉得委屈,哭个不停。哭是徒劳的,鲛人的眼泪一流出来就与水混合在一起,完全看不出痕迹。后来海沫听到陆生时代一个广为流传的说法,说鲛人的眼泪会变成珍珠,鲛人的体内则会孕育出珍珠，而珍珠对两脚行走的陆生人来说是非常值钱的东西，所以陆生人会捕捉鲛人，要她们在月圆之夜流泪，或者直接剖开她们的身体取出比拳头还大的珍珠。这是多么愚蠢的传说啊！小海沫想。令她不解的是，不是说鲛人是葵神创造的吗？怎么在那之前，就有关于鲛人的传说呢。没有谁能解答小海沫的疑惑，她们只会重复“陆生人干了太多坏事遭到葵神的惩罚，陆地尽数被淹没，而大慈大悲的葵神创造了鲛人来到扬子海继续生活”这样的车轱辘话。

哭不能解决问题，那就骂。对方怎么骂，小海沫就怎么骂回去。“小杂种居然敢还嘴，这还得了啊！”于是，小海沫听到了更多更难听的粗话、脏话与诅咒。渐渐地，一个词语频繁地出现在她们的话里——鲤鱼池。跟观音桥、朝天门、龙头寺一样，这是一个地名；跟观音桥、朝天门、龙头寺不一样的是，鲤鱼池是禁区，禁止任何鲛人进入。衣家族的鲛人战士守护着鲤鱼池，任何靠近的鲛人都会被驱逐。

“那么，鲤鱼池就是衣家族的驻地喽？就像观音桥是秋翠家族的领地一样。”小海沫好奇地问。

珍珠秋翠回答：“不，不一样。平时衣家族也不能进入鲤鱼池的核心区域，她们守在鲤鱼池外边，不准鲛人或者别的生命进入。除了拜神祭……”

拜神祭？小海沫敏锐地抓住了这个关键词。可惜，不管小海沫怎么问，珍珠秋翠都和其他成年鲛人一样讳莫如深，不肯再深入地探讨这个问题。

从无穷无尽的粗话、脏话与诅咒中，小海沫梳理出一条线索：每到拜神祭，衣家族的守卫会让有资格的成年鲛人进入鲤鱼池待满三天；几个月后，育婴堂的嬢嬢们获准进入鲤鱼池，每人抱着一到两个婴儿离开，这些婴儿由育婴堂负责养大并教授各种本领。

“每一个鲛人都是这么来的。”那些咒骂海沫的鲛人强调说。

之所以强调这个，是因为海沫不是这么来的。她们说，海沫是珍珠秋翠怀孕九个月生下来的。她们还说，珍珠秋翠怀孕的时候肚子比翻车鱼都大，甚至无法游泳。至于珍珠秋翠是怎么怀上的，有好几种说法，有说她从大鲸鱼的影子下边游过，有说她出于好奇吃下了章鱼的卵，还有说她一时兴起亵渎了大慈大悲的葵神……珍珠秋翠是独自生出海沫的，没有鲛人目睹，更没有哪一个鲛人帮助。因此，她们对生产的过程一无所知，只是相信那一定非常困难，非常痛苦，充满了恐怖的尖叫与恶臭的脓血。她们非常恐惧，常常用她们所知道的最可怕的字词描述那个过程。

她们说，海沫是水下纪元以来，第一个经由怀孕生出的婴儿，是一个杂种，一个野货，一个地地道道的异类。

后来，小海沫听到了陆生时代的一些传说，忍不住发出疑问：“在陆生时代，两脚的陆生人都是两个两个的婚配，繁殖后代。难道陆生人都是杂种、野货和异类？”她得到的答案千篇一律：“所以陆地被淹没了，鲛人出世了。”小海沫由此知道，成年鲛人都是些没有脑子的蠢货，比草鱼和鲫鱼还要蠢，而且一有机会就撒谎，从不认为自己有错。

此刻,珍珠秋翠说蛟人的龙头大爷是海沫的爸爸,海沫的愤怒是多于恐惧的。她愤怒于珍珠秋翠为了抹杀她的功绩,居然毫不犹豫地撒了谎。哪有什么爸爸?根本就没有爸爸。

爸爸是什么,海沫是知道的。在陆生时代,两脚的陆生人分为男和女两个性别,配对结婚,生下小孩。小孩管女的叫妈妈,管男的叫爸爸。还有一些别的称呼,母亲、父亲什么的,都不如妈妈和爸爸用得普遍。但育婴堂的嬢嬢反复强调,鲛人是没有妈妈也没有爸爸的,海沫从不叫珍珠秋翠妈妈,现在又冒出一个爸爸来,她首先怀疑珍珠秋翠撒谎了。

她把两只手伸到眼前,尽力张开,透过瞬膜看着它们——纤细、白皙,然而非常有力。她记得一匕首刺进老炮儿后背的感觉,是那样兴奋,那样顺畅,那样完美无瑕。就算绯秋翠亲自出手,也未必能够比她做得更好。

在行动之前,海沫只有一个念头,那就是一举击杀蛟人的龙头大爷,结束观音桥保卫战,拯救秋翠家族于灭绝边缘。而她可以凭借这一功绩,赢得绯秋翠的认可,赢得秋翠家族乃至整个鲛人家族联盟的尊重。她瞅准了时机,勇敢地潜进,最后忘情一搏——那个时候,龙头大爷的防御是最为薄弱的。她成功了!然而,事实证明她想多了:绯秋翠依然对她不理不睬,现在珍珠秋翠又跑来告诉她龙头大爷是她的爸爸,她亲手杀死了自己的爸爸!

她不由得更加愤怒。

在鲛人中，流传着有关老炮儿的种种说法——有说他是双手沾满鲛人鲜血的屠夫，有说他是喜欢吃小鲛人的恶魔，还有说他是杀起蛟人来比杀鲛人还要狠的刽子手……

这样一个蛟人，是她的爸爸？

海沫无边的愤怒里，又夹杂着无限的恐惧与慌乱。

珍珠秋翠对她说："我没有骗你，海沫。"

"那又怎样！"海沫哀号着，仿佛有无数把刀插进她的身体，要将她大卸八块。

珍珠秋翠看着海沫，眼神呆滞，转瞬间又流露出些许温情："我告诉你实情吧。"

珍珠秋翠说，那个时候的她和现在的海沫一样年轻，对什么都充满了好奇，而且非常冲动。在听说了鲤鱼池的禁忌后，她百爪挠心，一门心思地想去看看鲤鱼池到底是什么样子，到底有什么不可告人的秘密。"我刚靠近鲤鱼池，就遇见了衣家族的守卫。衣家族个子矮小，但手里的兵器都是金属打造的，异常锋利。"珍珠秋翠说，"我赶紧游开，躲到一条有水草遮掩着的岩石缝里。就是在那条石头缝里，我遇见了老炮儿。"

"那个时候，老炮儿还不是满头白发，而是青丝缠身。说来也巧，老炮儿也是来鲤鱼池探秘，遇到衣家族的守卫，躲进石头缝里的。鲛人与蛟人本是世仇，见面就该杀个你死我活。但在那个特定的环境下，我们没有兵刃相见，而是彼此局促地挤在了一起。

"耳鬓厮磨间，一项古老的本能被激发了出来，然后就有了你。

也不是当时就有了你。那之后，我们又见过几次面，偷偷摸摸的。你知道，鲛人和蛟人是世仇，一个鲛人与一个蛟人私下见面，如果被别的鲛人知道了，后果不堪设想！再后来，我的肚子渐渐大起来。起初大家都嘲笑我吃胖了，而我根本不知道发生了什么，还是绯秋翠告诉我的，她是我为数不多的朋友。作为族长的接班人，她接受过特别的教育，知道很多普通鲛人不知道的事情。她要我彻底断绝与老炮儿的往来，我办到了；她又要我把你拿掉，在你出生之前——而我，思虑了很久，最终还是决定把你生下来。”

海沫激愤地问：“你们犯了错，为啥要我来承担？”

“也不是错……”

海沫更加愤怒，因为她刚才的说法相当于承认珍珠秋翠是她的妈妈，老炮儿是她的爸爸，而她亲手杀死了自己的爸爸。

忽然，宴会大厅传来激烈的打斗声。

七

等海沫与珍珠秋翠赶到宴会大厅时，喧哗已经停止了。绯秋翠怒气冲冲从她们身边游过，眼神凶得仿佛要杀人。海沫没有见过她这个样子，珍珠秋翠也没有。游近间，绯秋翠丢下两句话：“家族联盟会议的时候，你去，带上兵器！你也去！”

第一个你指的是海沫，第二个你则指的是珍珠秋翠。

听到族长这么说，海沫是惊喜中夹杂着怨恨，珍珠秋翠则是惶恐中掩饰不住意外。

关于珍珠秋翠与绯秋翠的故事，海沫可没少听说。珍珠秋翠是她们那一代鲛人中最漂亮的一个，有“鲛人公主”之美称；而绯秋翠则是她们那一代鲛人中功夫最好的一个，有“天下第一”的美誉。至于她们的恩恩怨怨、孰是孰非，早就不是三言两语可以描述清楚的了。

海沫所惊喜的，是自己的努力终于被绯秋翠看到了；所怨恨的，是绯秋翠现在才看到，而不是在自己杀死了蛟人的龙头大爷之后——她在心底补充道，那个珍珠秋翠说是自己爸爸的老炮儿。

珍珠秋翠比海沫稳重得多，她向路过的绯秋翠护卫打听刚才宴会大厅发生了什么。护卫告诉她们，族长建议召开鲛人家族联盟会议，别甲三姐妹要求会议须在别甲家族的领地龙头寺召开，否则别甲家族将不会参加，同时会号召其他家族抵制。“这是赤裸裸的僭越与威胁，族长当然不可能同意，于是就和别甲三姐妹争执起来。赤别甲甚至提出要和族长一对一决斗，真是粗俗不堪的家伙。”护卫说，“就在双方争执不下的时候，金银鳞家族的族长金鳞建议，把会议地点设在大剧院——那是写家族的地盘，与会的家族族长与巫罗们可以看完写家族的表演再开会。那表演真是精彩绝伦，值得一看再看。”

在水下，听觉比视觉更重要。水是声波的绝佳导体，声波在水中的波长是在空气中的五倍，这就意味着声音在水中的传播速度是在空气中的五倍。

陆生人用声带振动发出声音,配合舌头和口腔运动来说话。鲛人的声带失去了发声的本领,那里现在是供水流向鳃的通道,而两片效率极高的叶状鳃位于胸腔之中——原来肺叶所在的位置。

没了声带,鲛人们习得了更多的发声方法:收缩肌肉、振动鱼鳔、摩擦骨骼、摩擦鱼鳍、摩擦鳃裂、摩擦颌部的牙齿……这些方式组合在一起,构成了一种复杂而全面的声音交流模式。一个鲛人就堪比一支小小的乐队,尤其擅长打击乐,能发出呻吟声、口哨声、咯吱声、呼噜声、心跳声、汪汪声、嘀嗒声、笃笃声、叹息声、喳喳声、嗡嗡声、撕裂声、啪啪声、咆哮声、呜呜声、喵喵声、汽笛声……

鲛人能用这些声音表达极为复杂的意思,而写家族是这方面的佼佼者——用不了几个鲛人,她们就能借助声音、舞蹈和道具表演话剧、歌剧和舞剧,已排演多达百余出,包括《冰川祭》《瘟疫乱》《悼陆地》《神之战》《核殇》等,其中最为有名的,是为葵神而写的《葵神颂》。

珍珠秋翠问:“族长同意了?”

“同意了。别甲三姐妹也同意了。”

待护卫离开,珍珠秋翠对海沫说:“这是一个折中方案。别甲家族对盟主之位觊觎已久,这次观音桥保卫战,我们秋翠家族虽然获胜,击退了鲛人的进攻,但损失也是非常巨大的,连狩猎队队长五色秋翠都战死了,实力将会大减。我甚至怀疑,别甲家族是故意拖延出兵的时间,借助鲛人来削减秋翠家族的实力。金银鳞家族似乎也站在她们那一边,她们两个家族出兵的时间太统一了,说不定是事先商量好的。葵神保佑，我多么希望这样的事情不是真的，鲛人害鲛人，实在是太可怕了。同意去大剧院开家族联盟会议，族长也是不得已而为之——她一心想要守住家族的实力与地位，现在她心里得多苦呀！”

“那你去安慰她好啦！”海沫说。她对鲛人家族之间的恩怨不感兴趣，她的脑子里正琢磨着另外一件在她看来更为重要的事情。

我需要一件趁手的兵器，海沫想。没有兵器在身边，她总觉得差点儿什么，心里惴惴不安。在此之前，她有一把金属匕首，锋利无比。如今这把匕首刺入老炮儿的后背，被他带回了朝天门。幸而她还清楚地记得她是从哪得到了那把匕首——鲤鱼池守卫衣家族，她们有很多金属打造的兵器。海沫决定再去一趟鲤鱼池。

打定主意，海沫去找绯秋翠，表示愿意当信使去给衣家族送信，让她们准时参加在大剧院举行的家族联盟会议。

绯秋翠道：“现在不急，会议时间还没有最后敲定。你先到花秋翠那报到，登记为信使，然后等候通知。”

“我要去鲤鱼池送信。”

绯秋翠告诉她，已经安排信使去鲤鱼池了，可以派她去大剧院，给写家族送信。“别把事情想简单了，送信只是任务的一部分，更为重要的是，要把我的意思带到位。”绯秋翠说，“秋翠家族面临危机，我们需要其他家族的支持。我希望你能为秋翠家族争取到写家族的支持。退一万步讲，即使写家族不支持秋翠家族，也不要支持野心勃勃的别甲家族。你能完成这个极其重要的任务吗？”

海沫有些失望，撇撇嘴，还是说了一声“保证完成任务”。毕竟，这任务是绯秋翠亲自安排的，很有意义。

八

陌刀接任了龙头大爷之位，又像没有。

他们甚至发明了一个词，叫作“候任”，来形容陌刀此时的状态。

陌刀担任朝天门管事已经好几年了，在朝天门里，他是有威信的，朝天门弟兄对于自家管事继任蛟人龙头大爷，自然是无比的高兴与支持。但在朝天门之外，情况就大不相同了——其他门派的蛟人都对他毕恭毕敬，叫他“刀爷”，但仅限于表面上的礼貌。他使唤不动他们，管事不听他的，普通蛟人也有各式各样的理由委婉地拒绝执行“刀爷”的命令。

最常见的理由是“单刀会要到了，我太忙了”。

祭祀祖师爷段楠的单刀会是蛟人生活中的大事，一年一次。在单刀会到来前三十天，蛟人就开始忙碌。不是每一个蛟人都有资格参加单刀会庆典的，他们有一套复杂而严密的考核机制，以战功为主要标准，同时参考蛟人生活的其他方面。只有通过考核的蛟人，才能前往鲤鱼池参加盛大的单刀会庆典。

单刀会即将到来这件事，弄得蛟人们群情激昂，宛如即将在两军对垒中发起集团冲锋。这热烈的气氛，彻底冲淡了老炮儿去了木阳城的悲伤。

同寝的阿飞告诉陌刀，今年的考核比以往任何一次都要严格,而他已经拿到了参加单刀会庆典的资格。陌刀向他表示祝贺。“海底在上！我的第一次。”阿飞兴奋地强调,后背上的鳃裂都翕动起来。

阿飞身材修长,全身都是柔和的白色,松叶状的红色鳞片散布黑色斑纹,因此没有咄咄逼人的金属光泽,却平添了几分柔美,看起来平和又温顺,一条矛状的漂亮尾巴在蛟人中实属罕见。

阿飞这名字是陌刀取的,源于他游起来就像飞鸟。很久以前的一天夜里,陌刀游到海面,看见几只翅膀长长的鸟儿划过阴霾密布的天空。在他看清楚之前,飞鸟们已经消失得无影无踪。那是属于另一个世界的生灵,不是他可以理解的存在,但对于飞鸟的印象由此烙在了陌刀心底。

陌刀用额头碰了碰阿飞的前额:“你还会参加很多次单刀会庆典的。”

阿飞情难自禁，忙不迭地说:“会的会的，三爷也是这样说的。”

陌刀不由得展颜一笑。但这笑容来得快,去得也快,因为负责单刀会资格考核的蛟人不是别人,正是当家三爷冷开泰。

对于蛟人而言,单刀会是大事,那么,单刀会资格考核就是大事中的大事。从某种程度上讲——不,实际情况就是如此,陌刀纠正自己的想法——这段时间，三爷冷开泰是蛟人中权力最大的,而他，只是名义上的龙头大爷。

陌刀被架空了。他捋了捋蛟人现在的情况：

圣贤二爷老飘不管事，在鲤鱼池搞他的研究，逍遥又自在。当家三爷冷开泰是清水派的领袖，掌管一切。管事共有六个，朝天门、千厮门是浑水派，金紫门、南纪门是清水派，储奇门、太平门则是中间派，态度暧昧。

陌刀不由得有些怅惋，又有些焦躁。

老炮儿曾经告诉陌刀，身居高位，拥有权力，是会上瘾的。种种迹象表明，三爷已经上瘾了。这是非常危险的事情。老炮儿一直说，蛟人最大的敌人是自己。一旦清水派与浑水派决裂，蛟人一分为二，不但实力大减，而且两派之间随时可能爆发全面内战。“用不着鲛人动手，蛟人自己就能把自己杀个精光。”老炮儿说这话的时候神情格外凝重，“要尽可能避免发生这样的事情。”

现在，老炮儿去了木阳城，龙头大爷的重担落到了陌刀的肩膀上。以前陌刀觉得，当龙头大爷颐指气使，不知道多威风，现在才发现，这个大爷不好当啊！

冷开泰让他为老炮儿报仇雪恨，干掉那个鲛人杀手，是理所应当的；不准他动用蛟人的力量，也是说得过去的。但说起来容易，做起来难。首先，他得知道那个鲛人杀手是谁，然后把她找出来，亲手干掉她。干掉她最简单，最难的是第一步。蛟人与鲛人是世仇，除了在战场上刀兵相见，其他时候根本没有来往。他又如何得知是哪一个鲛人杀死了老炮儿呢？

陌刀犯了愁。

这时,阿飞展开两臂,向后划水,朝远处游去,乍一看,像滑翔中的飞鸟。这一幕……除了在天空,他似乎还在别的什么地方见过。陌刀陷入沉思,试图努力抓住大脑里的这一缕火花。他想起来了!很久以前,在对光写鲛人家族的一次突袭中,逃跑的光写鲛人也是这样游泳的!

陌刀很早就注意到,蛟人与鲛人虽然名称中都有一个“人”字,都自称是陆生人的后裔,说着同样的话,写着同样的字,但在形体上有诸多不同,比如尾巴的区别就很明显——蛟人的尾尖犹如矛头,与双肩垂直;鲛人的尾尖如同剪刀般叉开,与双肩平行。游动时,鲛人是上下摆动尾巴,而蛟人则是左右摆动尾巴。因此,在很远的地方,仅仅通过泳姿,就能判断出游动过来的是鲛人还是蛟人。

但也有例外。

鲛人一共有七大家族,每一个家族都有自己的特色。光写家族是从写家族分裂出来的一个小家族,只有一百年的历史。这个家族鲛人的尾巴,与蛟人十分接近。光看泳姿的话,很容易把光写鲛人看成身体较为孱弱的蛟人。陌刀灵光乍现,想到了查出鲛人杀手的办法。

他一甩颀长的矛尾,猛吸一口水,全力游向阿飞。

他一边游一边想,蛟人与鲛人胸部的区别也很明显——鲛人胸前有两团如小丘一般的凸起,没有覆盖鳞片,像淤泥一样柔软;

而在同样的部位，蛟人则是平坦而坚硬的，如钢铁一般。

阿飞注意到陌刀的追逐，停下来等他。

陌刀追到阿飞身后，擒住他的长尾巴说："我要你做一件事——冒充光写家族的鲛人，潜入鲛人之中，去打听到底是哪个鲛人杀死了老炮儿。"

阿飞面露惶恐："海底在上！我可以不去吗？好危险的。被鲛人抓住，肯定是要被万箭穿心的。"

"不行。"陌刀摆出威严的面孔，"这是龙头大爷的命令。"

"你还不是真正的龙头大爷呢。"

"等我杀了那个鲛人就是了！"陌刀板起脸，"现在，我至少还是朝天门管事，不能给你下命令吗？"

从鲤鱼池出来的小蛟人都会被送到朝天门进行集中抚养和教育。朝天门不但是蛟人的统治中心，也是蛟人最大且终身的学校。六大管事同时担任朝天门的教官，按照不同的分工，培养战士、农夫、工匠、渔人与杂役等。蛟人十岁的时候，就需要选定自己一生的职业。选定标准，一方面看天赋，另一方面看六大管事对他们的考评。很明显，后者对结果的影响更大。

陌刀这话说得很重，但阿飞还在犹豫："可是……"

"阿飞，你有变身的本领，混入鲛人中是轻而易举的事情，就当是帮我。事成之后，我一定重重地赏你，让你当朝天门管事也不是不可能。相信我，我一向不拉稀摆带。"陌刀继续威逼利诱，"不去，就剥夺你参加单刀会庆典的资格。"

阿飞轻轻叹了口气，说："谁叫我是你的同寝呢?！我认了。不过，我需要三天时间准备，这变身啊还真不是说变就能变的。"

九

鲛人家族联盟会议的时间终于确定，海沫高高兴兴地出发了。

大剧院离观音桥不算特别远，游起来却也并不轻松。海沫以前去过大剧院，它的建筑风格在扬子海中显得非常特别。大剧院位于一处斜坡上，巨型建筑一圈一圈镶嵌在岩石和泥土里，海水从它的上方和四周流过，它岿然不动，如同钢铁堡垒。传说，它在陆生时代就有了，由陆生人用钢筋水泥以及其他鲛人所不知道的材料和技术建造而成，外观像是某种叫作坦克的重型兵器，内部空间极为宽敞，是陆生人欣赏话剧、歌剧与舞剧的地方。陆地被水吞没，大剧院也跟着被淹没在波涛之下。千百年过去了，它破损过一部分，坍塌过一部分，而主体部分一直都在。写家族把大剧院作为领地之后，对其进行了长达五百年的精心修缮。现在，大剧院依然矗立在它当初建成的地方，依然如海沫曾经见到的那样巍峨壮观。

海沫向写家族的门卫说明来意，门卫带她从二楼的窗户游进大剧院。"白写族长正在彩排，"门卫说，"她很讨厌彩排时受到打扰，信使请在此耐心等候。"

海沫倒也不着急，她抓住面前的栏杆，俯身向斜下方眺望。距离太远，水流波动，看不真切，但能听清楚，彩排的正是《葵神颂》——写家族最为著名的剧目。一连串感染力极强的唱段从下方传来：

天不下雨兮停电
连晴高温兮生山火
新老瘟疫兮频发
众生艰难

二氧化碳多兮造温室
这边大雨滂沱兮那边旱
气候变化兮叵测
灾变将至

居安不思危兮殆矣
族群分崩离析兮危哉
冰川融化兮海面升
陆地渐沉

葵神思虑兮涕下
望大洋兮兴叹
基因驱动兮问世

鲛人诞生

水下纪元兮起始

鱼尾替腿兮游泳

双鳃替肺兮自由

葵神保佑

这唱段基本上把陆地被水淹没与鲛人诞生的全过程描述了一遍。只是缺少细节,而且有好些词语,比如基因驱动,海沫根本就不懂。幸而她无须懂,也能懂得唱段所表达的感情:对陆生时代的谴责,对水下纪元的歌颂,对葵神的爱。

海沫对写家族的舞台剧并不感兴趣。说到艺术,她对小时候在育婴堂嬢嬢那里学到的童谣更感兴趣:

陆生人没有尾巴,用两条古怪的腿走路,可笑

陆生人没有鳞片,日常穿着累赘的衣物遮掩身体,可笑

陆生人不会游泳,进到水里会很快被淹死,可笑

陆生人要把食物用一种叫作火的东西煮熟了才能吃,否则就会生病,可笑

陆生人骄傲自大、贪得无厌、小肚鸡肠、蛮横无理、自私自利、色欲熏天、好吃懒做,把自己的文明弄没了,最可笑

这里边有种难以言说的幽默，海沫向来是念一次，笑一次。

唱段在把“葵神保佑”重复三遍之后结束。门卫已经下去通报了，白写转身，越过一排排半弧形栏杆，游向海沫所在的地方。她的身材修长，上身丰腴，臀部浑圆，全身雪一样白，背部有黑色斑块交错分布，看上去端庄又典雅。

海沫主动向白写表明身份。“我知道你，你成功刺杀蛟人的龙头大爷，是鲛人一族的英雄。”白写的声音十分好听、温柔，但有力量，“此次到大剧院来，不知有何贵干？”

海沫把家族联盟会议地点确定为大剧院一事说了一遍，又说要把《葵神颂》准备好，将在会议开始之前，表演给全体与会族长看。“没有问题，”白写弓身道，“这是写家族的荣幸。传承记忆、共享艺术，是葵神赋予写家族的历史使命。”

“我刚才听了一部分，”海沫说，“唱词能不能改改，把秋翠家族是葵神创造的第一个鲛人家族写进去？”

“确实，秋翠家族是一个古老的家族。你们人数众多，擅长功夫，又擅长兵法谋略，战阵冲杀。”白写说，“然而，唱段已有千年历史，不能轻易改变。别甲家族英勇善战，战功卓著，也没有往古老的歌剧里随便添加呀。”

这是故意拿别甲家族来顶秋翠家族。“这么说，你们写家族是支持别甲家族喽？”海沫单刀直入，这是她的行事作风。

“写家族人少势弱，没啥战斗力，只想好好演话剧、歌剧和舞剧。谁当盟主，我们是不在乎的，也在乎不了。”白写回答。

“真的吗？”

“真的。”

如果说有哪一个鲛人比秋翠家族更古老，那就非写家族莫属了。在秋翠家族崛起之前，写家族长期执掌鲛人家族联盟，数任盟主都出自写家族。但那已经是很久以前的事情了。如今的写家族，在鲛人中只以表演闻名，而她们昔日的辉煌只有一些不靠谱的传说在有意无意间流传。

海沫盯着白写：“那葵神之道呢？我怎么听说，写家族在暗地里宣传葵神之道，你们想复辟吗？”

白写诚惶诚恐地回答：“不敢。只是在排演一些古老的剧目，准备在今年的拜神祭上表演罢了。不知道怎么的，传到秋翠族长耳朵里，就成了写家族想要复辟的证据了。写家族冤枉啊。”

所谓葵神之道，指的是鲛人与葵神的交流方式，写鲛人自称是葵神亲手缔造，尊贵无比，亦是万千鲛人中，唯一能与葵神直接交流的族群。当初，写家族鼎盛之时，各个鲛人家族的巫罗都出自写家族，家族的各种祭祀活动，都由写家族指派的巫罗安排，而所有鲛人参与的拜神祭，则由写家族族长——通常被唤作是“大巫罗”的——全权负责。写家族把持鲛人大权的历史长达五百年，直到秋翠家族崛起后，几番征战，这才把写家族赶下了神圣的祭坛。写家族指派家族巫罗的权力被废除，各个家族自行任命巫罗。现在，各个家族的巫罗虽然还叫巫罗，负责包括传信、教育、记史等诸多事情，但权势和地位，都和祭祀葵神的活动一样，降到了最低，连那句“葵神保佑”都蜕变成了一句毫无神圣感的感叹语。

海沫不说话，继续盯着白写看。这是绯秋翠教给她的方法。“盯着她的眼睛看，眼睛是不会撒谎的，心里想的，不会说出口，但眼睛会出卖心灵。”绯秋翠如是说，“盯她，盯着她说出所有的实话。”

白写更加惶恐：“葵神保佑！写家族现在人丁稀薄，能干些什么？我们现在想要表演规模最大的《诸神之战》，都凑不齐那么多演员……我们现在只想演戏。”

“现在？”海沫问道，“我听说，像《血祭》这样的老剧，五百多年前拜神祭上表演的，后来却被禁止了呢？”

白写耐心地解释：“实际上，现在鲛人所看到的歌剧、舞剧和话剧，都是给葵神准备的，以前只能在拜神祭上看到，凡夫俗子是没有资格看的。至于禁止……我们正在尽力修改。”

“也罢，就不纠结这些旁枝末节了。”海沫说，这也是绯秋翠教她的，“写家族孱弱，夹在大家族之间，左右为难，也是可以理解的。不过，现在在这个海底世界，斗争比任何时候都要猛烈，想要左右逢源、独善其身，是不可能的事情。我不指望白写族长立刻做出回答，但我希望，族长做出决定的时候，不要忘了绯秋翠为写家族曾经做过的事情。”

白写深深地叹了一口气，向海沫作了一个揖：“信使大人还有什么事情吗？我要下去彩排了，她们还等着我呢。”

海沫摇头，然后看着她游向斜下方的舞台，随即松开栏杆，向窗外游去。

有鲛人在外边等她。看她出来，那个面容俊美的鲛人笑语嫣然："海沫是吧？我们的大英雄，我等你好久了。出于礼貌，先自我介绍一下，我叫阿飞，来自光写家族。"

十

陌刀在储奇门吃了闭门羹。

储奇门空空荡荡，留守的蛟人告诉他，储奇门管事幺师奉三爷的命令，去攻打鲛人丹顶家族的领地蚂蝗梁了。这事陌刀事先并不知情。"这个时候？"陌刀疑惑地说。那蛟人回答道："不瞒刀爷，全都怪单刀会考核，我们管事的分数不够，不得不紧急出动，去赚取战功。鲛人杀得多，战功升得快。"

这事似乎说得通，历次召集六大门组成军团外出作战时，储奇门都不够积极，分数不够完全是可能的，但也存有蹊跷。鲛人丹顶家族以制毒和施毒闻名，因为长期与毒相处，她们的肠肠肚肚都有毒，甚至舌头、手指和尾巴都有毒，并不是什么赚取战功的好对象。而且，储奇门与蚂蝗梁之间的距离也颇为遥远。

不过，幺师这个管事吧，个头比闷墩儿还大，黄中带绿的体色也挺好看，就是从内到外都是"刺"，阴阳怪气是出了名的。他谁都瞧不上，什么都反对，但说话总是曲里拐弯，把要表达的意思藏在三四层伪装的下面。想到不用与他面对面交谈，陌刀竟有几分高兴。

陌刀又去拜访太平门。老炮儿生前曾经告诉他，统治的艺术不在于消灭了多少敌对势力，而是把敌对势力变成自己可以掌控的力量。其中，极端敌对势力不用争取，因为无法争取，完全是浪费时间和精力；真正能争取的，是中间势力。他们在两派之间，在浑水派与清水派之间，左右横跳，想从中捞取最大的利益。

太平门有一段古老的砖头城墙，城门大开，上书“太平门”三个大字。陌刀不让守卫通报，径直游进城门，来到太平门的讲茶大堂。大堂中间有一张石桌，石桌上有一套古老得可以追溯到陆生时代的茶具。蛟人是不喝茶的，拥有一套茶具，是身份高贵的象征；而摆上茶具，是继承自陆生时代的一个古老习惯。陌刀将茶盖提起，斜放在茶托上，然后不吭一声矗立在石桌旁。这是记载在《海底》的茶语，表示他正在等着一个重要人物。

不一会儿，太平门管事牛耳大黄带着四位巡风匆匆赶来。他浑身布满明黄的细小鳞片，闪闪发亮。一双眼睛，圆溜溜、红通通，宛如两颗血玛瑙。他还有一对其他蛟人都没有的牛耳朵一样的犄角。“牛耳大黄”这名字是怎么来的，一目了然。

“哎呀呀，刀爷来了，让您久等了！”一见到陌刀，牛耳大黄就忙不迭地说，“怎么不叫手下通报一声，我好准备准备，恭迎候任龙头大爷的大驾光临。”又对四位巡风说：“高君、能臣、大佐、公使，你们四个还不叫大爷？没眼光，没见识，没礼数！”

牛耳大黄这一招甚是巧妙，表面上是批评四位巡风，实际上是向陌刀介绍自己的手下，同时又显示了自己与龙头大爷的关系不寻常。高君、能臣、大佐和公使纷纷口呼“刀爷”，向候任龙头大爷问好。四位巡风，乌、红、茶、绿，各具情态，对陌刀的尊敬倒是出于真心。

在蛟人的组织架构中，管事也被称为五爷，管事往下，又设有巡风、纪纲、挂牌、营门等职务，其中巡风相当于副管事，有巡风六爷之称，是各种任务的具体执行者。

陌刀拱手回礼，念道：“龙归龙位，虎归虎台。启眼一看，在座有会过的，有没有会过的。会过的重见一礼，没有会过的，彼此问候……”

这段话也出自《海底》，是蛟人来到别的门寻求帮助时的专门用语。“水紧得很。”牛耳大黄皱着眉说。这个词语表示的意思是情况紧急，说明他完全知道陌刀此时前来的目的。陌刀见向来能言善辩的牛耳大黄沉默不语，再一次拱手道：“单刀盛会喜洋洋，龙兄龙弟聚一堂。当家管事请落座，新贵提升排两行。”

管事指的是牛耳大黄，新贵则指的是他的四个亲信高君、能臣、大佐和公使。这话同样出自《海底》。蛟人对《海底》的熟悉程度，显示的是他们在蛟人中的地位、经验以及能力。陌刀引用这话，也是在暗示如果牛耳大黄支持自己，那么他和他的亲信都将得到可观的回报。

“也罢。”牛耳大黄深深地鞠了一躬，然后念道，“身家不清滚出去，己事不明快离场。龙头大爷开金口，桃园结义万古扬。”高君、能臣、大佐和公使跟着念道：“万古扬！”配合得天衣无缝。

对这一套仪式，陌刀熟悉到厌倦，但又不得不配合牛耳大黄演出，因为牛耳大黄是所有管事中，最重视仪式感的。

离开太平门后，陌刀盘点了一下，觉得在太平门收获的东西，似乎比在储奇门时多得多。然而，仔细一想，听上去牛耳大黄说了很多，实际上什么都没有承诺。表面客客气气，内里无比溜滑，就像那又会钻又会蹦的泥鳅。归纳起来，牛耳大黄就一个意思：如果你真正登上龙头大爷之位，我就为你扎起，两肋插刀，在所不辞；如果没有……呵呵，就不能怪我不为你扎起了——事情就这么简单。

也是无奈。

陌刀决定去找千厮门管事龙麻子好好聊一聊。

与其他门不同，千厮门虽然叫千厮门，但它的驻地早就不是千厮门了。一次洪灾中，千厮门遭遇了最为严重的破坏，无法修复，而鲤鱼池正好需要蛟人镇守。那个时候还不是朝天门管事的陌刀向老炮儿建议，让千厮门迁到鲤鱼池，并一直负责那里的保卫工作。在此之前，一直是六大门派蛟人弟兄轮流值守。值守鲤鱼池听上去很威风，甚至能使用鲤鱼池才有的金属兵器，但值守鲤鱼池期间不能随便离开，也就不能参与蛟人的对外征战，战功无法积累，因此并不为普通蛟人所喜欢。陌刀的建议一口气解决了好几个问题，老炮儿欣然应允。于是，千厮门集体搬迁到鲤鱼池。

龙麻子和千厮门弟兄倒也乐在其中，但陌刀不能坐视不管。

陌刀就任朝天门管事后，曾多次向老炮儿建议，要把养殖螺蛳和采集水藻、磨制兵器以及守卫鲤鱼池等也纳入战功考核体系。他说，考虑到很多蛟人因为种种原因，不能亲自上战场赚取战功，但依然为蛟人军团取得胜利做出了重大贡献，把这些事务纳入考核也是理所当然的事情。当然，各种事务有大小、轻重之分，如何用分数评价其价值，是一件非常复杂的事情。原则只有一条，与战斗关系越密切，分数越高，反之，分数越低。至于谁密切，谁疏远，还可以进一步讨论。可惜，由于冷开泰的反对——他坚持说战功就是战功，必须到战场上去取得这是祖师爷规定的，一脉清水传下来的，不能改——这个建议没有被最终采纳，但整个千斯门，还有其他从事日常工作的蛟人，都对陌刀充满了深深的敬意，将他奉为浑水派的领袖。

这次陌刀没能悄无声息地进入鲤鱼池，被哨兵发现了。哨兵告诉陌刀，龙麻子不在。

“也是出去打鲛人了吗？”千斯门负责镇守鲤鱼池，负责鲤鱼池的安全，一般情况是不会出动的。

“不是，我们管事奉二爷的命令，去唐家沱采集标本去了。二爷说，唐家沱那边的水发生了变化，他需要标本来研究。”

圣贤二爷老瓢长期住在鲤鱼池，因为这边有一间实验室。谁也说不清楚他在实验室里干了些什么，有很多传说，大多是虚无缥缈或者神神道道的。既然龙麻子不在，那去拜访一下二爷也算是不虚此行。

哨兵把陌刀带到二爷的实验室。那是一间很大很大的房间，被玻璃隔成无数的小房间。小房间里,有的种着珊瑚,有的种着海带,有的养着清洁鱼,有的游着小章鱼;另一些小房间则摆着好些陌生的仪器,都是由金属、塑料和玻璃制成。

“刀娃儿来啦。”老飘从一个小房间探出头来,主动问候。

“二爷好。”陌刀问候道,游了过去。

老炮儿的葬礼之后,陌刀就没有见过他。老飘与老炮儿同龄,两人一路打拼,一起走到了蛟人的权力巅峰。老炮儿在前冲锋,老飘在后提供各种支持,他们的配合紧密无间。同时,所有的光芒都集中在老炮儿身上,而老飘就像他的影子,只在幕后默默做着贡献。他们之间从未有过争执的传闻。老炮儿提前去了木阳城,老飘无疑是最悲伤的那个。在老炮儿的葬礼上,老飘曾经对陌刀说:“瓦罐不离井上破,将军难免阵前亡。这事一点儿也不意外,迟早会发生。”

陌刀忽然想起,自己其实没有老飘这样的得力助手。阿飞太嫩了,而且……不一定靠得住。

陌刀游到老飘所在的小房间:“二爷,忙什么呢?白头发又多了。”对于老飘,陌刀有一种无法言说的亲切感。印象中,老飘一直是一个老人。但这么多年过去了,他为啥还是老样子?

“我能忙啥,不就是个剩下的闲人!”二爷乐呵呵地说。

“这些是什么呀?”陌刀指的是附近的小房间。

“上面不是写着吗?”

二爷没有瞎说。小房间里的玻璃缸上分别贴着“宽体沙鳅”

“双斑副沙鳅”“小眼薄鳅”“短体副鳅”和“窑滩间吸鳅”等名字。“名字不一样，但看上去都一个样子嘛。”

“不是，有区别的。”二爷说。

“有什么用，不就是泥鳅吗？”陌刀没有等二爷回答，指着那些他不认识的仪器，“这又是什么？”

“都是些老古董，我从各处实验室搜集来的。根本不能用，只是摆设罢了。陆生人制造这些仪器，从来没有想过它们会在水下使用。”老飘想了想，又展开新的话题，“陌刀，你可知道，老炮儿为啥冒险发动对观音桥的奇袭？”

“为啥？当时我也觉得奇怪，时机不对，准备得也不充分，贸贸然去进攻鲛人盟主的领地。”

“因为水荒要来了。”

十一

陌刀问：“水荒？什么是水荒，不会是没有水了吧？大爷没有告诉我。二爷你就不要卖关子了，直接告诉我，水荒到底是什么？”

“扬子海的水正在变咸。我们生活的这片水域，是扬子海的一角。根据我的估计，扬子海至少有一百个从朝天门到九曲河那么大。而扬子海的水原本很淡。”

扬子海到底有多大呢？陌刀想了想，想不出来，这已经超出了他的生活经验，超出了他的感知范围，进入了完全未知的领域。等我正式当了龙头大爷，我一定派出蛟人出去看看，扬子海到底有多大。不，我要亲自带队，去探索，去冒险。他这样想着，同时提出了一个他不懂的问题："淡和咸是什么意思？"

老飘侃侃而谈："我看过很多古书，因为年代久远，都是些残篇断章，只有只言片语留存下来。淡和咸，跟一种叫作氯化钠的化学元素有关。不要问我什么叫氯化钠，也不要问我什么叫化学元素。我只知道，氯化钠在水里的含量少，水就淡；含量多，水就咸。"

"水变淡变咸，有什么影响？"

"我们下水的时候，水是淡的。我们，还有我们周围的一切动物和植物，都是淡水里长大的，非常适应这样的环境。但如果，水在很短的时间里变咸，动植物都无法适应，就会大量死去。水还在，水底的动植物全死光了，这就是水荒。我们蛟人吃动物，也吃植物，动植物大量死去，那我们吃什么？会饿死的，大量饿死。更何况，我们自己也会因为水变得太咸而患病死去的。"

大灾变又要发生？比当初的陆地被淹没还要严重吗？陌刀吞了一口水，问："水为啥会变咸？有什么办法可以阻止吗？"

"不知道，我不知道。我只知道水正在变咸，只知道水一旦变咸，死的蛟人会比在战场上死的多得多。你应该知道，历史上蛟人有九大门，经历了多次水荒和战乱之后，临江门、东水门和通远门先后消失了。至于为啥水会变咸，我完全不知道，更不要说如何阻止灾变的发生了。对于这个世界，我们知道的太少了。"

"所以，为了应对水荒，老炮儿发起了对观音桥的奇袭？"

“是的。我刚才给你讲的这些，都告诉过老炮儿。老炮儿想赶在水荒到来之前，彻底消灭鲛人，为蛟人赢得更为广阔的生存空间，这才发动了对观音桥秋翠家族的奇袭。可惜了，天意弄人，鲛人还在，他却去了木阳城。”

确实可惜。陌刀不由得想起那些意气风发的画面：他跟在老炮儿身后冲锋，鳃裂鼓动，浑身潮红……那一刻，他真的觉得自己是无敌于天下，整个世界都因自己而瑟瑟发抖。

“我知道你今天不是专程来看望我，是为了疤脸，对吧？”老飘说。

冷开泰原来叫疤脸。还是婴儿的时候，他患上了一种红头白嘴病。这是一种小蛟人才会患的病。患者的头部和嘴圈变成乳白色，嘴唇肿胀，以至于嘴不能张开而呼吸困难。他们的颅顶和眼圈周围会出现红色的斑块，所以叫红头白嘴病。据《锦鲤宝典》记载，这种病由纤维黏细菌引发，怎么治疗，《锦鲤宝典》写是写了，可惜是一堆莫名其妙的字符，没有鲛人看得懂。所以，得了红头白嘴病，基本上等于死亡。但他活了下来，只是在脸上留下了一道横贯鼻梁的疤痕，于是得名疤脸。后来，他跟着老炮儿冲锋陷阵，悍不畏死，又有极强的领导与组织能力，声望与地位在蛟人一族中，从营门、挂牌到纪纲、巡风再到管事，一路直升，直至当上一人之下的当家三爷。他对自己的名字却不甚满意，最终决定将自己的名字从疤脸改为冷开泰。至于为什么叫冷开泰，冷开泰从不解释。

“有蛟人在背地里说，这名字是他自己拍脑袋想出来的。”老飘说，“但据我所知，在遥远的陆生时代，确实有叫冷开泰的。给自己取一个历史人物的名字，展示的是他对冷开泰的极端崇拜，同时也展示了他想掌控一切的雄心壮志。他呀，能力确实强，但野心也确实大。老炮儿去木阳城之前，不知道说过他多少次了。”

老飘告诉陌刀与龙麻子，他和老炮儿认真讨论过很多次，一致认为，当家三爷冷开泰对蛟人是有贡献的。他主持的战功考核方案，确确实实提高了蛟人的组织能力与战斗能力，将蛟人们从松散的兄弟会改造为团结而高效的战斗机器。但在接下来要怎么办的问题上，三位蛟人领袖出现了分歧。老飘认为事情做到这一步就够了，下边的蛟人在考核的高压下，已经喘不过气了，他们发牢骚说，自己迟早被榨干；冷开泰认为远远不够，下边的蛟人还有时间发牢骚，说明他们精力旺盛，并没有把所有的时间都用在战功考核上，需要进一步强化战功考核；老炮儿则站在他俩之间，有时两不相帮，有时左右调解，有时凭借龙头大爷的身份，强行压制两人的矛盾。

“如今老炮儿去了木阳城，将龙头大爷之位传给了你，对龙头大爷之位觊觎已久的冷开泰自然不甘心。以冷开泰的行事作风，如果他来当龙头大爷，对蛟人未来的发展定然不利。”老飘说，“刀娃儿，你放心，你是老炮儿指定的接班人，我一定会给你扎起。”

回到朝天门时，陌刀的心情颇为愉快。他收到一封密信。那是阿飞送回来的情报。信里有一个名字、一个地点、一个时间。他把密信撕碎，同时开始盘算，他要在那个时间，赶到那个地点，杀死那个叫作海沫的鲛人。

杀了海沫，他就能正式继任蛟人龙头大爷之位。

冷开泰无法阻止他。

十二

家族联盟会议召开在即，各大家族陆续到来，大剧院一刻比一刻热闹。

住在蚂蝗梁的丹顶家族来得极为狼狈。她们的领地刚刚被储奇门的蛟人偷袭，如果不是绯秋翠及时派出秋翠鲛人驰援，丹顶家族很可能已经不存在了。族长梅花丹顶和四个护卫随身携带的水囊里，饲养着三种颜色的清洁鱼。

衣家族族长葡萄衣游来了。按照传统，衣家族不参加鲛人家族的政治事务，来开会也只是列席，不发表意见，也不参与表决。她们很清楚自己的唯一职责是什么。葡萄衣身材健硕，白底红斑上，葡萄色的鳞片聚集成葡萄状斑纹，宛如密实的铠甲。与其他鲛人身体完全裸露不同，葡萄衣上半身穿着一件不知是什么材料制成的小衣服，将胸部紧紧包裹住，头发、脖子和腰间也佩戴有珍珠或者别的宝石做的发簪、项链和腰带。

“真漂亮啊。”珍珠秋翠对海沫说。

海沫不羡慕葡萄衣的身材，也不羡慕她的装饰品，只一味地盯着葡萄衣腰带上悬挂的长剑看。那可是比骨矛、蚌刀、燧石枪和手弩加起来还要厉害的金属兵器。她嫉妒得要死。

珍珠秋翠向葡萄衣致欢迎词，而海沫凑过去，说："葡萄衣族长，能看看你的剑吗？"

葡萄衣面容严峻，说话却很客气："你女儿呀，长得真像你。"说着，将手中长剑递给了海沫。

那剑比海沫想象的还要沉重，要不是她手腕及时用力，长剑差一点儿就掉水里了。她贪婪地欣赏起来，还像模像样地比画了几下。剑柄装饰精美，剑身细长，比她的整只胳膊还要长，而且锋利，无须怎么用力，就能刺进敌人的身体里。

"我听说，你杀了蛟人的龙头大爷，是真的吗？"葡萄衣问。

"如果我说是真的，你会把这把长剑送给我吗？"海沫大着胆子问。她太喜欢这把长剑了。用什么词来形容呢？对，趁手。对海沫而言，这是一件趁手的兵器。

"海沫，别玩了，"珍珠秋翠着急地说，"快把剑还给葡萄衣族长。"

葡萄衣说："叫海沫，是吧？好名字。等我死了，就可以把这剑送给你。"

一时之间，海沫无法判断葡萄衣这话是认真的，还是开玩笑。不过，她还是知道进退的。于是在珍珠秋翠的逼视下，她将长剑交还给葡萄衣，说："族长大人的宝贝，我可不敢要。"

葡萄衣接过长剑，也不多说，游向大剧院。

珍珠秋翠和海沫继续飘浮在大剧院上方，代表秋翠家族迎接来开会的各大家族领袖。银鳞挥舞着鞭子，代表金银鳞家族来了，据说金鳞身体欠佳，染上了什么疾病。别甲家族三姐妹姗姗来迟，人数却是最多的，十几个随从加亲兵加卫队，浩浩荡荡地开进大剧院，一副“四海八荒唯我独尊”外加“唯恐天下不乱”的样子。

珍珠秋翠盘点了一下：“还差一个家族。”

“光写家族。”海沫回答，“从写家族分裂出去的那一个。”

阿飞给海沫讲过光写家族从写家族分裂出去的故事。分裂之后，光写家族没有固定的领地，就在各大家族的领地来回流浪。光写鲛人能歌善舞，从口技到杂耍再到驯鱼，各种表演节目多少会一些，混一口饭吃没有问题。问题是写家族对于分裂分子深恶痛绝，恨之入骨，到哪里都想把光写家族赶尽杀绝。

讲这个故事的时候，阿飞表现得特别平静，好像真的只是在讲故事，而不是在讲自己所在家族的悲惨往事。或许是因为时间过于久远吧。“为啥要分裂呢？”海沫问，然后运用刚刚从绯秋翠那里学到的家族理论分析了一番，“分裂之后，写家族和光写家族的实力都要削弱很多。”

“因为理念不同，追求不同，对这个世界的认知不同。”

“说简单点儿。”

“族长楼兰告诉我，写家族的所有节目里，都提到陆生时代是一个特别悲惨、特别黑暗、特别恐怖的时代。而通过对历史的研究，光写家族发现，悲惨、黑暗和恐怖，并不是陆生时代的全部。”

阿飞兴致勃勃地介绍：

在陆生时代的鼎盛时期，陆生人曾经驯化过数十种动物和植物，曾经建造过面积广阔的城市，城市与城市之间有复杂到极点的道路连通。道路上行驶着以喝油为生的车辆，也有的车辆学会了喝电，以电为动力。到了夜里，城市灯火璀璨，照亮了夜空。

“我们根本不知道陆生人是怎么让一座数千万人口的城市发光发亮的。”阿飞说，“很多我们现在面临的问题，陆生人都面对过，也克服过，并且取得了历史性的进步。”

陆生人创造了无与伦比的文明。艺术、哲学、经贸、科学与技术，陆生人往每一个可能的方向探索发展。阿飞继续列举：“他们发明了比空气重得多的飞行器，能像鸟儿那样在空中飞行；发明了深潜器，像蓝鲸一样潜到海底；发明了火箭，把各种飞行器送到了地球轨道上，甚至登上过月球、火星、金星和木星……”

阿飞所说的内容已经大大地超出了海沫的认知与想象。“就算你说的是真的，”海沫打断阿飞的滔滔不绝，“为啥这样的文明现在没了呢？”

阿飞愣住了。这个问题也超出了他的认知与想象。“楼兰没讲。”阿飞摇摇修长的尾巴，“反正……就是……说没就没了。”

海沫瞧着阿飞那个傻不拉叽、活像要为陆生文明的覆灭负责的样子，不由得扑哧一声笑了出来。

珍珠秋翠瞅了瞅突然绽放出笑容的海沫，道：“说起光写家族，你最好离那个叫阿飞的远一点儿。她油头滑脑的，我觉得信不过，靠不住。”

海沫翻了一个白眼:“要你管?! ”

那天,阿飞在大剧院外找到海沫,向她详细了解了杀死蛟人龙头大爷的全过程。“越详细越好。”阿飞带着海沫,游到一个僻静之处,一大片苦草和金鱼藻混生的地方,说,“我打算把这件事写成歌剧,名字就叫《海沫刺》。这歌剧里,会有大量的功夫戏,肯定大受欢迎。”感动之余,海沫给阿飞讲述了刺杀老炮儿的前因后果。她还没有跟谁这么细致地讲述过,珍珠秋翠没有,绯秋翠也没有。阿飞见缝插针地提出问题,并不断肯定她,让她把最细微的心理活动也讲述了出来。“好。很好。真棒。我会把这句话写进《海沫刺》的唱段里。”阿飞的两只眼睛小而亮,仿佛会发光的宝石,“太厉害了,简直比肩葵神。继续,继续,我喜欢听。”

那天,海沫讲了很多,讲了很久,关键是讲得很快乐。她一度觉得,自己如果不做秋翠家族的战士,而是去做光写家族的说书人,也是不错的。在各个家族的领地流浪,想去哪里就去哪里,想说什么就说什么——就像现在这样——会是多么快乐的事情啊!

“《葵神颂》要开始了。”珍珠秋翠打断了海沫的回忆,“我们进去吧。”

她们摆动手臂,摇动尾巴,一前一后轻盈地游进大剧院。鲛人家族的领袖和她们的伴侣在各自的指定位置,握住栏杆,稳住自己的身体。别甲三姐妹在肆无忌惮地高谈阔论,银鳞在与白写轻声交谈,葡萄衣则手握长剑,默不作声。绯秋翠四处游走,从丹顶家族到别甲家族再到写家族。

舞台上响起一阵鼓声。这鼓声其实是写鲛人中的乐师拍打自己故意鼓胀起来的肚皮发出来的,是演出开始的信号。大剧院顿时安静下来。

白写摆动着长长的尾巴,游到舞台中间。“受鲛人家族联盟盟主绯秋翠的委托,我代表联盟在此欢迎大家来到大剧院。”白写精心打扮过,所有的皮肤和鳞片都绘制了图案。按照写家族的说法,在身体上绘制某种远古图案就会获得某种神秘的力量。当然,白写并不知道,她胸前和身后的图案加起来,其实是陆生时代的航空母舰,那像梭子鱼一样的东西,其实是舰载机。“这是一个多事的时节,外有蛟人眈眈相向,内有鲛人家族争斗。我们必须认识到,此时此刻,重温《葵神颂》,知道我们从哪里来,要往哪里去,对于团结鲛人是非常必要的。”

绯秋翠游回属于秋翠家族的位置。“怎么样?”珍珠秋翠问。“不好说,”绯秋翠异常疲惫,“都很客气,都不表明态度。”珍珠秋翠又问:“你担心她们已经在私底下达成了某种协议?”“对。后边恐怕会有大麻烦。”绯秋翠回答,“这次家族联盟会议,原本有很多重要的事情要做。但我现在担心,一件也做不了。”

海沫听绯秋翠说过,她会在这次会议中再次明确她盟主的身份,惩罚观音桥保卫战中没有驰援的家族,调整今年分配到各族的拜神祭名额,等等。但海沫并不关心这些。她的心思在别处。

十三

写家族的表演者已经粉墨登场。所有鲛人都可以通过扩张或收缩含有黑色颗粒的黑色素细胞，快速地将身体的颜色变深或者变浅。写鲛人是鲛人中颜色变化最为快速且丰富的王者，她们能够完美地控制身体细胞的扩张或收缩，由此获得她们所需要的一切颜色。她们又用狐尾藻、苦草和浮萍的根茎精心制作了道具，把自己打扮成长着两条腿的陆生人，并且假装在干燥的陆地上行走，看上去滑稽又可笑。

她们用这样的方式来表现名为“城市”的上古巨兽：

只见它挣扎着、翻转着、咆哮着、生长着，不顾一切地向着四面八方迅速扩张着。看不清楚城市的真实面目，因为被浓重而黏稠的雾霾遮掩着。这样的城市还有数百座，数千座，数万座，每一座都比观音桥加朝天门加鲤鱼池大，比所有的海底城市加起来还要大。它们贪婪地吞下草原、森林、丘陵和山地，它们不知餍足地吞下沼泽、湿地、河流和雪山，它们吞下钢铁，吞下水泥，吞下砖块，吞下塑料，吞下石油，吞下煤炭，吞下天然气，将自己养得肥肥的。肥到不可思议，肥到无法想象，肥到整个地球都开始颤抖……

在一阵鼓乐齐鸣后，表演者唱道：

碳不中和兮囤积
碳不达峰兮无解
自顾自兮人人危
群不群兮陆将沉

海沫看得并不专心，她东张西望，好像在寻找什么。这一段唱词是嘲讽陆生人不团结的，明明知道大洪水就要到来，可还是纷争不息，内斗不止。然而，海沫的心思却不在这上面。

第一场唱完，换了一批表演者。乐声忽然一变，节奏更快，带着点儿阴森恐怖——这鼓乐之声也是由写鲛人拍击肚子或者别的身体部位发出的——说明事情变得严重了。随着乐声，鲛人们扭来扭去，表现陆生人在滂沱大雨中茫然、在滔滔洪水中挣扎、在死亡边缘徘徊的情景。唱词在大剧院里回荡：

洪水泛滥兮鱼鳖
禹不出兮始覆
天苍苍兮雨茫茫
风滚滚兮核殇

第二场结束，写家族族长白写独自登上舞台。她穿着陆生人才会穿的白色衣物，戴着陆生人才会戴的眼镜，头发向后高高扎起，她所扮演的角色正是鲛人的创造者——葵神。假如不是那条鱼尾巴露了底，白写真的和传说中的葵神一模一样。她的唱词深情又严肃：

葵神出兮泪阑干

基因驱动兮鲛人降

…………

白写没能唱完。海沫看过她们的彩排，知道这句话后边会有一个意味深长的停顿，然后是“葵神保佑”，重复三次。当白写唱到这里开始停顿的时候，一个高亢而悠长的声音恰好在大剧院响起。“演出开始了。”那个声音说。

众鲛人纷纷回头，看见在族长楼兰的带领下，数十名光写家族成员从大剧院的门和窗游进来。她们一边游，一边唱：

谎话

全是谎话

把真相遮掩

把谎话流传

…………

她们一边游，一边从水草编织的大口袋里往外掏东西。那些东西是活物，不用细看，仅仅是闻味道，就知道那些是手臂长的大口鲶。它们有着锋利的牙齿，又饿了好几天，一出大口袋，就四处游动，寻找可口的食物。

护卫们手持兵器，上前阻止。可大口鲶数量太多，数以百计，又黏又滑，护卫们根本阻止不了。很快，整个大剧院到处都是大口鲶。鲛人们在大口鲶的追逐下，四处奔逃，狼狈至极。原有的井然秩序，竟在很短的时间里被完全打破了。

海沫见状不由得哈哈大笑。

大口鲶之后，又有八条鳄雀鳝被驱赶进大剧院。这些浑身橄榄绿色的鳄雀鳝都已成年，长筒形的身体都在两米以上，前凸的吻部跟鳄鱼一样，上下颚密布两排匕首般锋利的牙齿，也跟鳄鱼一样。它们带来了更大的混乱。

海沫看见阿飞在一头鳄雀鳝后边，手里挥舞着长鞭，兴奋得全身鳞片都竖了起来。干扰演出，正是阿飞给光写家族出的主意。

她转身，在混乱中穿行，小心地避开了所有的鲛人，也避开了大口鲶和鳄雀鳝。绯秋翠在组织人手抵御，别甲三姐妹已经仓皇出逃，银鳞漫无目的地挥舞着长鞭，丹顶家族的清洁鱼被无意中放了出来，被食肉鱼们纷纷追逐，一口一个吞掉。现场更加混乱。

光写鲛人还在齐声吟唱："谎言，全是谎言……"

海沫独自游出了喧哗无比的大剧院，去往她一直想去的那个地方。

十四

去往鲤鱼池的水路有千万条，陌刀选择了最复杂的那一条。有时顺着水路游动，这样游最省力气；有时逆着水路游动，这样游锻炼身体；有时从几条水路交汇的地方穿过，这样能够迷惑潜在的跟踪者。

水路昼夜不息，沿着固定的方向和速度流动，以长江水道最为浩大，其次是嘉陵江水道。当然，水路也会随着时间推移发生各种变化。搞清楚水路是如何变化的，是蛟人必须学会的生存之道。

在这方面，陌刀是个中翘楚。他双臂舒展开来，尽力划水，后背上的弧形鳃裂跟着手臂的挥动一开一合。他紧握杀死老炮儿的那把金属匕首，他将用这把匕首为老炮儿报仇。他的名字是老炮儿取的。老炮儿后来多次解释为什么给他取这样一个名字："那是陆生时代的一种兵器，很长，很重，威力很大，能一下子将敌人劈成两半，甚至连人带马劈成烂泥。我希望你成为这样的兵器。"

光线晦暗不明，陌刀在不同水路上自如地切换。一条条灰绿色的山岭，一道道暗黑色的山沟，在他身下滑过。他在水里游，宛如一把刀，切进柔软的水里。

山岭上，各种水生植物密集地纠结在一起；山沟里，潜藏着由陆生植物转化而来的水生植物。倘若老飘在他身边，一定能叫出它们各自的名字。

洪水淹没陆地后，陆生植物遭到了沉重打击，大量地死去，整族整族地灭绝。相比之下，水生植物，不管是挺水类，还是浮水类，抑或是沉水类，都有着先天的优势。大灾变之后，少部分死于环境剧变，而大多数活了下来，有一些品种，甚至获得了前所未有的大发展，成为水下的优势种乃至一方霸主。

“狐尾藻、光叶眼子菜、黑藻、苦草、小茨藻、金鱼藻、狸藻、角果藻、杉叶藻、水车前、水毛茛、伊乐藻、菹草、浮萍、水葫芦……”老飘曾经用手指点数道，“名字还是以前的名字，但它们的形态和生活方式都已经发生了巨大的改变，以至于以前的植物学家完全认不出来的。”

对于老飘的话，陌刀有时能听懂，有时能听懂一半，有时则完全听不懂。老炮儿一再强调，老飘的话听不懂也要听。“为什么呢？因为老飘是我们之中最聪明的那一个。”

前方就是鲤鱼池了。

鲤鱼池是一大片一大片连续的穹顶建筑，地上的部分比观音桥与朝天门加起来还要大，都在晦暗的水底暗暗发着磷光。传说中，这些穹顶建筑是陆生时代的产物，但也有传说指出，其中大部分是在陆地被淹没前后修建的，有一部分建筑甚至是在大洪水发生很久之后才建造的。

以前参加单刀会的时候，陌刀曾经到过鲤鱼池。和数千名获准参加单刀会的蛟人一起，排着长长的队伍，一个接一个地从一扇小巧的拱门游进鲤鱼池的建筑里。但阿飞给的位置——陌刀默算了一下——正好是在那扇拱门的另一个方向。

作为蛟人的领袖，陌刀知道一些普通蛟人所不知道的秘密。比如，他现在看到的鲤鱼池，实际上不是鲤鱼池的全部，而是鲤鱼池北区。

是的，鲤鱼池被一道电子围栏分割为南区和北区。这电子围栏非常神奇，多数情况下看不见，少数角度可以隐隐约约看到宛如瀑布一般的模样，却能阻隔视线，令南区的蛟人看不到北区，而北区的鲛人看不到南区。

是的，鲤鱼池南区属于蛟人，而北区属于鲛人。举行单刀会时，蛟人进入的其实是鲤鱼池南区，千厮门驻守在南区外侧，龙麻子和他的蛟人弟兄也不能随意进入鲤鱼池。而鲛人这边，驻守鲤鱼池北区的是衣家族，照规定，她们也是严禁在拜神祭之外的时间进入鲤鱼池的。

电子围栏的范围超乎想象，往上，可以直达起伏不定的海面，往左往右，也各自延伸到肉眼看不见鲤鱼池的地方。更糟糕的是，一旦与电子围栏靠得太近，就会被名为“电”的无形怪物所攻击。轻者肢体麻痹，重者昏厥，最为严重的，当场去了木阳城。这也是蛟鲛两族均把鲤鱼池设为禁区的原因之一。

问题是，蛟鲛两族是世仇，千年以来，在各个地方打了无数的仗，但为什么会平分鲤鱼池?

陌刀脑子里有很多问题。

鲤鱼池位于鲛人的势力范围，蛟人为什么要跑到鲤鱼池来举行一年一度的单刀会？同一时期，鲛人也会祭拜她们的葵神，是为拜神祭。这是巧合，还是有别的原因？

为什么这个活动要叫单刀会？《海底》里涉及单刀会的就只有一句“单刀盛会喜洋洋，龙兄龙弟聚一堂”。如果是为了祭祀祖师爷，叫段楠会岂不是更好？老飘说单刀会举办的时间是夏至前后三天，叫夏至节也比叫单刀会好呀。

这里为什么要叫鲤鱼池呢？难道以前是养鲤鱼的地方？问老飘，老飘也只是回答，如今海底城市的名字，都是沿用的陆生时代的，其真正含义现在已经不可考证。而且，世易时移，沧海桑田，不少地名已经不在当初命名的地方了。

老飘的回答就跟没有回答一样。

一连串有规律的划水声从远处传来。陌刀赶紧一甩尾巴，游到一大丛浮萍的根茎下方藏起来。这些浮萍原本很细小，大灾变之后，长得异常繁茂，水面的部分比雨伞还大，而水下的根茎，比胳膊还粗，数量又多，纠缠在一起，藏个把蛟人完全没有问题。

一大队衣鲛人手持金属兵器，从斜下方游过。

待衣鲛人远去，陌刀游出浮萍的根茎。刚才游过去的衣鲛人数量有点儿多，但这不是陌刀眼下要关心的问题。他敞开所有的感觉器官，从听觉、嗅觉到味觉再到电觉，全方位地观察着四周的水流，计算着从大剧院过来，到鲤鱼池这个位置，哪一条水路最为合适。

他找到了，然后找了一丛狐尾藻与苦草混生的地方，再一次把自己藏起来。

鲤鱼池的城墙就在附近，那扇拱门跟陌刀曾经见过的一模一样，而那个叫海沫的鲛人，将从下方游过。

陌刀屏息凝神，静静地等待着。

来了。

一个鲛人远远游过来。

随着距离的拉近，那个鲛人的面目越来越清晰。

她的背鳍呈现红色，躯干部分被稠密的银质所覆盖，头部和胸部则呈现出温柔的橘子红。红色和银色的搭配庄重又大方，有一种醇厚的艺术感。

陌刀也不得不承认，这个鲛人特别漂亮。然而，漂亮又怎样？她是杀死老炮儿的凶手。他必须杀死她。

陌刀计算着，等待着；等待着，计算着……然后如一道闪电，从藏身之处猛冲出去。“海沫！”他吼出了她的名字。

那鲛人浑身一震，摆出了防御的架势。

陌刀继续喊：“你杀了老炮儿，我要报仇！”

还没有喊完，陌刀举起锋利的匕首，自上而下就是全力一刺。海沫来不及躲闪，匕首立刻从她前胸刺入……

他得手了。

但……好像哪里不对。

是不是太容易了？老炮儿是百战百胜的龙头大爷，能杀死老炮儿的，即使是暗杀，在功夫上也应该有相当高的造诣啊！可是……

海沫刚才的表现，不是来不及躲闪，而是根本没有躲闪，甚至有主动凑上来送死的感觉！

怎么会这样？

鲜血从匕首刺出的创口汩汩流出，如小小的喷泉一般向着水面奔腾而去。陌刀将匕首抽出，海沫已经停止了挣扎，但在眼睛彻底失去光泽之前，她的眼神是那样的复杂。

复杂到陌刀无法解读。

我干吗要解读一个死鲛人的想法？陌刀这样想着，扯来一把狐尾藻，捆在海沫的腰间。他要把她的尸体拖回朝天门，作为自己杀死了海沫的证据……

“恭喜陌刀，为老炮儿报仇雪恨！”冷开泰的声音从不远处传来。他拨开一大丛狐尾藻，游了出来。在他身后，一边是金紫门管事离魂，浑身鲜艳的深蓝色；一边是南纪门管事闷墩儿，壮实得像是翻车鱼。闷墩儿舞动着手里的两把钉锤，而离魂则举起了鹿角剑。与此同时，二十多名鲛人战士从四面八方游过来，将陌刀团团围住。

十五

海沫去鲤鱼池的目的只有一个——取一件称手的金属兵器。水下纪元开启以来，鲛人们失去了冶炼金属的技艺。她们的兵器以及其他装备大多数直接来自动物或是植物，甚至矿石，经过简单加工，杀伤力有限，而奉葵神之命守护鲤鱼池的衣鲛人拥有海底世界罕见的金属兵器。

自从第一次见过金属兵器后，海沫就对这种比骨矛、蚌刀、燧石枪、手弩和鹿角剑厉害得多的兵器念念不忘。她从珍珠秋翠嘴里得知，衣家族有一个仓库，里边摆满了金属兵器，就多次偷偷地前往鲤鱼池。鲛人规定，只有拜神祭方可进入鲤鱼池，若是其他时间进入，则衣鲛人可以不问缘由，立即击杀。海沫多次到鲤鱼池探查，探清楚了兵器仓库的所在，查清楚了衣鲛人的巡逻规律，抓住一个空当，从仓库里偷了一把不起眼的金属匕首。

正是这把金属匕首，助海沫一举击杀蛟人的龙头大爷老炮儿，保住了观音桥，保住了秋翠家族。

然而，珍珠秋翠却告诉她，老炮儿是她的爸爸。

“是又怎样？我只知道他蛟人龙头大爷的名号，根本不晓得他与我有什么关系！”海沫冲珍珠秋翠咆哮，“就算有，那也不关我的事！我从来没有见过他，没有和他说过话，他没有看着我的眼睛对我讲古老的故事，也没有手把手地教我如何从数十个穷凶极恶的蛟人的围攻中活下来！你叫我如何想他？他是蛟人暴虐的领袖，活该被暗杀的对象！我杀了他，救了观音桥，救了秋翠家族！我有什么错?！你说我哪里做错了?！我凭什么要内疚?！”

珍珠秋翠无言以对。

之后，海沫一直计划着再去一趟鲤鱼池，取一把金属兵器。不要别的，就要葡萄衣腰间挂着的那种长剑。当阿飞告诉她，光写家族要在家族联盟会议上“大闹一场”时，她知道自己的机会来了。

“只有大口鲶是不够的，要是加上鳄雀鳝，就更热闹了。”她对阿飞说。

“你就不怕吗？”阿飞问。

“怕什么？”海沫没明白过来。

“大口鲶还好说，鳄雀鳝可是凶猛的食肉鱼，你就不怕它们会伤到你的鲛人姐妹？”

“我有什么好怕的。”报复的快感在海沫心底滋生，“她们又没有在乎过我，我为什么要在乎她们？”与此同时，她想得更多的是，这种凶猛的食肉鱼出现在大剧院，会迫使绯秋翠向衣家族求援，这样，鲤鱼池的守卫会减少很多……

当光写家族在族长楼兰的带领下进入大剧院，一边吟唱，一边释放数百条饥饿的大口鲶以及数条鳄雀鳝，制造出前所未有的混乱时，海沫趁乱离开了大剧院，按照预先设计好的最佳路线，向着鲤鱼池游去。

海沫没有注意到，珍珠秋翠在一片混乱中，发现了她的举动，悄悄地跟上了她。游到一半的时候，海沫发现了紧跟不舍的珍珠秋翠。她想了想，决定躲开珍珠秋翠。珍珠秋翠的唠叨实在让海沫无法忍受。要是珍珠秋翠知道大口鲶和鳄雀鳝是海沫出的主意，还不知道会唠叨成什么样子呢。

海沫藏身于一丛金鱼藻的下边，看着珍珠秋翠从旁边游过，然后换了一条更为隐蔽的水路，向着鲤鱼池继续前进。她猜测珍珠秋翠发现前面没有了自己，会放弃追踪，回到大剧院去。

她不知道自己猜错了。

十六

陌刀的目光从离魂移到闷墩儿，最后停留在冷开泰身上，知道今日之事断难善了，于是开门见山地说："海底在上，三爷这是想杀了我，自己登上龙头大爷之位？"

冷开泰冷哼一声，道："幺师去了木阳城。"

陌刀不由得愕然。

冷开泰继续说："储奇门的蛟人弟兄去蚂蝗梁攻打丹顶家族，遭到顽强抵抗，损失不小，刚回到储奇门，就遭到了袭击。储奇门上下，从管事幺师到守卫仓库的小兵，所有蛟人弟兄都去了木阳城。"

"谁干的？"

"你还好意思问！不是你还有谁?！"冷开泰说，"幺师投靠了我，成为清水派的一员，你就杀了他。你杀死幺师，我可以理解，可你为什么要杀死储奇门上上下下一千多蛟人？"

"怎么可能？我再厉害也不可能杀光储奇门的所有蛟人！"

"龙麻子和他的弟兄也出动了……"

"龙麻子带着弟兄们去采集二爷要的标本……

闷墩儿按捺不住："跟他说什么废话！杀了他！"

离魂已经龇着牙、咧着嘴，恶狠狠地游过来，手里的鹿角剑对准陌刀的胸部就是一刺。陌刀连忙松开抓住狐尾藻的手，任由海沫的尸体被水流带走。他一边记住那一股水流的方向和速度，相信自己忙完了眼前的一切，可以去找回来，一边闪电般地避开了离魂的攻击，并顺势反击。

另一边，闷墩儿也两手各提一把钉锤猛攻过来。

钉锤势大力沉，也就闷墩儿这样臂力过人的蛟人可以挥动自如。他的每一次举高，每一次砸落，都带起一连串的水花。那钉锤是金属制成，别说砸中，就是碰着、磕着，不死也会重伤。

鹿角剑与钉锤相反，它轻盈而锋利，走的是敏捷路线。离魂本就瘦弱，看上去病恹恹的，动作却异常灵活；一击不中，立刻改变方向，从完全不同的角度，刺出第二剑，然后是第三剑、第四剑……连绵不绝。

在闷墩儿与离魂的联手攻击下，陌刀丝毫不落下风。一把匕首舞得虎虎生风，上刺闷墩儿，下挡离魂，一时之间，三个蛟人战作一团。

水下格斗与陆地不同，水的阻力远大于空气，如何有效地攻击是个大问题。陆地上的格斗，多数情况下是在一个平面进行，能够跳到空中，进行立体攻击，是少数高手才能办到的。而在水里，每一个训练过的蛟人战士都能从四面八方任意一个角度进行立体攻击。闷墩儿与离魂，因为战功升至管事，自然是水下格斗的顶尖高手。

陌刀从老炮儿那儿学到不少格斗技巧,他自己又从一次又一次的实战中摸索出一整套格斗方法。水下格斗的诀窍概括起来只有一句话:如何利用水流来实施最有效的攻击。

水流既有稳定的一面,又有变化无穷的一面。有时,需要借助水流来加快攻击的速度;有时,需要借助水流来改变身体所处的位置;有时,需要水流来迟滞对手的攻击。

陌刀调动全身感官, 一边注意闷墩儿与离魂的联手攻击,或是闪避,或是格挡,一边观察水流的改变,并随之游动于闷墩儿与离魂之间。

陌刀用敏捷来对付闷墩儿的力量,尖利的匕首决不与钉锤硬碰,总是以刁钻的角度,刺向闷墩儿的手腕、额头或是长尾,迫使他收回砸落的钉锤,护住自己的身体。

陌刀又用力量来对付离魂的敏捷。这鹿角剑据说是一种叫作鹿的陆生动物额头上的角磨制而成, 如今鹿早已和陆地一起消失,它们的角却有一小部分埋藏在了水底,被蛟人挖出来,制成了锋利的兵器。鹿角剑剑尖确实锋利无比,但缺点也很明显,剑身容易破碎。因此,陌刀会刻意用力攻击鹿角剑的剑身。本来匕首比鹿角剑要短上许多,但它是金属制成的,而离魂的这把鹿角剑来之不易,自然不肯让陌刀击碎,于是打起来束手束脚,攻击力大打折扣。

在闷墩儿和离魂的围攻下,陌刀手尾并用,上下游动,快如闪电。时而在闷墩儿的头顶,时而在离魂的尾后,刺出匕首;时而在闷墩儿与离魂的中间，险之又险地避开了他们的所有攻击。

好像是陌刀在围攻闷墩儿和离魂，而不是闷墩儿和离魂在围攻陌刀。一旁观战的冷开泰不由得皱紧了眉头。

下一轮攻击中，陌刀刺中了闷墩儿的左手手腕。长时间挥舞沉重的钉锤，令闷墩儿的速度慢了许多。他丢下左手的钉锤，但不肯退下，声嘶力竭地呐喊着，继续用右手的钉锤疯狂进攻。

但这进攻自然毫无章法。

陌刀且战且退，轻松地避开了闷墩儿的所有进攻，并在他气力用尽之后发起反击，再一次刺中闷墩儿的尾巴。离魂上前护住闷墩儿，却被陌刀利用水流，拉近了两者的距离，以一种匪夷所思的身体旋转方式，从前方转到他身后，顺手刺进了他后背张开的鳃裂之内。

鳃是蛟人最为脆弱的部位。离魂惊慌失措，全力后撤，忙乱中撞到了闷墩儿身上。闷墩儿两次受伤，也是愤怒至极，竟一把将离魂推开，正好推到追击而来的陌刀跟前。

陌刀毫不手软，一匕首将离魂刺了个透心凉。

冷开泰见状，急忙挥手，下令让剩下的蛟人战士全数参战。“杀了他！”冷开泰也让护卫送上自己的兵器，一把比一般骨矛长得多也大得多的鲸骨枪，带头向陌刀冲去。蛟人崇尚武力，领袖带头冲锋是基本要求，但并不强调公平，能赢最关键。

二十名蛟人齐齐攻向陌刀。他们都是久经沙场的战士，没有一拥而上，而是彼此配合，结成战阵，主攻与佯攻相结合，向陌刀发起一轮又一轮的攻击。

一时之间，陌刀险象环生。

他且战且退，计划着退到浮萍的根茎里，利用浮萍纠结在一起的巨大根茎，拆解掉蛟人们的集体攻击。

冷开泰瞧出了陌刀的计划，亲自堵住了他的去路。

陌刀躲闪不及，肩膀被鲸骨枪刺中，伤口喷出一股血雾，然后化作一串血泡，汩汩向上。

趁着陌刀力弱，冷开泰发起一连串进攻。

背后忽然传来又轻又快的破水之声。

一名蛟人旋即惨叫着，喷着鲜血死去。他腹部所中的，分明是鲛人的弩箭。陌刀扭头，看见一个秋翠鲛人手持手弩，一边游动一边快速射击。她的背鳍红得艳丽，从头部到尾部的三条鳞带是白色的，躯干部分包裹着稠密的银色，头部和胸部则点缀着温柔的粉红——竟与他先前杀死的鲛人有九分神似。

又有几名蛟人中箭死去，蛟人结下的进攻阵形由此大乱。陌刀压力顿减，但他还来不及高兴，就见弩箭向着自己的面门而来。与此同时，鲤鱼池里边拥出一队衣鲛人，都带着金属打造的兵器，看见蛟人，立刻组队杀将过来。

陌刀观察四周，发现水流再次发生变化，离他最近的一股水流向着鲤鱼池洞开的拱门涌去。他挡开一名蛟人的攻击，游进那水流，向着拱门快速游去。

那名秋翠鲛人在他身后紧追不舍。

他和她，一前一后，游进了鲤鱼池。

十七

隔着一条水沟，海沫目送一队衣鲛人向大剧院方向快速游去。她欣喜地游向鲤鱼池。前方传来打斗声，她隐蔽前进，先看到一群蛟人在围攻一个蛟人，后看到在战场附近珍珠秋翠那没了生气的尸体——海沫立刻就疯了，举起手弩，不顾一切地向着一群蛟人发起进攻。

弩箭支支命中蛟人，蛟人纷纷毙命，结成的进攻战阵四散开来。

但别的蛟人都不重要，那个被围攻的蛟人还好好地活着。他手里握着她所熟悉的金属匕首，而珍珠秋翠身上独特的伤口，证明他就是杀死珍珠秋翠的凶手。

海沫向着那名蛟人发起了疯狂的进攻。那名蛟人身手颇为矫健，肩部受伤也没有影响他的发挥，不但从容避开了所有的进攻，而且在衣鲛人护卫加入战斗之后，趁乱冲出蛟人的包围，向鲤鱼池的拱门游去。

海沫紧追不舍。

圆弧形拱门从海沫头顶一闪而过。

门楣上刻着两只抽象化的锦鲤，一左一右，好似在相互仇视、远离，又好似在彼此转圈、跳舞。

拱门内是被半透明穹顶覆盖的一栋连一栋的建筑，一连串走廊、楼梯和步道将这些建筑连接起来。那蛟人在前快速游动，海沫费尽力气，也只能勉强跟上。只要在任何一个拐弯的地方多耽搁一个心跳的时间，她都会失去他的踪影。而在她身后，衣鲛人的一支十人小队也加入追逐之中。

衣鲛人追捕她，也追捕那蛟人。

那蛟人竖起的尾巴奋力摇动着，一连串的水泡顺着他的身体往后喷出。忽然，他消失了，无缘无故，毫无征兆。

海沫心急如焚，没有迟疑，没有减速，径直冲向他消失的地方。

身边的水体忽然波动了一下，似乎有什么带着光的东西从她身上流过，令她的每一片鳞片都竖了起来。她打了一个前所未有的寒战，身体不由自主地扭动、屈伸、辗转反侧……然后，水消失了。

她从小到大，一直生活在其中的水莫名其妙地消失了。

她悬浮在半空，无所依凭，这让她产生了前所未有的恐慌。

水怎么就消失了呢？

恐慌中，她看见了那蛟人。他和她一样，也悬浮在半空中，但他明显比她镇静，但也有可能是他先进到这个古怪的地方，所以已经过了恐慌的阶段。而且，衣鲛人护卫似乎没有追进来，这里似乎只有他和她，没有别的生灵，甚至物件。

她和他身处虚空之中，四面八方没有任何东西。

海沫定了定神,用绯秋翠教给她的呼吸之法平稳情绪。这里虽然没有水,但并不影响她的呼吸。这意味着什么?意味着没有水其实是假象吗?

“我叫陌刀。”那蛟人说,“你是海沫吗?”

“我管你是谁!你杀了我妈妈,我要杀了你!”海沫厉声回答,旋即意识到,这可能是很长一段时间以来她第一次把珍珠秋翠叫作妈妈。在珍珠秋翠死了之后,在珍珠秋翠无法答应的时候。我小时候是不是无所顾忌地叫过她妈妈?她有没有特别高兴地答应过?

陌刀疑惑地问:“你有妈妈?她是你妈妈?蛟人有妈妈吗?”

海沫没有回答,只是瞪着前方自称叫陌刀的蛟人。

陌刀体表密布多棱且反光的鳞片,看上去闪闪发亮,仿佛全身嵌满宝石。其中,从背鳍到侧线,四列鳞片排列得整整齐齐,甚是显眼。他的鳞片在红色斑纹上,呈现出罕见的金色光泽。

她要记住他的模样,他的声音,他的味道。这样,即使今天不能杀死他,以后也能在千条万条蛟人之中将他分辨出来,然后杀死他。

旋即,海沫抬起手中的手弩,向陌刀射出最后一支弩箭。

那支弩箭向着陌刀飞去,飞了一半,忽然凭空消失了。

海沫不管,又从腰间取出蚌刀,向陌刀冲杀而去。

但不管她怎样冲,都无法缩短与陌刀的距离。

“这里有古怪。”陌刀说。

话音刚落，就见四周人影幢幢，各种嘈杂的声音潮水一般传入耳中。各种建筑也在晃动、闪烁，犹如阳光照耀下起伏不定的水面。渐渐地，建筑稳定下来，建筑上闪闪烁烁的霓虹灯照亮了一切。晃动的人影也稳定下来，从一团团模模糊糊的影子，固化为一个个身着怪异服饰的陆生人，迈着滑稽的双腿，在地上艰难地行走。

“鲤鱼池。”陌刀说，“这是陆生时代的鲤鱼池。”

海沫无不惊讶地发现，自己置身于熙熙攘攘的人群中，也长了两条腿，尾巴消失不见，甚至“穿”上了一件白色短袖衬衣，一条只到膝盖的牛仔裤，还有一双干净的水晶凉鞋。她目眩神迷，心旌摇荡，大为震撼，以至于忘了要向陌刀寻仇。此前，她只在舞台上看白写她们表演时，见过这样古里古怪的穿着打扮，却从来没有想过，有一天自己会穿上同样的衣物。

她看看自己的那两条腿，陌生无比，然后……她动了动脚趾，试着向前走了一步。没有跌倒，也没有前俯后仰，就又迈了一步，又迈了一步。她没有学过走路，但不知怎的，她就是知道该如何走路。

这就是生命的本能？

陌刀也“穿”上了衣服，迈步走向前边的一个水池。水池里养着许多颜色鲜亮的鱼。有两个年轻的陆生人，一男一女，坐在水池边，专注地看着水池里拥挤的鱼群。

海沫望向水池，里边张大了嘴等着喂食的鱼群令她有种莫名的熟悉。

还有莫名的深深的恐慌。

陆生人中的一个,男的,向水池里丢了几粒鱼食。于是,鱼群骚动起来,争着抢着。一时之间,水花翻涌,各种鲜亮的颜色在阳光之下熠熠生辉,流光溢彩,争奇斗艳。

“真漂亮啊!”女的说,“我喜欢,喜欢这些锦鲤。”

锦鲤?就是这些鱼的名字吗?

“你们终于来了,”男的抬起头,冲陌刀和海沫说,“很遗憾,以这种方式与你们见面。我是段楠。”

“祖师爷。”陌刀恭恭敬敬地拱手。

“我是程小葵。”女的很自然地补充道。

海沫打量着她:“葵神?你是葵神?”

这是她第一次意识到葵神是陆生人,虽然这是显而易见的事情。在此之前,她和所有鲛人一样,都只看过葵神的半身神像,没有想过她的下半身是怎样的,是腿,还是尾巴。

“叫什么其实无所谓。”程小葵回应说。

段楠说:“你们现在所处的地方,是虚拟空间。这些,都不是真实的,包括我们。我们只是程序,只是真实的我们的数字分身。扫描数字分身时,我们其实已经很老了,却以这样年轻的形象出现,这说明什么呢?说明我们对年轻是多么留恋。”

程小葵说:“其实,我们并不知道你们什么时候能进到这里,进来了解历史的真相。几十年后?几百年后?几千年后?或者永远没有机会进来？谁知道呢。我们只是来告诉你们，我们所知道的历史是怎样的。”

“那么，历史到底是什么？”陌刀问，“请告诉我们。”

这也是海沫想知道的答案，所以她凝神倾听。

承

·凤皇翼其承旗兮

十八

在南纪门，冷开泰稳住身形，远远地看下方的蛟人列队从铁肩和铁膀手里领取螺蛳。他们的肤色各异：黑色、茶色、橘黄色、黄绿色……有的鳞片上浮现黑色斑纹，有的鳞片上浮现白色斑纹，但此时都按照战功的积分来排队。积分越高，位置越靠前；反之，积分越低，位置越靠后。这些桀骜不驯、杀人如麻的战士，这个时候都规规矩矩，温顺得像蠢笨的江豚。对这样的现象，冷开泰很满意。

他是对自己满意。

没有他，就没有蛟人的今天。

他不由得握紧了手中的鲸骨枪。时至今日，以他的地位，已不需要亲自上阵，以他糟糕的身体状况，也已不能冲锋陷阵，但他还是习惯于把鲸骨枪带在身边，因为鲸骨枪是老炮儿送给他的兵器。

这鲸骨枪来之不易。老炮儿亲口告诉冷开泰，有一天，不知道从哪里，突然闯来一头硕大无朋的怪兽，比两百个蛟人加起来还要大。“我们都吓坏了。”老炮儿说，“还是老飘聪明，他知道那是陆生人所称的长须鲸，原本生活在大洋深处。老飘说它迷了路，所以才误打误撞，来到扬子海。它空有骇人的外表，其实非常虚弱，生了重病。我们杀死了它。鲜血染红了一大片湖水。我们是在血水里作战,死了十多个蛟人,然后用它长得骇人的肋骨,制成了三十把鲸骨枪。这是其中一支,我亲手磨制的,现在送给你,去建功立业,干死蛟人吧。”

冷开泰听从了龙头大爷的吩咐,无数次用它冲锋陷阵,积累的战功,足以使他年纪轻轻就荣登当家三爷的宝座,与龙头大爷、圣贤二爷一起,成为蛟人最高领袖之一。

那个时候,冷开泰全身披着的亮晶晶的鳞片,排列得整整齐齐,发出金黄色的光芒。现如今,他老了,鳞片不再整齐,不再闪亮,甚至颜色也变成了银灰色,看上去就无精打采,一副病恹恹的样子。

不能再如往日一样冲锋陷阵,冷开泰就把所有的时间和精力花在了对蛟人的内部管理上。

由冷开泰牵头,制定了更详细的战功考核方案,划分了责任,提高了奖励与惩罚的力度;又在老炮儿的支持下,成立了以冷开泰为核心的考核小组,先是对方案进行宣讲,保证每一个门的每一个蛟人都熟悉到能背诵的程度,继而对方案的执行实施全方位的监督,保证方案落到实处。

冷开泰对身边的离魄说:“一个蛟人不过是一只小虾米,一群蛟人不过是一群小虾米,但组织起来的蛟人就是一条所向披靡的蛟龙。而战功考核,就是将蛟人组织起来的具体方法。”

离魄点头称是。离魂去了木阳城后,由离魄接任金紫门管事。

跟全身都是深蓝色的离魂相比，离魄的鳞片中央也是深蓝色的，而鳞片的边缘却呈浅蓝色。但他最明显的标志，是少了一条左臂，游起泳来歪歪斜斜的。

这次，南纪门的养殖场遭到无名瘟疫的破坏，缺了食物，冷开泰亲自给南纪门送食物过来，并且点名要离魄陪同。目的很明显，就是要让南纪门的蛟人认识这位新任管事，并且知道他是冷开泰的心腹。“要做事，还要让人看到，要让他们看到你的能力，并且感你的恩。”冷开泰如是说，“目标要远大，但事情要一件一件地做。”

眼下，蛟人还只是蛟，不是龙。如果他冷开泰当上了龙头大爷，在他的治理下，蛟人迟早会化蛟为龙，威震四海。事实上，要不是他冷开泰，只会冲锋陷阵的老炮儿根本不可能取得他所宣称的那些成就。

老炮儿年轻的时候叫钢炮，因为他嗓门儿大，脾气急，敢说敢干；后来渐渐混出名声，混出地位，人称炮哥，以对弟兄从不拉稀摆带著称；再往后，他靠着战功，靠着声望，一路从营门做到挂牌、纪纲、巡风，再做到朝天门管事，大家都开始叫他炮爷；前任龙头大爷病逝前，当众宣布由钢炮接任，也是众望所归。此后，在钢炮的带领下，蛟人东征西讨，迅速扩张，屡次击败鲛人，走上了数百年来水下纪元的巅峰。

钢炮年纪大了，头发白了，脾气倒是一点儿也没有改，甚至更加急躁与火爆。老炮儿的叫法也不胫而走。

事实上，老炮儿的叫法正是冷开泰发明的。

这个叫法，一半是嘲讽，一半是揶揄，竟为全体蛟人所接受，倒是大大出乎冷开泰的预料。

这时，食物已经发放完毕。铁肩和铁膀过来，向冷开泰汇报。这两个蛟人样貌奇绝，都如闪闪发光的黑龙，区别在于铁肩的花纹是金色的，而铁膀的花纹是红色的。“你们辛苦了，一旁休息吧。”冷开泰说。对于金紫门的属下，冷开泰向来威严而不失亲切。

南纪门管事闷墩儿游到冷开泰身边，恭敬地说：“三爷，感谢三爷为南纪门送来食物。”

“闷墩儿，你的伤怎么样了？”

“小伤，早好了。”闷墩儿回答，“有那个家伙的消息吗？”

“不必在意那个家伙，小泥鳅，翻不起浪来。”冷开泰摇头，“今天我过来，是有事情要亲自告诉你。”

“三爷请讲。”

冷开泰说：“去告诉你的弟兄，水荒已经开始了，食物还会继续减少——好好珍惜手里的食物吧。”

闷墩儿瞪大了眼睛。

冷开泰说：“养殖场里的螺蛳和河蚌大量死亡，可不只是南纪门一家。金紫门也遇到了，我们是空着自己的肚子来给你们送粮食的。以前养殖的螺蛳和河蚌也患病了，但几个年迈的蛟人都说，从来没有见过螺蛳和河蚌这样的死法，完全找不到生病的原因，说死就死。还没有死的，也是一副病入膏肓、随时会死的样子。”

“二爷怎么说？”闷墩儿迟疑着，还是把那句话说了出来，“二爷是蛟人之中最聪明的那一个。”

“二爷？”冷开泰闷哼一声，“他只知道水变咸了，水荒要来了，要我们做好准备。什么叫做好准备？这话说了跟没说一样。别再说他是蛟人之中最聪明的那一个了。他啥也不知道，跟我们一样。”

“可是，如果真的是水荒……”

冷开泰不想在这种事情上浪费时间，挥手止住了闷墩儿的话头。不就是水荒嘛，没什么大不了的。现在的关键是龙头大爷之位，而水荒正好给了他夺取龙头大爷之位的机会。他把话题扯开：“闷墩儿，你亲自从南纪门里边挑选出最擅长作战的精壮弟兄，等候我的命令，随时准备出发作战。”

“要打谁？”闷墩儿疑惑地说，“《海底》规定，单刀会期间禁止打仗。”

“你不想打仗，有人盼着打呢。浑水派。”离魄适时插话，并补充道，“我去过储奇门了，没有见到一个活的蛟人。它的养殖场也被洗劫一空，连一个螺蛳或者河蚌都没有留下。你觉得会是谁干的？”

“我知道了。”闷墩儿说，“我会按照三爷的吩咐去办。关键时刻，我闷墩儿决不拉稀摆带。”

冷开泰摆摆手，让他离开。

对闷墩儿，冷开泰是很放心的。他头脑简单，认定的事情就不会改。假如严格按照《海底》的标准来评选，闷墩儿会是最典型的蛟人。

蛟人敬重“忠义”，对蛟人“忠”，对弟兄“义”，而闷墩儿同时有“忠肝义胆”。

冷开泰不担心闷墩儿，也不担心金紫门。

金紫门是冷开泰起家的地方，他曾经担任过多年的金紫门管事。就任当家三爷之后，他也长期住在金紫门。为了金紫门的壮大，他可下了一番功夫，这从他培养接班人的事情就可见一斑。离魂死了，离魄上任，毫无问题；离魄后边，还有铁肩；铁肩之后，还有铁膀。相比之下，老炮儿就显得短视，以为自己还能征战多年，迟迟不公布继任者是谁。直到战场遇刺，危在旦夕，才梦醒了一般，忽然任命一个毛头小伙当龙头大爷。结果呢，自然不能服众。

太平门那边也不用太担心。

在储奇门灭门之后，太平门管事牛耳大黄再也不能骑墙，至少在口头上承诺为三爷扎起。他曾经告诉离魂，只要冷开泰拿到那本祖师爷留下的《海底》，就认冷开泰这个龙头大爷。“老规矩，不能坏。”向来重视仪式感的牛耳大黄如是说，“清水派，不就是追求从祖师爷那里一脉清水传下来的吗？”

没有太平门的支持，我照样能登上龙头大爷之位，冷开泰想，等我登上龙头大爷之位，要做的第一件事情，就是废除这个称号，改叫“舵把子”。什么圣贤二爷、当家三爷，统统废掉，一切都是我说了算。水荒有啥可怕的，我是舵把子，自会有忠心耿耿的蛟人为我献上食物，我会活得比谁都长久都滋润。至于陌刀，不管他此时在哪里，是生是死，都不重要。

十九

鲛人陷入了前所未有的混乱之中。

秋翠家族族长绯秋翠病了。在大剧院，由光写家族制造的混乱中，她的肩膀被一条大口鲶咬了一口。当时没事儿，后来却渐渐恶化，伤口怎么也愈合不了，还不断向外流白色与红色混杂的体液。

丹顶家族族长梅花丹顶亲自带着三种清洁鱼到观音桥为绯秋翠治病，也没有取得明显的效果。“这是赤皮病，”梅花丹顶说，面色凝重，“《锦鲤宝典》记载，此病是鲛人受伤后，感染荧光极毛杆菌引起的。患者皮肤大面积发炎充血，鳍条末端腐烂，鳞片大量脱落，特别是鱼体两侧及腹部最明显。”

“还要你说，我们都看出来了。”秋翠家族的巫罗花秋翠性急地说，“关键是，怎么治好盟主的病？”

梅花丹顶摇头：“《锦鲤宝典》上所载的几个药方我们都无法制造。”

花秋翠火冒三丈，要不是绯秋翠制止，估计梅花丹顶已经挨了她的拳头。

梅花丹顶前脚离开，后脚绯秋翠就收到了珍珠秋翠去世的消息。衣家族族长葡萄衣派出信使，送回珍珠秋翠的尸体，同时告诉绯秋翠，海沫进入鲤鱼池后不知所终。

“海沫消失的地方，是葵神指定的禁区，”信使说，“衣鲛人不得进入。”

鲤鱼池是鲛人的禁区，除了拜神祭期间，别的时间任何鲛人都不得进入鲤鱼池，衣鲛人除外。作为族长和盟主，绯秋翠多次参加拜神祭，进入过鲤鱼池，但也仅限于与活动有关的地方，鲤鱼池那么大，还有好些地方她根本没有去过。而海沫去的是禁区中的禁区……珍珠秋翠之死，已经令她无比悲伤，海沫又进到那样一个地方……绯秋翠强打着精神问：“禁区里边到底有什么？”

“禁区。”信使如是回答，“没有鲛人进去过，也没有鲛人出来过。”

绯秋翠刚安排花秋翠为珍珠秋翠举行隆重的葬礼，银鳞就派来信使，要求盟主增加金银鳞家族参加今年拜神祭的名额，理由是丹顶家族减员严重。“还有光写家族，也死了不少。”信使说，“按照往年的习惯，家族成员减少，拜神祭名额也会相应减少。银鳞族长的意思是，减少的名额，最好给金银鳞家族。金银鳞家族这两年发展得快，人口暴涨。”

“秋翠家族也死了不少，要不要把秋翠家族的名额也给金银鳞家族？”

“银鳞族长没有这个意思。”

绯秋翠说：“你刚刚口口声声说银鳞族长、银鳞族长，银鳞明明是巫罗，金鳞呢？”

信使说:“金鳞已然病重,离死不远了。”

又一个意料之外的消息:“什么病?”

“梅花丹顶族长亲自诊断过了,是黏细菌性烂鳃病。”

绯秋翠听说过这种病,患者的鳃丝一处或者多处腐烂,一开始只是呼吸困难,很快就无法呼吸,转眼死去。这种病的麻烦在于,除了呼吸困难,身体上没有别的异常,早期很难发现,一旦发现,离死也就不远了。“银鳞就自封族长了?”绯秋翠调整了一下呼吸,问道。

鲛人七大家族,各自有挑选族长的方式,有格斗的,有辩论的,有前任族长任命的。不管方式如何,最后都需要报请盟主同意,族长才能真正上任。一般情况下,盟主也不会不同意,因为这是家族的内部事务。尽管只是走一个流程,银鳞也不肯,擅自继任,这说明盟主的权威下降得厉害。

信使呵呵一笑:“银鳞族长说了,近日盟主身体有恙,不宜过度操劳。等将来盟主身体好转,银鳞族长会亲自到观音桥,登门谢罪。”

银鳞这是赌我会死于这场疾病啊,绯秋翠不无愁怨地想。银鳞向来心高气傲,眼高于顶。金鳞在世,还能压制住她。金鳞一死,银鳞独掌金银鳞家族的大权,确实不好办……不过,原本要在大剧院召开的家族联盟会议上商讨拜神祭名额分配的问题,因为光写家族的捣乱,会议取消了。原本拜神祭名额的分配就是每年一折腾,麻烦得要死,今年突发的事情多如过江之鲫,而且自己又生了重病……只能祈祷葵神保佑了！

下一个来观音桥拜访的鲛人是光写家族现任族长楼兰。

光写鲛人以漂亮著称。在一众漂亮的鲛人之中，楼兰的漂亮也是有目共睹的。她有着纯白如雪的皮肤，还有深宝石红的斑块，红白相间，分外好看。然而，此时的楼兰，与漂亮没有任何关系。她的鳞片掉了，尾巴伤了，手臂断了，浑身是伤。

“发生了什么？”绯秋翠问。

“盟主，我错了。”楼兰号啕大哭，“救救光写家族吧！”

随后，楼兰断断续续讲出了事情的前因后果：大剧院事件后，光写家族暂时到洪崖洞歇脚。因为刚刚做了一件轰动鲛人的大事，大家都有扬眉吐气之感，格外兴奋。然而灾祸立刻就来了。别甲家族在别甲三姐妹的带领下，向光写家族发起了进攻。“不能叫进攻，就是赤裸裸的屠杀。”楼兰说，“她们包围了我们，从每一个门和窗冲进来，见到光写鲛人就杀，连投降都不准，连婴儿都不放过。光写家族没有自己的领地，我们把洪崖洞当成育婴堂……她们用鱼骨制成的刀和剑是那样锋利，别甲鲛人又是蛟人那样的战士，而光写鲛人都是些流浪艺术家，根本就不会作战。屠杀，就在我眼前展开。我看见光写鲛人纷纷喷着血雾死去，整个洪崖洞都被淹没在光写鲛人的血里。到处都是尸体，到处都是濒死的呼喊。要不是四个鲛人拼死护卫，我也会死在洪崖洞的！”

别甲家族的战斗力绯秋翠是见过的，但对同属鲛人的光写家族进行赤裸裸的屠杀，还是超出了绯秋翠的预想和承受能力。她咬紧牙关，默然不语。

楼兰继续说，破坏家族联盟会议是光写家族不对，她愿意接受联盟的一切惩罚，参与此事的光写鲛人都应该接受惩罚。然而参与此事的光写鲛人罪不至死，她们只是听从了族长的命令。至于那些没有参与大剧院袭击事件的光写鲛人，更是不该被株连。“我听赤别甲亲口说的，别甲家族对光写家族发出了通缉令，要将潜藏在任何一个鲛人家族领地的光写鲛人找出来，并统统杀死，一个不剩。”楼兰哭道，“盟主，我求求你了，阻止别甲家族的暴行，救救可怜的光写家族吧，光写家族就要被灭族了！”

绯秋翠一时之间也不知道说什么好。她身心俱疲，无论是体力还是脑力，都在崩溃边缘，无能为力的感觉令她更加绝望。“你们为什么要袭击大剧院？”沉默良久，绯秋翠问道。

楼兰再一次痛哭：“我的错。我没有分辨是非的能力，误信了阿飞的谗言。阿飞说，要把光写家族所知道的历史真相告诉所有鲛人，普通的说教是没有用的，必须采取极端措施才能得到全体鲛人的关注。我听了，我信了，组织了对大剧院的袭击，我错了。我万万没有想到，阿飞竟然是一个伪装者。”

绯秋翠怒问：“你说什么？”

作为盟主，绯秋翠知道不少普通鲛人所不知道的秘密。其中一个，就是蛟人曾经派出伪装者，潜入鲛人之中，给鲛人带来了极大的伤害。这些伪装者，原本是蛟人，却能通过某种匪夷所思的方式，在几天的时间里，变成鲛人的模样。他们的胸部会隆起，皮肤和鳞片会改变形状和颜色，甚至尾巴的方向也会由竖着变成平直，然后很轻松地混入鲛人之中，干出诸如窃取情报、暗杀领袖、破坏团结之类的坏事。

因为这事太过诡异，太过骇人听闻，历代盟主也是口口相传，没有公开过，即使楼兰是光写家族族长，也不应该知道。

“我说，阿飞是蛟人派来的伪装者。”楼兰道，“光写家族在洪崖洞的消息，也是阿飞出卖给别甲家族的。”

“我是问，你怎么知道存在伪装者？”

楼兰回答：“光写家族的首任族长鸣沙蛇就是一个伪装者。鸣沙蛇在蛟人那边，原本是顺平四爷。他变成鲛人的模样，混入我们这边的写家族，就不愿意再回去了。”

绯秋翠知道鸣沙蛇，但她不知道鸣沙蛇是伪装者：“跟我说说鸣沙蛇。”

“那是一百年前的事情了。传说鸣沙蛇去过鲤鱼池的禁区，才发现自己是个少见的伪装者。不过，鸣沙蛇自己并不承认。到了鲛人这边后，鸣沙蛇的认知与普通鲛人又有很多的不同，经常发生冲突，最后鸣沙蛇率领相信他说法的鲛人离开写家族，创立了光写家族。”

绯秋翠又沉默了一阵：“跟我说说阿飞，那个伪装者，他在哪里？”

然后，她才恍恍惚惚地意识到，她最想知道答案的问题是：海沫在哪里？

二十

十岁那年，在与同伴嬉戏玩耍时，阿飞知道了自己是个伪装者的事实。那时他的身体发生了一些不可思议的变化，皮肤的颜色、鳞片的形状，还有某些本不该出现的器官，而同样的变化并没有发生在同伴身上。他的心智向来比同龄人早熟，没有在恐慌中泄露自己的秘密，他成功地瞒住了所有同伴，没有让自己成为同伴中的异类。

他很有技巧地四处打听，了解到了伪装者的说法。然后，从“伪装者”这个陌生的词语出发，收集到了与伪装者有关的一切资料。蛟人中出现伪装者的比例虽然不高，但并非极其罕见，在很多广为流传的蛟人历史事件中，暗地里都有伪装者影影绰绰的身影。

一百年前，出现了一个叫鸣沙蛇的伪装者。他精于情报工作，从最底层做起，一路做到顺平四爷的位置，是蛟人历史上第一个四爷，也是唯一的四爷，可谓是自立自强的典范。

那时陌刀和阿飞才认识不久。有一次，阿飞问陌刀，管事到底有多大的权力。

陌刀回答：“大爷、二爷、三爷不管的事情，都归管事管。”

阿飞对这个答案并不满意，又问：“大爷、二爷、三爷，为啥没有四爷？”

“没有就是没有，历来如此。”

“可是为啥呀？按照顺序，应该有四爷的。”

“没有为啥。即使有，也是我所不知道的。”

阿飞心思细腻，看出陌刀其实是知道答案的，他只是不想阿飞知道而已。作为领袖，有自己的秘密，不能凡事都与别的蛟人分享，再亲密的都不行，也不是什么难以理解的事情。阿飞自有办法打听。

根据《海底》的规定，蛟人确实只有龙头大爷、圣贤二爷和当家三爷，并没有顺平四爷。一百年前的龙头大爷专门为鸣沙蛇设立了顺平四爷的职位，以表彰鸣沙蛇在情报方面的卓越贡献。但那之后鸣沙蛇就从历史记录中消失了，后来也不再设立顺平四爷一职。阿飞花了三倍的时间，终于从无数的碎片中，拼凑出鸣沙蛇就任顺平四爷之后的故事。鸣沙蛇利用职务之便，去过鲤鱼池禁区后，叛逃到了鲛人那边，以鲛人的身份加入写家族之中。后来，鸣沙蛇与写家族发生了激烈冲突，于是带领一部分信徒，从写家族中独立出来，创立了第七个鲛人家族——光写家族。

鸣沙蛇在鲤鱼池禁区里到底看到了什么？阿飞不禁好奇，并将鸣沙蛇立为自己的榜样。他继续长大。当身体的变化无法遮掩时，他离开水下城市，去荒野独自生活，直到身体恢复正常形态。就是在独自生活时，他学会了控制自己的身体，在蛟人与鲛人的形态之间轻松转换。也有可能不是学会，而是他本来就会，只是之前自己不知道罢了。

当他以蛟人形态置身于蛟人之中时，他与他们从容地交往，仿佛是他们水乳交融的一员。与此同时，他的意识又置于蛟人群体之外，用一双冷静到冷酷的眼睛观察着蛟人们的熙来攘往，好像他不是蛟人而是另一种完全不同的异类一样。

阿飞曾经多次试图潜入鲤鱼池，但都被千厮门弟兄阻止。他认识到，合法地进入鲤鱼池只有一个途径，那就是单刀会。只有单刀会，才允许普通蛟人进入鲤鱼池。于是他开始策划，无意中认识朝天门管事陌刀。陌刀说他游动的姿势就像天上的鸟儿，于是给他取了一个新的名字：阿飞。

给中等和下等蛟人赐名本是上等蛟人的特权。对这个新名字，阿飞并不喜欢。直到有一天，陌刀带着他去海面。那是晚上，蛟人睡觉的时间。陌刀解释说，只有这个时候，才能去那上面。白天去的话，太阳当空照，光线太强，蛟人的眼睛受不了，会瞎掉。他们一前一后，远离朝天门，向着海面游去。

越往上游，光线越是强烈，眼睛里的瞬膜开始抽搐。但那一蓬蓬光线，照射在陌刀的皮肤和鳞片上，令他熠熠生辉，也照射在阿飞身上，百转千回，变幻莫测。这无法言说的美，令他无比痴迷。

再往上游，就是海面了。这是阿飞第一次到海面。只见海面起起伏伏，一半是碧绿，一半是银白。高天之上，微云之中，悬挂着一轮金黄的圆月。陌刀痴痴地看着，阿飞也痴痴地看着。没有任何言语能够形容眼前的美景，能够形容这美景给阿飞所带来的触及灵魂最深处的震撼。

那次没有看到飞鸟,然而阿飞已经非常满意了。在那之后,他又去过很多次海面。有时和陌刀一起,更多的时候是独自一人。

晚上,蛟人们都在各自的房间沉睡。他们闭着眼睛,关上耳朵,像海草一般,竖直悬浮着。背鳍和尾巴,还有双臂,都会不时动一两下,以保持身体的姿势和位置不变。他们也会咂嘴,鳃裂随之开合。他们还会做梦呢,有的梦稀松平常,有的梦却比最久远的神话还要稀奇古怪。

阿飞离开他们,独自前往海面。四方上下,都是浩荡的海水,空无一人。或者说,整个扬子海,就只有他一个蛟人,以至于他产生了一种错觉,觉得这扬子海是他所独有的,他是这海中唯一的王。

在海面,他痴迷于光线的变幻,痴迷于月亮的圆缺,痴迷于每一朵云,每一阵风。第一次看见飞鸟从遥远的天际划过,他激动得流下泪。从那以后,他忘记了自己原来的名字,在阿飞的面具下,继续自己的行动。

他甚至尝试过在白天去海面,但正如陌刀所说的那样,还没有到海面,他就被强烈到如一把把尖刀的太阳光给吓回来了。假如再待上几分钟,他多半会死掉。由此他得出一个结论:晚上的海面是天堂,而白天的海面是地狱。

当陌刀命令他变身,去蛟人那边打探情报时,他其实是非常愿意的。因为这是鸣沙蛇当年做过的事情啊。刺探情报只是最基本的工作,如果能挑拨蛟人内斗,削弱她们的实力,那当然是好上加好。

变身后潜伏到鲛人这边的事情，异常顺利。打听到海沫的存在、一手制造大剧院事件、把光写家族出卖给别甲家族，阿飞都干得如鱼得水，得心应手。

特别是屠灭光写家族这件事，让阿飞有一种无法言说的畅快感，堪比当年发现自己能在蛟人与鲛人之间变身。光写家族可是鸣沙蛇一手创立的，而今我一手将它毁灭，还让鲛人陷入不死不休的内战局面，还有比这更令人激动的事情吗？

别甲家族，向来有“鲛人中的蛟人”的评价。目睹别甲鲛人在洪崖洞对光写鲛人的大屠杀，阿飞算是真正理解了这句话的意思。她们体格强健、骁勇善战，杀起人来毫不心慈手软，对蛟人是这样，对鲛人还是这样。在阿飞看来，黄别甲霸道，赤别甲蛮横，白别甲傲慢，但她们都爱杀戮。

阿飞庆幸大屠杀发生的时候，自己站在了别甲家族这一边，站在了别甲三姐妹的身边。出卖光写家族，他没有一点儿心理负担。他自己能够活下去，才是最重要的。

他记得，这是自己临行时，陌刀下的命令：“无论怎样，活着回来。”

活着才能去海面看月亮，看飞鸟和云。

给阿飞下命令的，还有冷开泰。

陌刀够聪明，却不会变通，坚决不为阿飞参加单刀会而动用自己的权力。就是在这种情况下，冷开泰向阿飞摇起了尾巴。这在蛟人的语言里表示邀请合作。冷开泰给阿飞参加今年单刀会的资格，阿飞给冷开泰提供陌刀的情报。双方一拍即合。

对于背叛陌刀这件事情，阿飞并无多少愧疚。毕竟接触陌刀的目的很明确，就是为了鲤鱼池，而不是别的什么虚无缥缈的东西。

在洪崖洞大屠杀后，跟随别甲三姐妹回别甲家族领地龙头寺的路上，阿飞还是禁不住想，陌刀此时在哪里？他已经死了吗？

二十一

在蛟人之中，老飘的样貌非常独特，脑袋形似传说中的龙头，颌下胡须长而威武，背鳍长而宽，尾巴长而舒展，像凤凰的尾巴，又像是古代大将的战袍，游动时刚中带柔，煞是好看。他的体色混杂了黑色、黄色、红色和白色，随着他的游动，呈现出不同的颜色和光泽。

千厮门哨兵来报告，去唐家沱采集标本的龙麻子管事回来了，说是抓到了一条怪鱼。老飘正要离开实验室，六个蛟人抬着一条长长的怪鱼已经进来了，千厮门管事龙麻子在前边卖力地指挥。他白底红斑，红斑上又涂了一层墨染一般的黑纹，头部的斑纹上也有宛如星星的黑点，正是他名字的来由。

老飘朝他们游过去。

那条奇怪的鱼身体又细又长，像一条银色的带子。身体最宽处两只手可以对握，却有五六个蛟人手牵手那么长。全身没有一块鳞片，裸露的皮肤呈现出银色到银蓝色，分布着斑点和波浪状的斑纹。

“这些斑纹一直是这样吗？”老飘问。

“抓它的时候，斑纹要鲜艳和明显得多。”龙麻子说。

老飘掀开那鱼突出的嘴巴，里边没有牙齿，又摸摸它的粉红色背鳍。这背鳍起初呈丝状，就像蛟人的头发，后来连成细长的一片，一直延伸到尾部。他盯着它细小的眼睛，忽然明白它是什么了。“皇带鱼！”老飘惊恐地喊道。

“很厉害吗？”龙麻子问。

“只有一条？”

“我们看见了十几条，就抓住了这一条，”龙麻子说，“抓它的时候，它挣扎得特别厉害，好几次都差点儿让它逃掉了。”

“皇带鱼性情凶猛，又是吃肉的，厉害倒是厉害，但问题不在于皇带鱼本身，而在于皇带鱼是一种生活在大洋深处的鱼。它不应该出现在我们这里。”

“为啥子这么说？”

老飘郑重地挥一挥手，让蛟人们把皇带鱼送进鲤鱼池他的实验室。

老飘看看龙麻子，说：“意味着大灾变又来了。”

“啊?！”龙麻子的感慨带着意外与恐慌。

“上一次在我们这里发现皇带鱼之后，又发现了无数的深海动物，然后，扬子海出现了蛟人史上最大规模的水荒。”老飘解释说，“那一次水荒，所有的水生植物都死去，所有的水生动物都死去，就连悍不畏死的蛟人也有三分之二提前去了木阳城。”

“三分之二？”

“有的死于饥饿，有的死于鲛人之手，还有的死于蛟人内部的派系斗争。为了争夺所剩无几的食物，一点点螺蛳肉、一点点河蚌肉、一点点金鱼藻……都能引发一场血腥至极的恶斗。我听说过更为可怕的事情，蛟人吃蛟人……那是蛟人史上最为黑暗的时期之一。”

说到这里，老飘停了下来，仿佛身心都沉没于那深深的黑暗之中，无法逃出。

“后来呢？”龙麻子问。

老飘没有马上回答。良久，他开口道，事实上，这样的黑暗时期，或者说水荒，每隔十几年就要来一次，频繁得让历史的记录者都感到厌烦。他研究过，隐隐约约觉得其中有什么规律，和被称为长江的水道有关，但又找不到确凿无疑的证据来证明。现在，看到皇带鱼，那种埋藏在心底的焦灼感重新溢出，占据了他的全副身心。他知道大灾变即将发生，曾经发生过的事情，将再一次当着他的面发生，而他无力阻止。

焦灼感与无力感轮番出动，撕扯和碾压着老飘本就不够坚强的神经。“龙麻子，你不知道，”老飘说，“蛟人原本有九个门，现在只剩六个门了，通远门、临江门、东水门这三个门都已经消失在历史的长河里。这一次，不知道哪些门会消失。”

龙麻子真心诚意地问：“我们怎么办？”

这是一个极其简单、答案却又极其复杂的问题。老飘沉思良久，才说：“龙麻子，你知道袍哥吗？”

“我只知道一点点。”这时，已经等得不耐烦的龙麻子在实验室四处转悠，查看那些养殖箱里的动物和植物，说，“我不像二爷那样无所不知。”

“如果像我一样，生在悍不畏死的族群里，却身体孱弱，无法冲锋陷阵以获取战功，你要怎么在蛟人群里立足？我的做法是，把所有能找到的书看完，让自己的学识更渊博，渊博到看上去特别聪明，以至于别的蛟人无法取代的地步。”老飘自嘲道，“说回袍哥。龙麻子，你知道吗，我们就是袍哥。”

老飘介绍说，袍哥是陆生年代发生战乱的时候，陆生老百姓自发组织的保护自身及维持社会秩序的民间组织，是特定历史时期的产物。《海底》原本就是指导袍哥内部交流的小册子，龙头大爷、圣贤二爷、当家三爷，这些都是千年以前对袍哥领袖的称呼。蛟人的社会架构，只不过是对陆生时代袍哥组织的拙劣模仿。

“我们现在玩的这些，全是陆生人玩剩下的。”老飘感叹道，“虽然它宣扬的忠肝义胆对团结蛟人、令蛟人的水下生活更加顺利，确实有一定价值。”

龙麻子沉吟不语，似在理解老飘的话，又似陷入了迷惘之中。

“龙麻子，你知道老炮儿为什么把龙头大爷之位传给陌刀而不是冷开泰吗？”

“刀哥战功卓著，为人又耿直、仗义。”

“不，这只是一方面，甚至是微不足道的一方面。我和老炮儿交流过，冷开泰的能力极强，这毋庸置疑，但冷开泰的思想已经固化了，认定的事情不会再改了。陌刀不一样，他还很年轻。”

“我一直觉得刀哥很厉害，是蛟人中的精英。”龙麻子说，“但有时候吧，我又觉得他不是我们中的一个。即使身处蛟人之中，他的心思也在别处。”

“袍哥原本就不是什么先进的社群模式。再加上如今……环境已经变了，时代已经变了，大灾变又来了，我们蛟人需要寻求更为合理的组织架构，与新环境和新时代相匹配的社会体系。”老飘对龙麻子语重心长地说，“鲛人也好，蛟人也罢，都需要靠某些方式组织起来。你要知道，单个的鲛人与蛟人在水下世界都是极其弱小的存在，跟小小的气泡差不多，一吹就没了。”

“二爷，你什么意思？”

“对于过去，大灾变之后，我们已经遗忘得太多太多。我们中的大多数都懵懵懂懂，对过去所知不多，对未来无力想象，我们所在乎的，就是眼前的那一丁点儿食物，那一丁点儿居所，还有那一年一度的单刀会。我时常想，我们所谓的水下文明，其实不过是由陆生文明在大灾变后摔成无数的碎片再重新组装在一起的。这种想法，既让我感到深深的悲伤，又让我有些许的自豪，庆幸历尽千难万险，蛟人终究从大灾变中存活下来，并延续至今。”

“说点儿我懂的，二爷。”

龙麻子笃信《海底》，对蛟人忠心耿耿，毋庸置疑。然而，他确实不是讨论这些话题的理想对象。老飘叹息道：“如今，超级水荒又来了，蛟人还能存活吗？还能延续吗？以何种组织模式存活？以何种社会结构延续？这些问题，都要靠陌刀去解决，去回答。陌刀是老炮儿指定的龙头大爷，老炮儿的意思是，让陌刀去完成他没能完成的改造。这是陌刀的职责，也是你的历史使命。”

“我？”龙麻子把他的不可思议最大限度地表现出来。

“重建蛟人的组织方式或者社会结构，只靠陌刀是不可能完成的。他需要你的支持。”

“二爷，不用你说，我一定给刀哥扎起。主要是刀哥这个人对了。人对了，什么都对；人不对，什么都不对。”龙麻子说，“那么，二爷，你呢？”

“混吃，”老飘说，“等死。”

“真够闲的。”龙麻子憨厚地笑着，“回头我找刀哥去，给他说这个事。不过我不保证能说得清楚啊。”

“你确实需要去找他。”老飘说，“陌刀已经失踪三天了。没人知道他去了哪里。”

二十二

滚滚波涛之下，海底幽暗深邃，但并不平静。

熙熙攘攘中，它们出现了。

它们怪模怪样。胸部以上是陆生人的模样，有头有脸，有瘦削的肩膀和纤细的手臂，但原本耳朵所在的位置，支棱出长长的须子，在海水里晃来晃去。胸部覆盖着几丁质的甲壳，一看就很坚固。胸部以下却无法简单地描述，有螃蟹一样的大螯，有龙虾一样的小螯，有很多条短小的游泳足和刀片状的步行足。螯和足多到数不清楚。身后还有一条怪模怪样的卷曲的尾扇。

它们有数万之众，密密麻麻铺满海床，从这边的山岭一直铺到那边的峡谷。它们呼吸所产生的气泡，喷泉一般缕缕上升，到了海面竟汇聚成声势惊人的白色浪花。

它们的个头比最强壮的蛟人还要大，全身覆盖了几丁质的甲壳。这沉重的、好些地方长着棘刺的铠甲保护了它们，也限制了它们，使得色彩斑斓的它们只能在起伏不定的海床上蹦跳着前进。

远远望去，海床就像忽然变成了活蹦乱跳的大地毯一样。

它们是逃难来的。在历时千年的深海大战中，这一次它们是战败的那一方。战败了就只好逃离，不然会被它们的敌人连根铲除，连一粒卵都不会留下。它们可怕的敌人，在它们身后紧追不舍。

即便是在逃难之中，远离自己的领地，它们依然保持着整个帝国的规范运转。

它们等级森严，而社会等级与它们的族裔密切相关。

魏斯曼处于第一等级。它们是帝国的贵族，是王者。魏斯曼只有数十个，却掌控着整个帝国。魏斯曼有蓝色、黄橘色和褐色，体型中等，有一双很长很长的触须，一双黑沉沉、硬邦邦的大螯。后背上显眼的红色线条是它们的重要标志。

雷蒂斯处于第二等级，有数百个。它们是帝国的将军，有橄榄绿色、金黄色、鹅黄色、墨绿色、紫红色这几种。头部触须又细又长，双螯短小而粗壮。雷蒂斯很容易辨认，它们的头部有两条典型的“V”形墨斑，在帝国的话语里，那是胜利的标志。

萨特努和杜普拉处于帝国的第三等级，有数千个。它们从事着繁多的服务性工作。萨特努是红棕色或是微蓝色的，性情温和，双螯较为短小，触须很短，而杜普拉的触须较长，背部有一个明显的“U”形图案。曼宁也处于这个等级。曼宁多为黄橘色或蓝绿色，非常靓丽，关节处的颜色尤为浓厚。

第四等级只有克拉凯基一种。它们有着坚硬的外壳，色彩斑斓，但没有什么特色，头胸粗大，腹部短小而稍显扁平。克拉凯基数量最多，有数万之多，居于帝国的最底层，从事着最为繁多和沉重的工作。

魏斯曼在它们最中间，受到最为严密的保护。雷蒂斯在魏斯曼附近，随时听候魏斯曼的差遣。萨特努、杜普拉和曼宁在队伍中穿梭往来，一面监督克拉凯基们，不准它们有任何的逾越，一面把第一、第二等级的命令准确无误地传递给数以万计的克拉凯基们。

它们蹦跳着前进，同时发出咔嚓咔嚓的声音。

这声音，又细又碎，合起来竟有雷霆之势。

克拉凯基们已经很久没有吃东西了。

一路走来，能吃的，都被它们吃了。当然，要等前面的等级吃饱，才能轮到克拉凯基们。以前，它们还有残羹冷炙可以吃，但自从被莫名的潮汐带到这名为“长江”的水道之后，也不知道为什么，能吃的东西就越来越少，少到第三等级的萨特努、杜普拉和曼宁都经常饿肚子，更不要说克拉凯基了。

幸好，先遣队已经传来好消息。就在不算太远的前方，先遣队发现了一个内陆湖，那里的原住民将那湖称为扬子海。是的，那里有数万朴实而孱弱的原住民，先遣队与原住民交过手，大获全胜；是的，原住民的养殖场养着数量庞大的螺蛳和河蚌，先遣队已经尝过，虽然味道不太好，但果腹、解决温饱是没有问题的。最关键的是——先遣队汇报时把后边这句话做了最大限度的强调：扬子海远离太平洋，隐秘而安全，是帝国可以安营扎寨、休养生息、繁衍后代的好地方。

先遣队提供的这个好消息先是作为绝密情报，在数十个魏斯曼内部用魏斯曼才能听得懂的语言传递。经过一番讨论，魏斯曼们决定把这份绝密情报作为好消息下发给帝国的每一个臣民。集体讨论，集体决策，充分发挥每一个魏斯曼的价值，充分实现每一个魏斯曼的权益，充分体现魏斯曼乃是帝国第一等级的权威，这是它们的组织架构之所以如此坚固的根本性原因。

于是，魏斯曼分泌出一点点液体，科学上把这种液体叫作外激素，也叫信息素，包含了数十种结构并不复杂的化学物质。雷蒂斯们嗅到了，理解了，把魏斯曼下发的好消息，转变为自己的外激素，传递给第三等级的萨特努、杜普拉到曼宁。数以千计的萨特努、杜普拉到曼宁再把这个好消息下发给数以万计的克拉凯基。

于是，从魏斯曼到雷蒂斯，从萨特努、杜普拉到曼宁，再到克拉凯基，无不欢欣鼓舞，信心倍增。

在遥远的太平洋深处，它们曾经建立了疆域无比辽阔的帝国；帝国数百年的辉煌历史，一直是它们力量与信心的源泉。这一次战败——不，它们从来不承认这是战败，它们不是败给了那些敌人，而是当无法战胜的瘟疫肆虐整个帝国，造成无法统计的死亡之后，那些色厉内荏的敌人乘虚而入，这才有了帝国大溃败与它们的大逃亡——它们一逃再逃，力量一点点消失，信心一点点消失，绝望的情绪笼罩着它们的全部身心。

这个时候，扬子海和原住民的出现，拯救了它们。

希望是这个世界最美好也是最稀缺的东西。此时此刻，它们重新拥有了希望，就仿佛重新拥有了帝国过去的荣光，同时拥有了帝国未来的无限荣耀。

从魏斯曼到克拉凯基，它们每一个都知道，只要有一个喘息的机会，一个有充足的食物、可以安全繁殖的地方，它们很快就可以卷土重来，再创帝国的辉煌。这是由它们异乎寻常的繁殖方式所决定的。这是敌人害怕它们的原因，也是数百年来帝国屹立不倒、即使倒下也会很快复兴的最根本的原因。

它们忘记了辘辘的饥肠，被希望所支撑，继续蹦跳着行进。

前方，就是扬子海。

二十三

段楠挥了挥手，微笑着和程小葵一起，消失在一片抖动的影像里。

海沫和陌刀的眼前出现了一个蓝白相间的巨大球体，蓝的是海，白的是云。当镜头拉近时，还能分辨出大片的沙漠、森林和山地。

还有阳光下的城市，高大雄伟，绚丽多彩。

海沫愿意用学到的一切美好的词语来形容它，但她太过震撼，无法开口，只能大张着嘴，无言地看着眼前这座比观音桥，比大剧院，比鲤鱼池加起来还要大得多得多的城市，比所有已知的水下城市加起来还要辉煌，还要壮丽，还要漂亮，还要伟大的城市。

“勒逗是重庆。”程小葵用重庆话说。

随着镜头的快速移动，重庆的高山和深谷在海沫眼前快速呈现。鳞次栉比的高楼、层层叠叠的公路、横跨长江与嘉陵江的长桥、熙熙攘攘的人流、天真无邪的笑脸、咕嘟嘟冒着热气的火锅、一声粗俗然而不带恶意的唾骂、市井中一棵茂密的黄桷树、现代化建筑群里突现寺庙的一角、或聚或散或覆盖或流淌的雾霭……

海沫看得目眩神迷。尤其是那镜头移动太快，让她产生了不是镜头在移动而是自己在移动的错觉。她不是害怕高速移动，她是游泳高手，甚至喜欢高速移动——这种在空中上下左右的高速移动确实很像游泳。她害怕的是不受自己控制的高速移动。

幸好，海沫很快就适应了这种运动。

不就像在水流里游泳一样，顺势而游就行。

随后，镜头冲着一栋穹顶建筑飞掠而去。那建筑不是别的，正是璀璨如水晶宫殿的鲤鱼池。不过是比海沫和陌刀见过的鲤鱼池更大更完整，没有南北区之分，就那么在灿烂的阳光下，巍然屹立，喜笑颜开。

镜头进入鲤鱼池内部，在楼层之间逡巡，最后定格在"重庆市鲤鱼池锦鲤繁育中心"的广告牌上。广告牌淡出画面，段楠显出身影："告诉我们，你们是怎么描述陆生文明的毁灭的？"

"回祖师爷的话，二氧化碳，冰川融化，还有瘟疫与核战。"陌刀回答。当然，这些词语都是先前老飘告诉他的。

段楠点点头："温室效应，是说由于大气层中超量二氧化碳的存在，使得太阳辐射到地球的能量能进来，却出不去，因此地球大气温度会越来越高，高到能毁灭陆生文明的地步。实际上，温室气体不仅仅指二氧化碳，还包括甲烷、氧化亚氮、氢氟碳化物、全氟碳化物及六氟化硫。后三类气体制造温室效应的能力比众所周知的二氧化碳强太多了。"

又是一连串的陌生词语。陌刀没有提问，只是默默地看着。

"温室效应导致的，不仅仅是异常的高温，全球平均气温上升了七八度,冰川也开始融化。这些仅仅是一系列深重灾难的开始。有些灾难,陆生人曾经预想过;而有的灾难,陆生人从未曾想到过。”段楠出现在画面的正中间,接着往下说,“冰川融化为淡水,大量淡水进入海洋,明显降低了海水的盐度。就这一转变,导致无数海底生灵无法适应改变的环境而大量死亡,整个海洋生态环境几近崩溃。海水总量在短时间内上升,沿海较低的大片区域被淹没,然后临近区域被海水入侵,不耐盐的农作物大量枯死、绝收,饥饿从滨海地区往内陆蔓延。而滨海地区是人类居住最为集中的地方。数以亿计的人被迫离开家园,向内陆迁徙,其过程漫长而痛苦。”

画面随着段楠的讲解剧烈变化着:晦暗动荡的海洋、海滩上迷路的长须鲸、枯萎的玉米地、艰难迁徙的人群……

陌刀并不真正知道他所看到的是什么,他莫名地兴奋,因为这些对他来说,都是传说里的事情,极其陌生而又浩瀚的知识。同时,他的心里又滋生出莫名的恐惧。

海沫的感受也是一样的。

段楠隐去,程小葵的身影出现,接着讲道:

“事实上,全球性的连晴高温,只是气温异常上升的表现之一。突如其来的气温上升,改变了大气环流的规模与方向,进而改变了整个地球的气候。极地气候变成温带针叶林气候,温带季风气候变成热带雨林气候,热带草原气候变成热带超级沙漠气候……诸如此类。天气预报越来越困难,极端天气越来越频繁,影响的范围越来越广阔……

“全球性高温，冰川大规模融化，冻结在其中的史前病毒、细菌、真菌、立克次氏体等纷纷重现世间。连晴高温，抑制了一部分病原体的活动，却使得另一批耐热型病原体更加活跃。以霍乱为例：霍乱在人类历史上也曾作乱一时，杀了数以千万计的人。后来医学发展了，霍乱受到控制。霍乱弧菌原本生活在温度较高的浅海地区，但高温之下，霍乱弧菌得以跟着海流，逆着河道，去往中上游地区，由此造成超大范围的感染。若是平时，人类还可以凭借发达的医疗系统抵挡一阵，但这事发生的时候，正逢人类大规模向内陆和高原地区迁徙、医疗系统濒临崩溃之时。

“结果，人类社会崩溃，洪水泛滥，陆地被淹没。陆生文明就此毁灭。”

二十四

“你什么意思，把海沫想得这么偏执，你是在暗示什么？”

“你什么意思，把陌刀想得这么愚蠢，你在暗戳戳地骂我吗？”

“这就是个小说，不用着急！”

“这就是个小说，你着什么急啊？”

“小说最能展现一个人的内心了。”

“我也是这样想的。”

冷饮店里，段楠和程小葵叹息一声，暗自抱怨对方不懂自己，旋即各自低头，掏出手机来玩。

“转发这只锦鲤，你将获得一年的好运。好漂亮的龙凤锦鲤。我现在最缺的，就是好运。赶紧转发。”

“迷信思想。”

“你不知道，这几天导师审我的博士论文,《孤雌生殖与孤雄生殖的文化意义》，审得我生不如死。这里不对，那里要改，这里啰里啰唆，那里逻辑不通……唉，摊上这么个油盐不进的老古董，我是倒了八辈子血霉。我现在特别需要好运气。”

“说到论文，唉，你至少已经写完了，我那一篇《逆转录转座子在新物种形成中的重要作用》卡得死死的，写不动了。为啥呢？因为来自各个实验室的数据不一样，我得一个一个地去核对。要是引用了错误的数据，整篇论文就全部作废。”

“那你还不转发这只漂亮至极还能给你带来好运的龙凤锦鲤？”

“我更喜欢秋翠。”

“转，还是不转？”

“转转转。”

“说真的，要不是论文的事情，我真不愿意跟你吵。”

“你以为我愿意跟你吵吗？论文让我烦死了。”

转发龙凤锦鲤之后，两人的心情都好多了。

“再来一杯？”

“算了吧，热量太高。”

“这样吧，我点一杯‘多肉葡萄’，咱俩一块儿喝。”

“想点你就点。”

“还是算了。我们继续聊《鲤鱼池》吧。”

“正好，我想到一个点子。陆生人普遍拥有三种视锥细胞，能够直接看见红光、绿光和蓝光，而水生人的眼睛里有第四种视锥细胞，能够直接看见橙光。因此，水生人能够看到比陆生人丰富得多的色彩，并且在可见光之外，普遍能看到紫外线。想到自己看不到那么丰富的色彩，我就嫉妒。”

“你要知道，设定要新颖，关键是设定要在故事里发挥作用。比如，看到紫外线。我觉得可以这样补充：每一个家族的鲛人在紫外光谱下都有自己独特的面部图案——一些奇妙的点状和弧状图案。鲛人的皮肤与鳞片变化极为丰富，很多时候都难以通过外观直接分辨她们的家族，而紫外线下的面部图案是分辨鲛人家族的最好方式。”

“气候变化是当下的热点新闻。把极端天气导致洪水泛滥、陆地被淹没作为故事的起点，有非常现实的意义。”

“说到极端天气，这不是地球的常态吗？”

接下来，段楠和程小葵展开了激烈的争吵，唾沫四溅，火力全开。他们提到了 5600 万年前的古新世—始新世极热事件，全球平均温度在不到 2 万年的时间里飙升 12 摄氏度以上；提到了 2.34 亿年前的卡尼期洪积事件，当时下了 200 万年的暴雨，摧毁了此前的生态，为恐龙的崛起创造了条件；提到了雪球地球时期，从距今8亿年前到5.5亿年，长达2.5亿年的时间里，地球平均气温降到零下50摄氏度，整个地球表面，从两极到赤道全部被冰雪覆盖，冰期与之相比，不值一提，而这种现象，在地球历史上至少出现过3次。

他们提到了石炭纪雨林崩溃事件，还提到了前后脚发生的峨眉山暗色岩事件和西伯利亚暗色岩事件造成的二叠纪生物大灭绝。这次生物大灭绝是地球历史上规模最大的，70%的陆生脊椎生物灭绝，96%的海洋生物灭绝，全世界总共有90%的物种灭绝。

说到这里，两人都不约而同地停了下来。

隔壁桌几个人聊天特别大声。他们在聊缙云山的山火，他们的朋友正在山上当志愿者。有一个戴眼镜的，用浓重的重庆口音说："哪有烟锅巴杵不歇？"这话把山火比作烟锅巴（烟头），一踩就熄灭，夸张又趣味十足。"我们在这里悠闲地吃着东西，岁月静好，其实是有人替我们负重前行。"于是，他们相约，如果明天山火还不熄，就去报名当志愿者。其中一个光头男说："袍哥人家，决不拉稀摆带。"他说得甚是认真，表情又有几分滑稽。

因为刚好在《鲤鱼池》里，引用了"决不拉稀摆带"这句话，段楠和程小葵都不由得笑起来。紧张的气氛得以缓解。

"要不我们交换一下？"

"你来写海沫，我来写陌刀？"

"对。"

"可以试试。"

转

· 千岩万转路不定

二十五

在回观音桥的途中，海沫听到远处传来一阵陌生的划水声，习惯性地藏了起来。绯秋翠曾经教过她十种以上隐蔽自己的办法。“这是杀手必备的技能。”绯秋翠如是说。

顺着山谷游过来的是写家族。为首的正是写家族族长白写，身后跟着黄写和绯写。

“见到别甲家族的鲛人，不要客气。”白写边游边说，“这一次，我们写鲛人一定要抓住难得的历史机遇，从秋翠家族手中夺回属于写家族的荣耀。”

黄写和绯写齐声说是。

这句话勾起了海沫的兴趣，于是她悄悄地跟在了她们身后。在秋翠家族执掌鲛人联盟之前，写家族才是第一鲛人家族，执掌鲛人大权长达五百年的时间。如今，秋翠家族遇到了麻烦，写家族是要趁机作乱吗？

前方山谷尽头，是一片茂密的藻林。写鲛人们在藻林前停下来。

“怎么还没有来？”黄写问。

“沉住气。”白写说，“会来的。”

藻林分开一条缝，一个鲛人探头探脑地游出来。她通体绯红，背部深黑色的斑纹分外显眼，正是别甲三姐妹中的赤别甲。

“怎么迟到呢？”绯写问，带着审讯的语气。

“安全第一。”赤别甲没好气地说。

白写冷哼一声，问道：“上次讨论的问题，可有答案？”

“我应邀而来，就已经是答案了。”赤别甲说，“像白别甲现在这么干，迟早把别甲家族的老底败光。我不知道为什么，她会对新来的阿飞言听计从，却对我真心诚意的忠告充耳不闻。我只好出来寻找出路。我没阿飞那么多的花花肠子，直说吧，为了别甲家族的未来，为了鲛人的未来，也是为了我自己，我愿意听从鲛人大巫罗白写的调遣。”

“甚好。”白写发自内心地赞许道，“葵神会保佑你，也会保佑所有崇尚她的鲛人！”

赤别甲说：“大巫罗，还有一个鲛人，要我引荐给您。”

这是意外的惊喜，白写面露喜色，又很快消失，回到了先前的庄重肃穆。“是银鳞吧？”她眼珠子一转，得出一个结论。

“大巫罗厉害，未卜先知！”赤别甲击了一下掌，“你可以出来了。”

金银鳞家族的银鳞从藻林游了出来。海沫惊讶地发现，先前嚣张跋扈的银鳞，此时变得动作迟缓，呼吸粗重。她游到白写跟前，纳头便拜：“大巫罗救我！”

白写坦然接受了银鳞的跪拜：“金鳞一死，你独掌金银鳞家族，诸事繁杂，心力交瘁，却又重病来袭，你害怕步金鳞的后尘，是也不是？”

“正是如此。”银鳞说，“金银鳞家族中，病患众多，连我们驯养的电鳐也大半染病，动作迟缓，食欲不振，奄奄一息。”

“这都是秋翠家族执掌鲛人家族联盟后，不敬葵神，不拜葵神，不行葵神之道的恶果！”白写道，“秋翠家族崇尚武力，只会蛮干，葵神之道荒废已久。葵神终于震怒，降下这一场场灾祸。想要化解灾祸，唯一的办法就是重拾葵神之道，拜葵神，敬葵神，供奉葵神，诚心诚意，诚惶诚恐，方能挽狂澜于既倒，救鲛人于末世！”

黄写与绯写齐声道：“我等誓死追随大巫罗，行葵神之道！”

赤别甲与银鳞有样学样，也跟着说：“我等誓死追随大巫罗，行葵神之道！”

对于葵神之道，海沫知道的不多。

所谓葵神之道，指的是鲛人与葵神的交流。能与葵神交流的鲛人被称为巫罗。写家族宣称写鲛人是葵神制造的第一种鲛人，最为葵神所喜爱，因此被赋予与葵神直接交流的权利。写鲛人是天生的巫罗，在写家族统治鲛人的五百年里，各大家族的巫罗都是写鲛人。而巫罗与葵神交流的方式就是表演和祭祀。

花秋翠是秋翠家族的现任巫罗。海沫还是个孩子的时候，花秋翠到育婴堂来给孩子们上课，专门讲过写家族的巫罗们当年是怎么行葵神之道的。她的背鳞和腹部侧鳞之间有红色斑纹相连，看起来光鲜亮丽，非常漂亮。

“她们会把头发用草根盘起来，再在身上绘制出各种奇奇怪怪的图案。她们并不知道这些图案的真实含义，只是故老相传，身上绘制了这些图案，即能获得某种神秘的力量，又是与葵神取得联系的便捷通道。”花秋翠说，“但我可以告诉你们，这些图案都来自陆生时代，有步枪、坦克、火箭炮、歼击机、轰炸机、巡洋舰、航空母舰、洲际导弹，等等。”

“这些都是什么？”有小鲛人问。

“我也不知道。”花秋翠说。

“你不是无所不知的巫罗吗？”

“但我知道那个时候的拜神祭，巫罗们会表演各种节目，其中一部分我们现在还能在大剧院看到，有的节目则被禁止了。”

“为什么呢？”小海沫问。

“因为太黑暗、太残忍了，现在的鲛人根本接受不了。”花秋翠欲言又止，停了片刻，又介绍说，“除了表演，拜神祭上还会给葵神献上各种珍贵的器物，玉器是不可或缺的。这玉器，其实是一种罕见的石头。从石头到玉器，往往需要一个心灵手巧的鲛人磨制几十年的时间。在这几十年时间里，这个鲛人或者几个鲛人别的什么都不干，就是磨制那玉器。而几十年，很可能是这个鲛人的一辈子。”

当时小海沫还无法理解什么叫一辈子，就觉得几十年时间磨制一件玉器是一件不可思议的事情——好像做了很多，又好像什么也没做。

“这些玉器，流传到现在，都是价值连城的宝贝。”花秋翠说。然后她就开始讲带着猎奇和血腥味道的“鱼牲”。

“鱼牲特别讲究。青鱼、草鱼、鲢鱼和鳙鱼，四种，一种都不能少。鲫鱼和鲤鱼、黄鳝和泥鳅都是杂鱼，上不得祭坛。必须挑选个头最大、形象最好、一块鳞片都没有脱落的，生病的坚决不能要。鱼牲由各大家族选送，大巫罗再从中挑选，优中选优，最后出现在拜神祭祭坛上的，肯定是最优秀的。当时，鱼牲被大巫罗选中，是一个家族的无上荣耀。拜神祭的时候，青、草、鲢、鳙四种鱼会被装进一个精致的箱子，由气球送到海面去。葵神在天上。如果所献鱼牲令她满意，她就会更加保佑鲛人；反过来，葵神就会降下灾祸，惩罚不诚心的鲛人。”

“可是，葵神不是大慈大悲的吗？”另一个小鲛人问。

花秋翠耸耸肩，道：“鱼牲只是平常，如果出了特别大的灾祸，葵神震怒到极点，就得用人牲才能安抚了。”

“人牲又是什么？”小海沫敏锐地抓住了关键词来问。

就像那个经典的“我从哪里来”的问题一样，花秋翠没有回答这个问题。长大后，海沫听到了更多的关于“人牲”的故事，这才知道当初花秋翠为什么不当着众多小鲛人的面回答了。

因为太黑暗、太残忍了。现在的鲛人，根本接受不了。

正因为如此，五百年前，写家族的统治被推翻后，它们所宣扬和执行的葵神之道就被废止了。如今，鲛人还说“葵神保佑”，不过是历史的残留。

眼下，白写反复提要复兴葵神之道，是要复辟啊！

“黄写听令，吾命汝为别甲家族之巫罗，别甲家族之祭祀、祭仪、祭典等事宜，皆由汝主持与施行。”白写以一种特殊的腔调吟诵道。接下来，她如法炮制，又任命绯写为金银鳞家族的巫罗。“黄写与绯写，你们切记，唯有尊贵的写鲛人能与葵神交流，其余声称能与葵神交流的，皆是伪造。”

这话既是说给黄写和绯写听的，也是说给赤别甲和银鳞听的。海沫意识到，白写正在以各种技巧，向眼前这些鲛人灌输写鲛人尊贵无比、可靠无比的观点。而自己之所以能意识到这一点，是因为自己不久之前见过程小葵的数字分身。

海沫发现，在见过本尊之后，就很难再称其为“葵神”了。

白写、赤别甲、银鳞等鲛人诸事已了，分头离开，回到各自的家族。

海沫也无暇多想，默默计算了一下路线，向着观音桥的方向游去。

二十六

离开鲤鱼池后，陌刀决定先回朝天门。他一边游，一边回忆先前在鲤鱼池的见闻，每一个细节都令他无比震撼。

从鲤鱼池到朝天门，距离不算近，陌刀又选择了一条最为隐蔽的路线，路程增加了不少。即便如此，当他看到朝天门那片熟悉的帆船造型的建筑时，他还是觉得时间过得好快。

哨兵发现了陌刀，赶紧游过来迎接。“刀爷，二爷在里边等您呢。”哨兵报告，“二爷说，有非常重要的事情要向您讲，都等了两天了。”

陌刀还沉浸在对往事的回忆之中，他需要时间来消化先前在鲤鱼池所见识的一切。等他游进朝天门，到了讲茶大堂，看见老飘，这才从往事的回忆中抽离出来。

“刀娃儿，你回来了！”老飘说，“担心死我了！”

愕然之中，陌刀忙不迭地向二爷点头致敬。

“这几天你上哪儿去了，到处都找不到你，谁都不知道你上哪儿去了。”老飘问，“有传言说你被那个叫海沫的鲛人杀手杀死了。”

“不是海沫，是冷开泰，”陌刀说，“冷开泰带闷墩儿和离魂伏击了我。”

“啊，冷开泰还真干得出来！”

“我重伤了闷墩儿，杀死了离魂，逃出了伏击圈！”

“难怪金紫门管事忽然就换成了离魄！”

“有阿飞的新消息吗？”陌刀说，“我派阿飞去鲛人那边潜伏。我怀疑是他出卖了我，我去伏击海沫的时间和地点，是他提供给我的。我就是在那里遭到了伏击，还杀错了鲛人。”

“阿飞是伪装者吗，跟鸣沙蛇一样？”老飘摇头，“我不知道阿飞的新消息。”

“储奇门又是怎么一回事？冷开泰说，储奇门被灭门了。”

老飘回答：“我去看过，储奇门是真惨，全门上下近两千蛟人，无论老幼，无一幸免。”

“谁干的，鲛人吗？我记得当时幺师是带着储奇门弟兄去袭击丹顶家族，而丹顶家族擅长制毒和放毒。幺师他们是被毒死的吗？”

“不是。幺师带队袭击丹顶家族后，在往回游的路上遭到了袭击，随后储奇门受到了毁灭性打击。我怀疑是袭击者跟踪少数幸存者，来到储奇门。袭击者仿佛跟储奇门有深仇大恨，那些鲛人的尸体没有一个是完好的，几乎都被撕成了碎片。另外，我怀疑，还有一部分储奇门弟兄并没有被杀死，而是被掳走了。”

陌刀想象了一下那个画面：“到底是谁干的？”

“不是鲛人，她们没有那个战斗力。”老飘说，“而且，这并不是最重要的事情。眼下最重要的事情是水荒，而且是超级水荒，我给你说过，超级水荒就要来了。你要相信我说的。”

“我知道，二爷，我相信您。我来想办法。”陌刀安慰老飘，“二爷，您要相信我。对了，三爷知道水荒将要发生吗？”

“知道，我对你说的话，全部告诉过他。”

“哦，他什么态度？”

“无所谓。冷开泰说，既然水荒无法阻止，就任它发生好了。历史上又不是没有发生过。在他看来，水荒甚至是一件好事。”

“什么？”

“水荒会杀死很多蛟人，食物的消耗也会相应减少。水荒发生的时候，食物是水下世界最重要的东西。说起来你可能不信，巧妙地借助水荒，比如控制为数不多的食物，不但可以使他的地位更为稳固，甚至可以使他获得从未获得过的领导地位。你没有经历过水荒，你不知道，为了一口吃的，蛟人可以卑微、容忍或者残忍到什么程度。”

“不，我信，我信冷开泰干得出来。”陌刀道，“二爷您说过，老炮儿之所以去强袭鲛人的观音桥，就是为了应对水荒。那么，除了这个办法，还有别的办法吗？”

老飘说：“老炮儿的做法，正是蛟人千百年来应对水荒一贯的做法。至于别的办法，眼下我能想到的，就只有迁徙。”

“迁徙？离开这里，去扬子海的别处，寻找新的家园？”

“是的。”

“但……但去哪里呢？”

“东边？沿着长江水道去往东海？还是往北边，去扬子海的深处？”老飘双手一摊，露出极为真诚的笑容，“我并不知道去哪一个方向铁定能找到新的家园。”

迁徙，意味着要放弃朝天门，放弃朝天门，放弃鲤鱼池，放弃蛟人现在所拥有的一切，去往一个完全陌生的地方，面对完全未知的危险……陌刀迷惘起来，一时之间不知如何决断。是的，就算是危险，在扬子海的这边都是已知的，可以预见甚至提前规避的。然而一旦迁徙，这一切的一切，都将失去……将来有时间，派探险小队出去寻找，等找到了适合居住的地方再迁徙过去不迟。无疑，这是最保险的办法。

斥候来报，千厮门管事龙麻子来了。

“刀哥！刀哥！可想死我啦！”龙麻子一见陌刀，就扑上去拥抱，

“一失踪就失踪五天。怎么，去了一趟木阳城，木阳城不要你呀？还是你在木阳城大杀四方，杀回来啦？”

“我失踪了五天吗？”陌刀无比惊讶。他算了一下，从进入鲤鱼池禁区，到出来，最多只有一天时间，甚至只有几个小时。怎么可能“失踪”五天？

“真是五天。我都记着呢。”龙麻子掰起手指数道，“一、二、三、四、五，刚好五天。”

陌刀望向老飘，二爷肯定比龙麻子靠谱。二爷给他亮了一下手掌，比画了一个“五”。陌刀震惊了，但他没有把自己的震惊说出来。“龙麻子，你怎么知道我回来了？”他松开抱住龙麻子的手问，“我也是刚刚回到朝天门。”

“我不是来找你的，我是找二爷的。”龙麻子说，“三爷率领大军杀过来了。”

“什么？”老飘惊呼道。

龙麻子说：“在巡逻的路上，我听到一个消息。三爷发出了最新的调令，金紫门、南纪门和太平门三大门到朝天门集结，由离魄、闷墩儿和牛耳大黄三位管事亲自带队，总数有六千人之多。调令里说，征伐对象为朝天门。二爷不在朝天门嘛，我就赶紧过来了。”

“冷开泰这是要干什么？”老飘问。

“趁我不在，对付朝天门，要么降服，要么消灭。冷开泰想把浑水派连根铲除啊。”陌刀毅然决然地说，“打仗，不打就不打，既然要打，就打大的——全面战争。把所有的斥候都放出去，我要知道冷开泰大军的每一个动向。龙麻子，召集你的千斯门弟兄，到朝天门来，我们浑水派，一起在朝天门迎战清水派，如何？”

二十七

海沫回来的消息由护卫传到内堂，花秋翠亲自出来迎接。“你到哪里去了，为什么失踪了好几天？”花秋翠劈头就问，“族长等你等了好久。”

“我听说族长病了，严重吗？”

“非常严重。”

海沫惊呼一声，风风火火地向内堂快速游去。花秋翠在她身后嚷嚷：“族长在大剧院让大口鲶咬成了赤皮病，梅花丹顶来过了，也没有治好！”一听花秋翠这样说，海沫游得更快了。她记得光写家族对大剧院的骚扰，这里边可有她的策划。还有，阿飞怎么会到别甲家族？在她进入鲤鱼池禁区后，外边发生了些什么？

绯秋翠不在内堂，海沫扑了个空，她的心也变得空落落的。

花秋翠从她后边赶来：“族长去育婴堂了。”

“育婴堂怎么啦？”

育婴堂非常重要。每一个鲛人家族都有自己的育婴堂，从鲤鱼池带回的鲛人婴儿会按照体色、鳞片等分配到各个家族的育婴堂，按照各自家族的需求进行抚养和教育。育婴堂是鲛人家族的未来。

“红头白嘴病。”花秋翠说。

“啊！”海沫感叹道。

这是一种小鲛人才会得的病，是绝症，无药可医。

这时，身后传来一阵骚动，黄秋翠扶着绯秋翠进到内堂。曾经的秋翠家族第一战士此时虚弱得连自己游泳都办不到。海沫上前帮忙，托住绯秋翠的手臂。那手臂松弛，毫无力气。海沫担心自己多用一点儿力，就会把绯秋翠的手臂给扯下来。

“族长，怎么啦？”海沫问。

“都怪红头白嘴病。”黄秋翠说，“刚开始的时候，只死了两三个小鲛人，第二天便增加到七八个，到了第三天，死亡人数就超过十五个。我在育婴堂工作了三十多年，第一次见到红头白嘴病发病发得如此之快，如此之猛。”

花秋翠说：“黄秋翠，族长本就病重！”

黄秋翠辩解道：“我劝她不要去的，族长非要亲自去看……”

“闭嘴。”绯秋翠闭着眼睛，气若游丝，发出的命令还是得到了执行，“你回来了，海沫，正好。”

“大剧院的事情，我……”

“不重要。”

“我妈妈……”

“我知道了。我已经命人将她安葬，回头叫花秋翠带你去祭扫。”

说起祭扫，海沫立刻想到了写家族。“族长，我有很重要的事情要向你汇报。”

“很重要吗？”

“事关秋翠家族。”

然后，海沫将她偷听到的写家族与别甲家族、金银鳞家族勾结在一起的事情一五一十地讲出来。

“赤别甲是别甲三姐妹中最蛮横的那一个，没想到她会在这个时候投靠写家族。”绯秋翠感叹道，“观音桥遭蛟人偷袭，损失惨重，我重病将死，秋翠家族陷入前所未有的危机，也确实是写家族复辟、重掌大权的好时机。”

海沫说：“我去杀了白写。”

“不要鲁莽行事，这事需要从长计议，急不得。”绯秋翠喘息着说，“海沫，我赐你五色秋翠之名，可好？”

这不是赐名的事情，而是要海沫加入秋翠家族。因为特殊的出生方式，海沫从小就被剥夺了以家族之姓命名的权利。为此，她不知道经受了多少轻视与侮辱。此时此刻，族长赐名，言下之意如此明显，海沫赶紧拜谢：“谢族长赐名，不过，我还是喜欢现在的名字。”

“五色秋翠乃是狩猎队队长，主管秋翠家族的军事。”

海沫犹豫了。一直以来，她都想取得绯秋翠的认可。赐名是认可，主管家族军事，是更大的认可。但这就是我的追求吗？“我知道，我知道。”海沫说，“但……”

海沫没有来得及把话说完，绯秋翠就浑身抽搐着，一大摊浑浊的液体从她后背的鳃裂涌出。

“族长！”海沫的“但”字变成一阵深深的担忧。

“也罢。我不强求，你愿意叫什么名字就叫什么名字吧。海沫，海沫，珍珠秋翠取的，这名字挺好。”绯秋翠握住了海沫的手，说，“花秋翠，黄秋翠，你们过来，做一个见证。”

花秋翠与黄秋翠闻言，皆是一振，意识到一件大事即将发生。“族长，我们在。”

绯秋翠说：“在我死后，由海沫担任秋翠家族族长。”

“族长！”花秋翠与黄秋翠同时喊道。

“趁我现在还清醒，把我的意思记录下来。花秋翠，你来记录，一字不多；黄秋翠，你来监督，一字不少。”

花秋翠和黄秋翠答应着，找来纸和笔。

海沫说：“族长，我何德何能……”这事确实超出了她的想象。

“不要拒绝我，海沫，”绯秋翠说，“听我把话说完。”

“族长，您说。”

“先前我还在想，让海沫在五色秋翠的岗位上历练几年，但现在，我恐怕没有那么多时间了。”绯秋翠对黄秋翠和花秋翠说，又对海沫说，“杀死珍珠秋翠的陌刀，是蛟人新任龙头大爷。想要杀死陌刀，为你妈妈报仇，靠你单枪匹马是不可能的，你必须接任秋翠家族族长，继而担任鲛人家族联盟盟主，这才有可能。”

“可是……”

“我知道你在担心什么。”绯秋翠说，“你担心秋翠鲛人不服你。花秋翠、黄秋翠，你们发誓，在我死后，要像辅佐我一样辅佐海沫，不可轻慢她，不可辜负她，更不可背叛她。”

花秋翠和黄秋翠郑重地宣誓。她们辅佐绯秋翠长达十年，对绯秋翠的忠心毋庸置疑。

“我相信你们说过的誓言一定会实现，”绯秋翠说，“你们可以离开，把海沫继任族长的消息通知给每一个秋翠鲛人。”

待花秋翠和黄秋翠离开，绯秋翠又对海沫说：“你知道秋翠家族为什么能够取代写家族，在五百年的时间里，成为鲛人家族联盟盟主吗？因为秋翠家族掌握了一门诀窍。个人的战斗力始终是有限的，而很多鲛人聚在一起，也只是散沙一盘，不但不能形成战斗力，甚至可能成为比敌人更可怕更可恨的累赘。要将鲛人以一定的方式组织起来，令行禁止，才可能形成超出一般的战斗力。”

海沫点头。她上过战场了，与悍不畏死的蛟人对抗过，见识过蛟人的进攻型战阵，知道绯秋翠说的是什么意思。小时候，那些欺负她的同龄人就仗着人多而已。等她学会了功夫，就无惧面对面的单挑。再等她学会了“拉一派，打一派”之后，那帮乌合之众就成了流沙，再也不是她的对手。

等等……学会了？功夫是跟绯秋翠学的，而“拉一派，打一派”是跟谁学的？珍珠秋翠！海沫蓦地想起，一段往事浮上心头。确实是珍珠秋翠告诉她的，面对人数众多的强敌，正面对抗不行，就要着手瓦解敌人的内部。“一个群体，不可能没有矛盾。有矛盾，利用矛盾；没有矛盾，制造矛盾。”珍珠秋翠当时说，“总之，要让他们去狗咬狗，而你在一旁，坐收渔翁之利。”

绯秋翠又说：“海沫，告诉你一个只有族长才知道的秘密。五百年前，秋翠家族得到了几本陆生时代的兵法书，当时的族长大受启发，结合自己的水下实战经验，撰写了第一本《秋翠兵法》。此后的历任族长都在《秋翠兵法》上加入了自己的使用心得，《秋翠兵法》由此进一步完善。得《秋翠兵法》之利，秋翠家族才逐渐战胜写家族、别甲家族、金银鳞家族，成为鲛人第一家族。”

她说着，从隐秘之处取出一本薄薄的书，递给海沫。“藏好，不要让别的鲛人看见，这是秋翠家族的命根子。你要好好读，好好学，好好用。秋翠家族就交给你了。”

海沫翻看《秋翠兵法》第一页，第一句话赫然写着：“兵者，国之大事，死生之地，存亡之道，不可不察也……”她又想起，自己能认字，也是拜珍珠秋翠所赐。“珍珠秋翠是不是看过这本书？”她问。

“没有。我只是给她讲过书上的内容。”绯秋翠喘息了一阵，接着说，“从现在开始，你不要做一名杀手，而要考虑如何做一名合格的族长。不，还不够，当此之时，合格是不够的，要优秀。优秀还不够。族长之位我可以传给你，盟主之位，却需要你自己去争取。同时，想要打败野心勃勃、妄图复辟的写家族，中兴秋翠家族，你还要成为鲛人中的战神！”

海沫狠狠地点了点头。

二十八

清水派对朝天门的进攻持续了三天。冷开泰体弱，只能拎着老炮儿送他的鲸骨枪在后方坐镇指挥，带队冲锋的，是南纪门、金紫门和太平门以及三大管事。

第一天南纪门主攻。管事闷墩儿进攻的方式就像他的名字一样沉闷。点齐队伍，两千蛟人弟兄从所有方向进攻朝天门。失败一次，就来第二次；再次失败，就来第三次；第三次失败，就再擂起战鼓，组织所有还能战斗的南纪门弟兄，发起第四次进攻。没有任何的花架子，或者说没有任何战略战术，只是一味地吟诵着战歌进攻，一波接一波地无惧生死地进攻，让朝天门的守卫者喘不过气来，然后物理防线与心理防线一齐崩溃。

陌刀很庆幸，被清水派大军重重包围的时候，自己身处朝天门。这是因为蛟人崇尚武力，他们的水下城市全部是按照防御外敌大规模入侵的军事标准建成的，朝天门是其中最典型的代表。包括老炮儿在内的历任朝天门管事都对朝天门进行过建设，而朝天门本身是龙头大爷的驻地，是蛟人不折不扣的京畿重地了。陌刀担任朝天门管事的这几年里，朝天门的军事化建设也没有停过。其规模之大，范围之广，能力之强，在蛟人城市中是数一数二的。

它甚至能主动进攻。

除了本身登峰造极的防御，朝天门能挡住清水派大军的大举进攻，还因为有朝天门众多蛟人弟兄的舍身付出。

陌刀向来重视朝天门蛟人的军事训练。他的个人战斗素质极佳，做事公平，讲义气，有担当，赏罚分明，弟兄们都服他。朝天门可上阵杀敌的蛟人弟兄多达三千，是六大门中最多的，而且朝天门还有其他门都没有的斥候，专门用来打探、收集和分析情报的。这使得在冷开泰大军到来之前，朝天门就已经做好了防御的准备。

还有龙麻子。

事实上，龙麻子和闷墩儿有很多相似之处，平时都寡言少语，对《海底》所讲的事情都深信不疑，对蛟人的忠肝义胆比幺师和牛耳大黄之类不知道要高多少倍，打起仗来悍不畏死，极为神勇。因此，这两个蛟人管事在战场上相遇，注定是一场不死不休的恶战。

后来的事实证明，这个说法是非常正确的。

闷墩儿舞动着手里的两把钉锤，带队冲杀。他命令南纪门弟兄唱着蛟歌，在歌声里呼喊着陌刀的名字，要与陌刀进行一对一的生死决战，蛟歌里满是对陌刀的侮辱和嘲笑。

龙麻子一手持鱼鳞盾牌，一手持双股钢叉，带着六个千厮门亲兵迎击，一心一意寻找闷墩儿的踪迹。陌刀告诉过他，对方人数占优，所以要“擒贼先擒王”。

斥候发现了闷墩儿的所在，龙麻子在一处金鱼藻的丛林边找到了他。这场预料中的恶战持续的时间很短，闷墩儿的钉锤击碎了龙麻子的鱼鳞盾牌，而龙麻子用双股钢叉刺中了闷墩儿的喉咙。结果闷墩儿当场去了木阳城，受伤的龙麻子被蛟人弟兄紧急送回朝天门救治，侥幸活了下来。

闷墩儿一死，南纪门群龙无首，只能撤退。

第二天金紫门主攻，管事离魄。离魄天生残疾，没有左臂，原本不可能活下来，可他不但活下来了，在离魂死于陌刀之手后，还由巡风一跃而成为金紫门管事，心性之坚韧可见一斑。

离魄吸取了闷墩儿的教训，结合自身的优点，规划出一套组合进攻法。巡风铁肩奉命率领三百名蛟人佯攻朝天门西大门。“三百名蛟人，要打出三千名蛟人的气势来。”离魄命令道。巡风铁臂奉命率领两百蛟人督战：“有退缩怯战者，杀无赦。”剩下一千五百名金紫门蛟人作为主力，进攻朝天门东大门。离魄又从一千五百名蛟人中，遴选出五百名作为敢死队，由自己亲自率领，去强行突破朝天门的外围防线。

离魄身先士卒，第一个冲进朝天门东大门。

陌刀率领五百名蛟人弟兄在大门迎战离魄。朝天门蛟人与金紫门蛟人宛如相向而行的巨浪，一遇到就激起不可计数的红色浪花。陌刀与离魂在一条长长的甬道里相遇。陌刀用骨矛，离魄用削短了的燧石枪，双方展开激战，时间长达十分钟。最终，陌刀凭借体力优势与卓越的格斗技巧，在骨矛碎裂之后，用匕首杀死了悍勇至极的离魄。

与闷墩儿一死，南纪门弟兄即溃败而逃完全不同，离魄一死，金紫门弟兄的攻势更加猛烈。巡风铁臂把督战队交给一个得力手下，自己亲率金紫门弟兄，继续全力以赴猛攻朝天门东大门。巡风铁肩继续冲击朝天门西大门，拿佯攻当主攻，竟然早于主力，攻下了朝天门西大门。

朝天门腹背受敌，危在旦夕。

陌刀无暇分身，老飘亲自出马，率一支三百名蛟人弟兄反击，夺回了南大门。

铁肩退出西大门，收拢残部，再次唱着蛟歌，攻下西大门。

一天之内，西大门七次易手，每一次都死伤无数。

北大门的攻防之战更加惨烈。数百蛟人的尸体，有金紫门的，也有朝天门的，四处悬浮着。活着的蛟人在尸体的森林里反复冲杀，直到自己也变成森林的一部分。

数不尽的鲜血早已淹没了北大门的每一个角落。

蛟人们在黏稠的血水里游动，感觉到有任何活物靠近，就用手中的兵器疯狂地攻击。

陌刀受了好几处伤，但他最担心的是，跟着他冲杀的蛟人弟兄越来越少。每一次冲锋，每一次被围，每一次突袭，都会有朝天门蛟人在他身边喷涌着鲜血死去。

长时间的鏖战，使他越来越力不从心。

朝天门的陷落，是迟早的事情。

所幸夜晚来临。

与陆地相比，水下的昼夜之分并不明显。在一直处于黑暗之中的水底深处，根本就无法依靠光线的变化来判断现在是白天还是黑夜。然而，千万年来，在陆地上形成的生物节律，还是制约着这些重返水下的陆生人后裔。他们在一些时间内活动，精力充沛，好像可以一直活蹦乱跳下去；在另一些时间里，昏昏欲睡，要是不睡，连小命都可能丢掉。显然，前者对应着白天，后者对应着黑夜。蛟人不知道为什么，只是按照千万年来的本能行事。

夜晚一到，金紫门就停止进攻，回到营地休息，朝天门也因此得到了喘息的机会。

这样的夜晚，只适合游到海面去欣赏美景，然而……现实却是如此的残酷。打扫战场的间隙，陌刀忙里偷闲，望向上方。层层水体之上，月亮、云朵和飞鸟在召唤着他。他叹了一口气，继续忙碌。

二十九

从花秋翠嘴里，海沫知道了她在鲤鱼池禁区时鲛人发生的事情：金鳞病逝，银鳞掌权；别甲家族在洪崖洞屠灭了光写家族；绯秋翠病重，秋翠家族岌岌可危；现在，写家族又借机生事，金银鳞家族和别甲家族都已被她们纳入麾下，真是多事之秋。“也不知道其他家族的想法是什么。”花秋翠说。

海沫跟花秋翠和黄秋翠一起分析眼下的时局：衣家族负责守卫鲤鱼池，向来不参与鲛人的政治事务；丹顶家族，她们对秋翠家族的支持是不容置疑的； 而光写家族…… “已经不用考虑她们了。”黄秋翠如是评价，“都灭族了。”

海沫不这样想，她抽了个时间专程去找了光写家族族长楼兰。

楼兰身上的伤好了一大半，勉强能游，精神头还不错。海沫问过她的伤情，就问出了那个盘亘在心底很久的问题：“阿飞是怎么一回事？”

楼兰告诉海沫，阿飞是突然出现的。当时，楼兰带着光写家族的部分姐妹在金银鳞家族的领地三亚湾演出，临场缺人，阿飞主动申请顶替，使那场话剧得以完成。“现在想来，所谓临场缺人，很可能是阿飞制造的，但那个时候，我们没有怀疑。”楼兰说。阿飞面容与身材俱佳，台词与唱腔也俱佳。演出结束后，她又主动提出，想要加入光写家族。这事儿对光写家族而言，是常有的事情，所以没有引起任何的怀疑和警惕。楼兰解释说：“因为外界对光写家族一边流浪一边演出的生活方式有很多浪漫的传说，所以经常有年轻的鲛人脱离原来的家族，乐呵呵地加入光写家族。这也是光写家族遭其他家族嫉恨的重要原因。”

“真有那么浪漫？”海沫问。

楼兰耸耸肩：“浪不浪漫，你亲自来体验一两个月就知道了。”

显然，让光写家族活在浪漫的传说里，对光写家族是有利的。她们才不会主动宣传自己过得有多苦。“继续说阿飞。”海沫道，“她到底是怎样一个人？”

“阿飞有一种难以描述的艺术气质，能言善辩，却又不咄咄逼人，说的话，总是能说到你的心坎里去。”楼兰说，“现在想来，这就是伪装者的本事之一。”

楼兰给海沫解释了伪装者的意思，又顺带讲了鸣沙蛇对鲛人的背叛，讲了光写家族从写家族分裂出来的历史，听得海沫大为惊叹。鸣沙蛇也去过鲤鱼池禁区，是不是也见过段楠和程小葵？段楠和程小葵又给鸣沙蛇讲过些什么呢？跟我们听到的一样吗？

“换作是别的鲛人，一定认为你在撒谎，你在胡编乱造，”海沫说，“但我知道，你没有，你说的每句话、每个字都是真的。”

海沫的肯定，让楼兰颇为感动。

海沫又说：“阿飞是伪装者，原本是蛟人，变作了鲛人，到我们这边来潜伏——故事就讲得通了。之前我一直不明白，阿飞为什么要这样做，现在我明白了。她唆使光写家族破坏家族联盟会议，又把光写家族的信息出卖给别甲家族，然后撺掇别甲家族对抗秋翠家族，坏事做尽，目的都是为了破坏鲛人的团结啊！”

楼兰点头说：“阿飞太坏了。”

海沫进一步分析：鲛人家族相对独立，每一个家族都有自己的生存之道，关起门来过自己的小日子毫无问题。问题是水下世界除了鲛人，还有蛟人。蛟人的存在，使鲛人小国寡民的梦想不可能实现。她们必须联合起来，才能有效抵御蛟人的一次又一次进攻。这就是鲛人家族联盟得以存在的根本原因。“鲛人必须团结起来！”最后海沫强调道。

楼兰感叹于海沫年纪轻轻就有如此深刻的认识。海沫却不以为然，因为这些话其实都是绯秋翠说过的。这个时候，海沫忽然明白过来，绯秋翠教给自己的，除了如何精、准、狠地杀死敌人，还有如何了解各大家族的优缺点与领导层，以及如何在各大家族之间拉拢、打击与平衡。“拉一派，打一派”，是这样的。难道那个时候绯秋翠就存了把族长之位传给我的心？海沫不由得警醒起来：我一定不能辜负族长的信任与重托。

海沫对楼兰说：“写家族野心勃勃，想要挑战秋翠家族，这会造成鲛人的内乱。我不会让这样的事情发生。”

楼兰道:“海沫,我要提醒你,别甲家族骁勇善战,并不可怕,因为你比她们更骁勇善战,打败她们并不难。可怕的是写家族,请你记住这个乍一听有些荒谬的事实,写家族虽然已经没落,但她们仍然拥有蛊惑人心的力量。当她们高高举起巫罗的大旗,号召复兴葵神之道,一定会有一大批鲛人誓死跟随,尤其是在这样一个混乱昏聩的时候。而你,海沫,你没有这样的力量。你的功夫再高强,也无法应对这种力量。”

“楼兰族长,你说得很对。我需要你的帮助。”海沫说,“不妨告诉楼兰族长,我去过鲤鱼池,在那里,我见到了葵神,真正的葵神。”

海沫告诉楼兰,她在禁区里变成了用两条腿走路的陆生人,见到了自称是程小葵的葵神。“葵神是陆生人,这是我事先没有想到的。但这又是多么理所当然的呀!”海沫感叹道。

海沫说:“葵神展示了千年之前鲤鱼池的景象,就像光写家族一直宣传的那样,陆生时代并不黑暗、恐怖,并不原始、落后,恰恰相反,陆生时代是一个伟大的时代。”她还说,当时,鲤鱼池的景象迅速坍塌,取而代之的,是从月球之外回望地球的场景。她不知道那是地球,是程小葵告诉她的。“她就像是我的姐姐,亲切又不失严厉,还非常漂亮。”海沫说。

程小葵告诉海沫:“我并不知道你什么时候会来,也不知道时间流逝会带走多少东西;你对我所说的一切能够理解多少,又能够接受多少；我所说的这些，对你的生活有什么改变；这些改变，对你们族群的历史进程是好还是坏，我都不知道。我不是神，虽然你会以神之名来称呼我，虽然这并非我之所愿。”

“什么？葵神说她不是神？”

“她说她是科学家，是研究基因驱动技术的。”

“基因驱动，这个词在《葵神颂》的唱段里有。但科学家，科学家是什么？”

“我也不知道，她只是反复强调，她不是神，”海沫说，“接下去的内容更加震撼。”

在虚拟空间里，程小葵叹息着对海沫说：“高温之下，微生物重组的可能性更高，原本罕见的杂交体或突变体纷纷出场。各种瘟疫此起彼伏，不但对人类社会造成了沉重打击，对动物界、植物界、真菌界也造成了不同程度的影响，甚至普通人非常陌生的原生生物界、古细菌界和真细菌界也受到了影响。大批植物死去，大量动物死去，数不胜数的微生物湮灭凋亡。简而言之，整个地球的生态系统都遭到重创，旧的秩序已经失去，新的秩序尚未建立。在失去与建立之间的浩劫中，所有的生命都在挣扎求存，包括陆生人。

“有的国家建造逃生飞船，想去月球甚至火星殖民；有的国家在高原上建造可容纳数万人的末日基地；有的国家将整座海岛底部凿空，改造为海上浮城；有的国家大肆修建海底穹顶城市，计划用数年的时间把总人口的一半搬到海底……然而，这些计划林林总总，要么可以拯救的人数太少，要么技术还不成熟，要么耗费的时间太过漫长，最后大多归于失败。

“正是在这种情况下，基因驱动技术出现了。

“说来也巧，先前讲到，极端天气导致微生物重组的可能性更高，出现了很多种全新的瘟疫，肆虐一时。其中，有一种原本只在鱼类中传染的病毒，突变之后竟能在人类中快速传播。因为最早是从锦鲤身上提取到的这种病毒的样本，所以就被命名为锦鲤病毒。经研究发现，锦鲤病毒有一个神奇的特性，致死率不高，但传染力超强，并且与一般病毒只会聚集在某个器官或组织不同，锦鲤病毒在进入血液系统后，很快会感染身体的每一个细胞。立刻就有敏锐的科学家意识到，锦鲤病毒在基因驱动技术方面的用处不可限量，或许能够拯救洪水泛滥中挣扎求存的人类。

“这个敏锐的科学家就是我——程小葵。

“基因编辑技术只能针对精子和卵子，后来扩大到受精卵，等受精卵发育为成熟的个体，那得等上好几年，甚至好几十年，才知道当初的基因编辑是否真的有效。这种基因编辑的结果还不能遗传，即使有效，每一代人都需要重新编辑。而基因驱动技术的优势在于，它能以修改后的锦鲤病毒为载体，将基因编辑的指令发送到每一个细胞里，让这些细胞按照指令发生相应的变化。无数的细胞发生指定变化，合起来就使组织和器官的结构和功能都发生变化，最后整个人都会发生脱胎换骨一般的变化。

“简单地说，所谓基因驱动技术，就是通过注射锦鲤病毒针剂，用鳃叶替换肺叶，尾巴替换双腿，后背长出鱼鳍和鳃裂，最终将陆生人变成人与锦鲤的基因混血后裔——水生人，在最短时间里适应水下世界的生活。

“基因驱动技术不是什么新技术，只是因为涉及古老的伦理和道德，这项技术原本是被禁止的。走在大街上，你要告诉别人，你在研究如何把人改造成鱼，不会被人笑死，就会被人打死。但当洪水泛滥、病毒肆虐、陆地即将被淹没时，平时不敢触碰的禁忌，在这个时候，也有了触碰的勇气与环境。

“重庆市鲤鱼池锦鲤繁育中心，进来的时候你肯定看到了，正是我工作的部门。一开始，它就是一个非法的基因研究公司，打着培养新品种锦鲤的幌子，研究将陆生人改造成水生人的绝密技术。后来，全球局势进一步恶化，它就从地下专为半地下，甚至完全公开了。毕竟，末日飞船票价昂贵，不是人人都能支付，而基因驱动技术却只需要舍弃对伦理和道德的执念，再冒一个小小的风险，打上一针就可以了。”

海沫叹息道：“程小葵提到了逆转录转座子，提到了水平基因转移，提到了一种叫作锦鲤的漂亮水生动物，也提到了为什么注射锦鲤病毒针剂陆生人就能变成水生人，可惜我没有听懂，甚至强行记都记不住。”

“葵神用基因驱动技术创造了鲛人？”楼兰还是有些不解，“如此说来，鲛人也是葵神制造的吗？他们不是一直说他们是祖师爷段楠创造的。”

对后边这个问题，海沫充耳不闻，因为一旦回答，就需要提到陌刀，提到段楠，提到自己的一系列事情。我没有说谎，我只是没有说出全部的真相。她这样想着，对楼兰说："重庆市鲤鱼池锦鲤繁育中心是一家极大的公司，程小葵是其中一个部门的主要负责人。这不是重点。重点是，我会全力保住光写家族。我相信，光写家族散落在各个家族领地的族员还不少吧。"

"洪崖洞大屠杀后，光写家族还有少数幸存者。"

"召集她们，叫她们集中到观音桥。我需要你把我刚才说的内容，编成民谣，写成儿歌，排演成舞剧、话剧和歌剧，四处传唱。我要让每一个鲛人都知道这些不可辩驳的事实，而不是经过写家族加工的神话。我要用这些民谣、儿歌和剧，击败写家族。"

楼兰点点头。她的选择并不多。

海沫说："记住了，我要的是这种。"她把那首育婴堂嬢嬢教的歌谣又念了一遍：

陆生人没有尾巴，用两条古怪的腿走路，可笑

陆生人没有鳞片，日常穿着累赘的衣物遮掩身体，可笑

陆生人不会游泳，进到水里会很快被淹死，可笑

陆生人要把食物用一种叫作火的东西煮熟了才能吃，否则就会生病，可笑

陆生人骄傲自大、贪得无厌、小肚鸡肠、蛮横无理、自私自利、色欲熏天、好吃懒做，把自己的文明弄没了，最可笑

这一次，她念得极为严肃，半点儿笑意都没有。

三十

第三天太平门主攻，管事牛耳大黄。牛耳大黄做事向来重视仪式感，又善于精打细算。前两天的进攻，他一直在旁围观。轮到太平门主攻的时候，牛耳大黄命令太平门的两千弟兄在朝天门外列阵。每一个太平门蛟人都带着大小不一的旗帜。一个小时后，列阵方才完毕。不管从哪个方向看，太平门蛟人的阵列都是横平竖直，整齐划一，说明他们训练有素，加上各种旗帜在水流里飘飘摇摇，任谁看了都会赞一声“好看”。

进攻终于开始了。牛耳大黄采取化整为零的战略，将太平门的弟兄每四十人为一支小队，轮流进攻。进攻之前，每支小队需吟诵《海底》名句，而且每次进攻，只持续三十分钟，不管当时的战况是输是赢或是胶着状态，决不恋战，通通撤回来休整，换下一支小队吟诵《海底》名句后再发起进攻。牛耳大黄的四个亲信高君、能臣、大佐和公使负责领诵，每一个都对《海底》熟稔无比，倒背如流。

对于这样的打法，牛耳大黄给冷开泰的解释是：“此乃轮战，又叫蚕食。《海底》里有介绍。用小队袭扰，反复出击，是为了消耗朝天门蛟人的有生力量。经过前两日的鏖战，朝天门蛟人本已死伤惨重，数量大减。我相信，再这么打下去，不出三日，陌刀就再也没有蛟人可用。除了举手投降，他没有任何别的选择。”

《海底》真有这种说法？冷开泰有疑问，却没有说出口，只是后悔，没有在第一天就安排太平门进攻。闷墩儿太可惜了，主动请缨，结果……

经过两日的鏖战，朝天门蛟人死伤过半，本已无力再战。太平门的这种打法却给了他们继续作战的信心。老飘分析道：“牛耳大黄是想保存实力呢。南纪门和金紫门的损失他是看见的，他可舍不得拿自己的家底儿为冷开泰的事业做贡献。”

如此这般小打小闹，折腾了大半天，双方都没有什么战果。当千厮门一千五百名全副武装的弟兄出现在远处的山岭时，牛耳大黄一边痛骂龙麻子违反规定，准许千厮门的弟兄参与蛟人内战，一边毫不犹豫地命令太平门的弟兄们赶紧退出战场。

毕竟，奉命镇守鲤鱼池的千厮门弟兄，手里有鱼鳞盾牌和双股钢叉，那是陆生时代留下来的金属兵器。

不久，斥候传来一个消息，冷开泰率领残部退回了金紫门。朝天门保卫战自此结束，在这场惨烈的蛟人内战中，浑水派暂时胜出。

黄昏时分，陌刀命蛟人弟兄打扫战场，清点各种损失，然后叫上龙麻子去讲茶大堂找老飘，商议接下来的事情。

三个蛟人都有不同程度的伤。

寒暄几句后，陌刀说：“此战虽胜利，但整个战局不容乐观。清水派中，太平门的损失不大，金紫门和南纪门的残部也有一战之力。反倒是我们这边，朝天门战损超过三分之二，只有千厮门实力尚存。”

陌刀对老飘说:“二爷有什么建议?”

“不能再打下去了。”老飘说。

“不能再打下去了。”龙麻子接着说,“三天后就是单刀会,再打下去,今年的单刀会就没法过了。而且,我必须带着千厮门弟兄回鲤鱼池了。那里才是我驻守的地方。”

“是的,浑水派和清水派不能再打下去了。”陌刀说,“去通知三爷,我要亲自去和他谈判。什么都可以谈,要《海底》,我拿出来就是,只要单刀会能够照常举行。”

单刀会有着千年的历史,已经形成了一个巨大的文化习惯,如期举办单刀会,是所有蛟人的共识。同时,陌刀有一种奇怪的感觉,尽管离开鲤鱼池不算太久,但在内心最深处,他是那样渴望回到鲤鱼池。

难道我们做这一切,都是为了去鲤鱼池?

三十一

绯秋翠死的时候,没有一个鲛人在她身边。后来为她收敛尸身时,海沫觉得她死得很安详。在长时间的病痛折磨下,死,对绯秋翠来说,是一个很好的解脱。

海沫已经遵照绯秋翠的命令,去看过珍珠秋翠的坟了。按秋翠家族的规定,只有少数为家族做出卓越贡献的鲛人才有资格埋进秋翠家族的坟场。珍珠秋翠能埋进那片水下丘陵，是族长绯秋翠特别照顾了。

距离珍珠秋翠的坟不远的地方，绯秋翠的坟已经提前挖好，只等绯秋翠去世，再等花秋翠搞完冗长的葬礼，把她的尸身放进去，绯秋翠的一生就算结束。

这是一种奇怪的感觉，人还没有死，坟却已经挖好，仿佛一切早已注定，不能有分毫更改。海沫试着想象自己躺进坟里的情形，太冷，太可怕，太难以想象，于是她放弃了。

其间，写家族派来一个鲛人，要来主持绯秋翠的葬礼。"复兴葵神之道，从葬礼开始。"她大大咧咧地说，"能与葵神交流的，唯有写鲛人。"海沫没有犹豫，没有给她更多的宣传葵神之道的机会，手起刀落，将她杀死。"没有葵神，"海沫冷冷地说，"最新的那一首歌谣，你没有听过吗？"

花秋翠和黄秋翠在一旁看得目瞪口呆。

"写家族野心勃勃，"巫罗花秋翠说，"但族长没必要亲自动手。"

"是啊，是啊，"育婴堂堂主黄秋翠说，"历来族长的葬礼都不只是简单的葬礼，而是调整与各大家族关系的绝佳机会。各大家族派谁来吊唁，有哪些流程，谁先谁后，都是有讲究有规矩的。"

"该有新规矩了。"海沫说。

登上族长之位，海沫没有自动获得担任族长所需的智慧和能力。在很长一段时间里，她都认为自己是杀手，而绯秋翠也是按照杀手的标准来教导她的。这一长期的认知形成一种巨大的惯性，甚至固化为一种思维模式。杀手的思维模式成就了她，使她看准时机，一举击杀蛟人的龙头大爷；也限制了她，使她在成为族长之后，依然按照杀手的思维模式思考和做事。

《秋翠兵法》她已经看完，只看懂了一部分，还有一部分处于懂与不懂之间，而不懂的部分占了多数。

在海沫的命令下，绯秋翠的葬礼被简化成三个步骤。“我们有更重要的事情要做。”海沫说，带着不容置疑的口吻。

没有别的家族参与绯秋翠的葬礼，连丹顶家族都没有派信使过来。奉命守卫鲤鱼池的衣家族只派了信使送来族长葡萄衣的口信，表示哀悼，并告诉秋翠家族新任族长：做事切忌操之过急。

绯秋翠下葬后，海沫漂浮在两座新坟之间。一边是珍珠秋翠，一边是绯秋翠，她们都不会再对海沫说些什么了。强烈的孤独感从天而降，击中了她。有那么几分钟，她又变回那个无助的小海沫，被同龄的鲛人欺负后不敢回家，只能背着所有鲛人痛哭流涕。然而，珍珠秋翠已然死去，绯秋翠已然死去，化作坟堆里冰冷的尸身，而她，海沫，如今已是秋翠家族族长，没有资格再放纵自己的感情了。

即使在内心深处，她还是那个渴望得到关爱的小孩。

海沫止住眼泪，再一次看看珍珠秋翠和绯秋翠的坟，自言自语道：“鲛人是没有妈妈的。我有，而且有两个妈妈，一个是生我的珍珠秋翠，一个是教我功夫的绯秋翠。我是一千年来第一个由妈妈孕育而生的鲛人，我是如此的独特，如此的不普通，如此的与众不同。这不是什么错误，而应该是我的骄傲。谢谢你们。”

葬礼之后，海沫做的第一件事，就是派花秋翠带上一队秋翠战士去别甲家族。“告诉赤别甲，把伪装者阿飞送到秋翠家族来，我有很多问题要问他。”海沫说，“作为交换，我愿意承认她的族长之位。当然，前提是她也要承认我的鲛人家族联盟盟主之位。”

在绯秋翠去世到举行葬礼期间，赤别甲发起了家族政变，杀死了黄别甲和白别甲，自封为别甲家族唯一的族长，而来自写家族的黄写成为别甲家族巫罗。赤别甲的手段过于毒辣狠厉，为防止本族中有野心家起而效尤，鲛人各大家族，除写家族和金银鳞家族外，均不约而同地拒绝承认赤别甲的族长之位。

在花秋翠出发后，海沫着手盘点秋翠家族的人员和物资。她无不惊讶地发现，绯秋翠留给她的，是一个不小的烂摊子。育婴堂的红头白嘴病还没有得到有效控制，饥荒就已经在整个家族迅速蔓延，而观音桥保卫战损失的战士没有得到补充，能上阵杀敌的不到一千，甚至手弩厂也停止了工作，战士们有手弩但没有弩箭可以补充。

“为什么？”海沫问。没有鲛人能回答这个问题。她们只知道，养殖的螺蛳和河蚌大量死去，种植的藻类也大量死去，饥饿的工人和战士都无心工作，去野外捕捉鱼的狩猎队经常空手而归。“已经扩大了狩猎范围，可那些往常密密麻麻的鱼，都不知道去哪里了。”

这样的回答，显然不能令任何人满意。

一团糟中，楼兰送来一个好消息。一个光写鲛人在三亚湾，也就是金银鳞家族的领地，无意中发现传说中已经病逝的金鳞还活着，只是被囚禁起来了。楼兰与金鳞联系上，然后联合家族里支持金鳞的势力，杀死了谋逆的银鳞。金鳞重新执掌金银鳞家族大权。

"光写家族与金银鳞家族向来交好。要知道，光写家族驯养鳄雀鳝的本事，可是从金银鳞家族那儿学来的。"楼兰对海沫说，"经此一役，光写家族算是报答了金银鳞家族的恩情。"

海沫对楼兰表示感谢，楼兰却说："你以为只有你是妈妈孕育出来的吗？不，我也是。我们是一类人。"

但接下来，就全是坏消息了。

花秋翠回到观音桥时，浑身是伤，已经奄奄一息了。她告诉海沫，赤别甲答应了族长提出的条件，阿飞由她带回来。然而，在回观音桥的路上，经过一条狭窄的河谷的时候，她们遭到了袭击，秋翠家族的姐妹全部力战而死，她是唯一逃出来的。

"谁干的？别甲家族吗？"

花秋翠喘息着，说不出话来。她的胸腹上，不规则的伤口深可见骨。

"是蛟人吗？"

花秋翠摇头。"怪物，"她说，"从来没有见过的。它们身形佝偻，特别残忍，背上长着可怕的大螯，上下开合，能把鲛人夹成两半，就像是……就像是……"花秋翠没能把话说完，头一歪，死了。

"阿飞呢？"海沫追问，没有得到花秋翠的回答。

就在这时，外面传来惊天动地的呐喊声："海侵啦！海侵啦！海侵啦！"

三十二

老飘觉得自己有无限多的话想对陌刀说，这肯定是老了的标志。但陌刀忙得没有时间听他啰唆。

起初，冷开泰是不准备谈判的。他在金紫门的讲茶大堂，宣布自己为舵把子，并举行了空前盛大的加冕仪式。冷开泰相信，他手里还有足够多的兵力，与浑水派相比还有压倒性的优势，足以赢得第二次蛟人内战的胜利。

至于加冕时有没有手持《海底》，冷开泰并不在乎。

每每想到这里，老飘就觉得荒谬：蛟人之所以会有浑水派与清水派之分，是因为对《海底》有不同的理解。清水派认为必须照着《海底》的规定来，而浑水派认为，世事变迁，应该根据实际情况对《海底》的规定进行一定程度的修改。至少大家都是承认《海底》无比尊崇的地位的。然而，现在蛟人内战打起来，所有的蛟人都主动或者被动卷进这一场血腥的旋涡中，不知怎么的，这个起因就被有意无意地忽视了。

冷开泰还是清水派的领袖呢，居然在加冕时没有手持《海底》，真是荒谬。

更荒谬的是，超级水荒已经来了，然而似乎没有蛟人在意。

大家都发现食物越来越少，患病的蛟人越来越多，都抱怨，都着急，都恐慌，但只要老飘一提超级水荒，他们就瞪大眼睛说：“这不可能！别在这儿耸人听闻了，二爷。”

仿佛不承认，超级水荒就不存在。

老飘也有自己的烦心事。他从陌刀口中得知，陌刀在鲤鱼池北区入口杀死过一个鲛人，名字叫珍珠秋翠。“是误杀。”陌刀说，“我以为她是杀死老炮儿的海沫，哪知道海沫是她女儿。她们母女长得可真像啊！”见老飘不言语，陌刀又补充说：“海沫现在是秋翠家族族长，鲛人家族联盟盟主，也是我没有想到的。她的功夫真是好呀。”

“刀娃儿！你说什么？海沫是珍珠秋翠的女儿？”老飘颤抖着声音问。

陌刀回答：“一开始我也不相信。蛟人和鲛人的婴孩都是从鲤鱼池出来的。但海沫亲口告诉我，珍珠秋翠生下了她，她是一千年里，第一个有妈妈的鲛人。她还说，老炮儿是她爸爸，而她亲手杀死了他。蛟人和鲛人都是没有爸爸妈妈的。二爷，你知道这是怎么一回事吗？”

“我不知道。”老飘愣怔了片刻，又惊醒一般问，“你亲耳听她说的？”

陌刀假装没有听见老飘的问题，翻身游走。

谁都有自己的秘密，包括老飘。

陌刀的那一个疑问，老飘是知道答案的。

老飘年轻的时候做过不少荒唐事。那时他叫风飘飘，做起事来向来是率性而为。大家都喊他飘哥。飘哥自认越过电子围栏，去鲤鱼池北区——鲛人所在的那一边，遇见珍珠秋翠不算是荒唐事。荒唐的是，飘哥一时兴起，说自己是炮哥。后来，飘哥也问过自己为什么要假冒炮哥，当时没有准确的答案——现在也没有准确的答案。也许就是纯粹的恶作剧，也有可能是因为我嫉妒炮哥的显赫名声。但不管怎么样，结果都是我以炮哥之名，与珍珠秋翠交往了一段时间。老飘暗自想。

后来，因为种种原因，蛟人"炮哥"与鲛人珍珠秋翠断绝了来往。对那段经历，老飘偶尔想起，也只觉得甜蜜又荒唐。如今忽然知道珍珠秋翠怀了孩子，还生下来了，荒唐感顿时加了百倍、千倍。

"海沫，大海的泡沫。"他默念着这个陌生的名字。我当时根本不知道你的存在，否则……然而仔细回忆，确实有蛛丝马迹可以证明珍珠秋翠是怀了孩子的。我，我太粗心了……内疚感又加了千倍、万倍。如今，珍珠秋翠死于陌刀之手，海沫还在，又是族长，又是盟主。我、我、我能怎么做?

太平门传回牛耳大黄的话，清水派与浑水派他两不相帮，龙头大爷陌刀与舵把子冷开泰他都不承认，但如果两派要谈判，他愿意从中斡旋。"为了蛟人。"他说。

然后，冷开泰主动要求与陌刀进行谈判。

后来老飘才知道，一头将死的蓝鲸掉落到金紫门。冷开泰命蛟人上前捕杀，在付出了数十名蛟人弟兄的性命之后，浑身腐烂的蓝鲸终于死去。实际上，根本用不着蛟人动手，已经奄奄一息的蓝鲸最多再挣扎一两天自己就会死去。然而，冷开泰受不了它散发的恶臭,所以选择了主动出击。老飘猜想,实际情况应该是:冷开泰不是受不了蓝鲸的恶臭,而是因为昔日老炮儿曾经率领蛟人弟兄捕杀过一头长须鲸，他想用同样的办法来证明自己的能力。同时,他要用这样的方法测试蛟人的忠心程度。冷开泰成功了,蛟人们个个奋勇争先;也失败了,很多英勇的蛟人死在了这场意义不大的测试之中。据斥候报告,在蓝鲸死后,冷开泰命蛟人清理掉所有的腐肉,抽取出肋骨,准备做成鲸骨枪,然而,这头蓝鲸的所有肋骨均变得柔软,一碰就变成无数碎末随着水流漂走。见到这样诡异的景象,冷开泰在腐肉与恶臭中沉默半晌,然后下令通知陌刀,他已经做好了谈判的准备。“为了蛟人。”他说。

浑水派和清水派开始谈判,而且进展顺利。双方的目标很快变得一致,不管怎样,先过单刀会。其他的,全部等单刀会结束之后再来解决。

而死了一半的蓝鲸,不过是一场更大灾难的序幕。

三十三

“发生了什么事？”海沫问。

黄秋翠跌跌撞撞地游进来,惊慌失措地报告:“族长,海侵啦！”

“什么叫海侵？”

“出去看看就知道了。”

海沫跟在黄秋翠身后，游出了观音桥迷宫一般的地下深宫。

那里已经聚集了很多秋翠战士。她们抬头仰望着什么,鲛人那么多,却没有谁发出喧哗之声。顺着她们的视线,海沫看见观音桥上方,流动着一条由无数动物和植物组成的巨大河流。

那河流自东向西,浩浩荡荡地流动着。西边看不到头,东边看不到尾。

组成河流的动物和植物,都是奇形怪状的,极为陌生的。海沫叫不出任何一种动植物的名字来,只依稀分辨出有大得出奇的鱼和虾、纠结缠绕在一起的水草和海藻,还有长得像带子一样的鱼,以及数不清有多少触手的乌贼和章鱼。

而且,它们都是死的。

这是一条尸河。

有的刚死不久,被水一冲,好像马上就会活过来;有的死了一段时间,浑身肿胀,本就古怪的身形更加古怪了;有的已经死了很久,腐烂的肢体散落得到处都是,肢体与肢体又以不可思议的方式组合在一起,变得更加不可名状了。

尸河不止一条,流经观音桥上方的,只是其中一条。同样的尸河,从朝天门上方流过,陌刀惊诧莫名;从蚂蝗梁流过,梅花丹顶痛哭流涕;从鲤鱼池上方流过,老飘连声哀叹;从大剧院流过,白写惊慌失措……

尸河流经之处,留下无数残肢断体和无法形容的腐臭。

所有的海底城市都淹没在这无可排解的腐臭里,宛如沉浸在无可逃遁的噩梦里。

仿佛整个扬子海早已死去，如今只是把多年前的腐烂、朽坏与恶臭从最幽暗的深处吐了出来。

黄秋翠告诉海沫，鲛人原本有十三个家族，但包括黄金家族、红白家族、花纹皮光家族在内的六个家族彻底消失了，就因为海侵。什么是海侵呢？在遥远的东边，有鲛人从未去过的深海。每隔数年，深海便会涌动，逆着长江水道，向着扬子海侵袭而来，一路裹挟着泥沙和死尸，所到之处，生灵涂炭，万物遭殃。这便是海侵。“鲛人婴儿突发的瘟疫，还有一系列养殖场里的死亡，都是因为海侵。”黄秋翠总结说，“我活了很久了，也见过几次海侵，但数这一次的规模最大。”

深海？那是什么？海沫想象不出。提到深海，她只能想到无边无际又透着无限诡异的黑暗。是无数尸河的叠加吗？

“海侵意味着什么？”海沫问。

黄秋翠的回答简单而直接：“大灾难，史无前例的大灾难。关系到鲛人的生死存亡。”

很多秋翠鲛人向尸河跪下，祈求葵神保佑。“不准跪！”海沫怒斥。她们张张皇皇地跑开，在海沫看不到的地方，继续诚心诚意地祈求。海沫下令禁止，谁再祭拜葵神就处罚甚至处死谁，被黄秋翠强力阻止了。“她们只是害怕，”黄秋翠说，“她们不像族长，有一颗强大的心。她们需要在这个乱世之中找到某种支撑她们活下去的精神力量。秋翠鲛人如此，别甲鲛人、金银鳞鲛人、光写鲛人、丹顶鲛人，哪一个不是这样？”

海沫无奈。她再厉害，也不可能把参与祭拜的鲛人全部杀死吧！她不得不取消了禁令。

然后，参与祭拜的秋翠鲛人分作了两派。一派认为就这样祭拜，诚心诚意，只要人数足够多，葵神一定能听到她们的心声；另一派则认为，她们不是巫罗，她们的祷告葵神听不见，所以必须去写家族请一个巫罗回来，带领她们祭拜。两派争执不下，几乎打了起来。

愤怒与忧心中，海沫问黄秋翠："当初秋翠家族是怎样打败写家族，建立起属于自己的时代的？"

黄秋翠告诉海沫，从水下纪元开始，鲛人就遇到了一系列的灾难。小灾难层出不穷，大灾难隔三岔五来一回。写家族的巫罗们应对灾难的唯一办法就是祭祀。小灾难就用小祭祀，大灾难就用大祭祀，灾难层出不穷，她们就不停地祭祀。最初还有效，但五百年前，扬子海遭遇了一连串灾祸。祭祀从一年一度改成半年一度，再改成每月一次。然而，不管怎么祭祀，灾难还是频频降临，鲛人不由得对祭祀效果产生了怀疑。更何况，以祭祀为由，写家族频繁向各大家族索取祭品，鱼牲、玉器、谷物，诸如此类，烦不胜烦。

祭祀仍在继续，灾难仍在继续。然后写家族的大巫罗提出一个可怕的方案：用人牲代替鱼牲，要各大家族进献族内的鲛人，用于祭祀。各大家族虽不乐意，但架不住巫罗们连恐吓带利诱，最终还是献出了各自家族的鲛人。那一次献祭之后，效果奇佳，正在发生的海侵居然停止了。于是，此后祭祀使用人牲便成为惯例。

海沫好奇地问："鱼牲怎么祭祀，我知道。那人牲呢？"

“和鱼牲一样。”黄秋翠继续讲，在祭祀的时候，把人牲绑在一个大气球下边，等巫罗念完祭语，砍断绳子，让大气球把人牲带到海面，葵神在天上，献祭就完成了。

那不是活活晒死吗？海沫没有去过海面，但从小就听珍珠秋翠还有育婴堂的嬷嬷讲，不要去海面，那里是葵神的禁区，是鲛人的死地。“上去就只有一个‘死’字。”她们反复强调。但，在这种描述里，葵神似乎指的是太阳，而不是程小葵。什么时候程小葵变成了太阳呢？

“后来呢？”海沫烦躁地问，“秋翠家族到底是怎样打败写家族的？”

“后来，灾难频仍，祭祀越发频仍，写家族索要的人牲数量也越来越多。秋翠家族提出用俘虏的鲛人来做人牲，被大巫罗拒绝。双方一度发生激烈的冲突。随后，大巫罗告诉各大家族，葵神给她托梦，用普通鲛人献祭已经不能令葵神满意，得用鲛人贵族才能显出鲛人献祭的诚心。秋翠家族第一个被葵神选中。大巫罗要秋翠家族献出族长作为那一年的人牲。秋翠家族自是不肯。于是，支持秋翠家族的为一派，支持写家族的为另一派，规模空前的鲛人内战全面爆发。

“此战打了足足五年，秋翠家族最终胜出。写家族迅速衰落，从全族巫罗、执掌鲛人生杀大权的第一家族，蜕化为一个以表演为生的小家族。葵神之道也被废止，直到今天。”

这都是五百年前的事情了。对于改变今天的局面，又有什么启发呢？海沫看着横过上方的尸河，看着那些除了祈祷什么也不会做的秋翠鲛人，愈加焦躁。在这种情况下，程小葵会怎么做呢？

一想到程小葵，海沫心底忽然生出一种想法。上一次，在虚拟空间里，程小葵讲了很多。她知道了很多此前不知道的事情，解开了很多此前疑惑不解的谜团，但又生发出很多新的问题。她迫切地想要再见程小葵一面，向她寻求这些问题的答案。

但这样做，真的对吗？

思虑良久，海沫下定决心，对黄秋翠说："去通知白写，我任命她为鲛人大巫罗。今年的拜神祭由她全权负责。拜神祭，是鲛人的大事儿。我们终归还是要去鲤鱼池的。"

不知道为什么，在做出这个决定之后，海沫竟有三分兴奋、三分期待、三分感叹以及一分意料之外的如释重负。

仿佛她一直等待着自己做出这样的决定。

三十四

怪物抓住阿飞的时候，阿飞以为自己死定了。

本来一切都很顺利。别甲家族的老大白别甲待她如姐妹，甚至比赤别甲和黄别甲还要亲。她为别甲家族立下了大功，在她的帮助下，别甲家族在洪崖洞歼灭了她们一直痛恨的光写家族。

真的是歼灭。

阿飞并不知道别甲家族对光写家族的痛恨从何而来。别甲家族对光写家族大开杀戒的时候，她就在旁边看着。她看见别甲三姐妹动手时，连婴孩都没有放过，这股狠劲儿，连身为蛟人的她都自愧不如。后来，阿飞假装无意中问起其中的缘由，白别甲轻描淡写地回答，是写家族族长白写请别甲家族干的，而写家族对于背叛了自己的光写家族的仇恨那是众所周知的事情。

自那以后，阿飞就留在了白别甲身边。谁知，白别甲对阿飞的宠爱，引发了赤别甲的叛乱。白别甲和黄别甲被杀，来自写家族的黄写被任命为别甲家族的巫罗，而阿飞也被赤别甲抓了起来。对此，阿飞没什么可抱怨的。

再后来，一队秋翠鲛人奉命将阿飞押送回秋翠家族受审。这是在执行秋翠家族新任族长海沫的命令。海沫能当上族长，阿飞很吃惊。作为一个杀手，海沫是合格的，然而当族长……她那智商够用吗？绯秋翠是不是生病生糊涂了？在去往观音桥的途中，阿飞这样胡思乱想着。然后，在一处水流湍急的地方，她们遭遇了怪物的袭击。

怪物们巧妙地，或者说，狡猾地借助湍急的水流，隐蔽接近，随即发动突然袭击。它们有着人的脑袋，有着恐怖至极的大螯。它们以奇怪的姿势跃出，大螯一开一合，于是就有一个秋翠鲛人丧命。秋翠鲛人的手弩对它们没有形成任何威胁，它们的铠甲坚硬无比，它们的动作迅猛而直接。一半秋翠鲛人死去，一半秋翠鲛人被俘。

俘虏中包括阿飞。

她和其他秋翠鲛人被一张大大的渔网拖着，拖向未知之处。

阿飞最后看见的画面，是一群怪物疯狂地撕咬和吞噬秋翠鲛人的尸体。

阿飞曾经以为自己是蛟人中的异类，但与自己相比，那些怪物才是真正的异类。

它们胸部往上和蛟人相似，或者说，是陆生人曾有的模样，脑袋、脖子和胳膊一应俱全，只是耳郭所在的地方伸出了长长的须子。脖子以下，被包裹在坚硬的甲壳之下，样子却难以描述，因为它们的手和脚太多太多。

醒着的时候，它们总是处于活动当中，手不停、脚不住，根本数不清有多少手多少脚；睡着之后，阿飞才数出来。它们膨大的胸部两侧，分别有一对夸张的大螯、两对细长的小螯、两对刀片一样的步行足；胸部往下，是环节状的腹部，下面藏着五对小团扇一样的游泳足；再往后，是弯曲的尾扇。

阿飞知道有一种动物也是这个样子，所以她把它们叫作“螯虾人”。

那些怪物，那些张牙舞爪的螯虾人整天咔嚓咔嚓，但它们其实不会说话。它们的嘴里有鲨鱼一般锋利的牙齿，舌头却短到可以忽略不计。它们的声带已经严重退化，发不出可以表达意思的声音来。它们发出的咔嚓咔嚓声，是大螯闭合的声音，是大螯敲击小螯的声音，是小螯敲击腹部甲壳的声音，是分节的几丁质外壳相互摩擦发出的声音。这些在其他生命听来千篇一律的声音，在螯虾人的耳朵里其实有巨大的区别，以至于这些声音相互组合，能够表达极为复杂的意思。

幸而阿飞的听觉极为灵敏，渐渐从咔嚓咔嚓声中分辨出萨特努、杜普拉，分辨出雷蒂斯、魏斯曼，分辨出曼宁，分辨出克拉凯基，然后从这些词语出发，他渐渐能听懂螯虾人在说什么了。尽管还很粗糙浅显——或者螯虾人的语言本就粗糙和浅显，而阿飞有着无可比拟的语言天赋——总之，阿飞能听懂了。

渐渐地，阿飞也能从纷繁复杂的螯虾人中，区分出不同的族裔来。

魏斯曼是第一等级，雷蒂斯是第二等级，萨特努、杜普拉和曼宁是第三等级，克拉凯基是第四等级。因为曼宁常在雷蒂斯乃至魏斯曼身边出没，阿飞开始还拿不准它们所处的等级，但看过太多曼宁的悲惨遭遇后，阿飞断定曼宁处于螯虾人社会的第三等级，只高于第四等级的克拉凯基。

阿飞观察着，学习着，理解着。

阿飞清醒地意识到，现在自己所经历的事情，必定载入鲛人与蛟人的史册，载入扬子海的史册。

是比鸣沙蛇游走于蛟人与鲛人之间、在两边都取得重大成就还要高一千倍的成就。

螯虾人有两套语言，这是阿飞事先所没有想到的。

一套语言为魏斯曼专用，除了那几十个魏斯曼，没有别的螯虾人会使用。从螯虾人不同等级的交流情况来看，雷蒂斯能听懂魏斯曼语，一部分曼宁也能听懂，可阿飞从没有见过哪一个雷蒂斯和曼宁说过魏斯曼语。后来，经历过几次冲突，阿飞才明白，雷蒂斯和曼宁不是不会魏斯曼语，而是不能使用魏斯曼语。原因显而易见，魏斯曼语为魏斯曼专用，螯虾人的其他等级，皆不得僭越，违者处以肉泥之刑。

第二套语言则是螯虾语，为第二等级、第三等级和第四等级的螯虾人共同使用。阿飞确实有着惊人的语言天赋，很快就掌握了大部分螯虾语。

螯虾人的营地是长江水道的一部分，叫作唐家沱。说是营地，其实非常勉强。在阿飞看来，那就是一个巨大的水下洞穴。居住环境如此简陋，但螯虾社会的高等级还是保持了足够多的特权与尊严。而第四等级的克拉凯基则为它们的特权与尊严付出了自己的一切。

当然，阿飞不觉得自己有资格去怜悯克拉凯基。因为螯虾社会有比克拉凯基更低的存在，那就是俘虏。有蛟人，也有鲛人，都被水草围栏圈着，吃着最差的食物苟延残喘。阿飞是俘虏中的一个。

陌刀希望我能飞上天，我却落到了现在这个下场。这就是背叛陌刀的代价吗？阿飞苦笑，并不认为这个结论是正确的。随后，她开始尝试与螯虾人中的精英交流。她没有螯虾人那样的发音器官，她尽可能地用嘴、手和肚子模拟出螯虾人的咔嚓声。说来也不意外，在光写家族生活的那一段日子，她跟着光写鲛人学会了不少用身体器官发声的技巧，如今居然在一个完全不同的场合派上了用场。

两个萨特努似乎被阿飞所吸引，一蹦一跳地游向她所在的围栏。阿飞“说”得更加起劲儿。接下来发生了极为残忍的一幕，让阿飞的计划落空。萨特努捉住了围栏里的四个秋翠鲛人，当场杀死了她们，然后把她们的尸体拖出围栏。一群克拉凯基蜂拥而至，当着围栏里的鲛人和蛟人的面，疯狂地大快朵颐。这就解释了为什么会有俘虏的存在，对螯虾人而言，俘虏的蛟人和鲛人就像养殖场里的螺蛳和河蚌一样。

这件事让俘虏们非常崩溃。痛定思痛后，阿飞决定加快自己的计划。为了证明自己的与众不同，她甚至不惜冒着巨大的风险，当着鲛人的面，变成了蛟人。

他(她)成功了。

一个曼宁注意到了阿飞的表演。不久，一个雷蒂斯过来看他，命令两个杜普拉仔仔细细地检查了他的身体。随后他得以被单独关押。又过了一段时间，一个魏斯曼来到围栏边，端详了好一阵。阿飞拍击尾巴，向它致敬。魏斯曼非常满意，于是叫来那一个注意到他的曼宁，训练他“说”更多的螯虾语。不用说，魏斯曼语除外。

有老师指导，阿飞的螯虾语突飞猛进。

同时，曼宁也试图学习阿飞的蛟语，并对扬子海的故事非常感兴趣。阿飞给它讲了蛟人与鲛人的千年战争，讲了拜神祭与单刀会。他在蛟人中长大，又在鲛人中生活过，对双方都有充分的了解。他又有表演天赋，即使很枯燥的内容，也能以很浅显的方式表现出来。对曼宁来说,这一点是非常必要的。

作为一种回报,阿飞吃得更好,甚至可以离开围栏,在水下洞穴的公共场所自由活动。

阿飞的目的肯定不是在螯虾社会里往上爬。但接下来具体做什么,他还没有想好。

这天晚上,阿飞被那个曼宁用大螯叫醒。水下洞穴里一片忙碌,所有螯虾人均整装待发。这个时候的螯虾人全部都进入了战斗状态,每一个都张牙舞爪。

螯虾军团出发了。十几个雷蒂斯组成的精锐小队在最前面开路,一大帮萨特努和杜普拉簇拥并护卫着数十个魏斯曼,数百个曼宁在四周警戒并将魏斯曼的命令传达给每一个螯虾人,数量最多的克拉凯基排成整齐的队伍在海底的山峦、丘陵与河谷行进,浩浩荡荡,声势空前。

阿飞跟着螯虾人军团游动,翻山越岭,也不知游了多久,终于抵达了目的地。

远远望去,在那浑浊不堪的海水里,有一处水晶宫一般的存在,璀璨明亮。那是鲤鱼池,阿飞曾经最想去的地方。

也是他第一次发现自己是伪装者的地方。

三十五

“我饿了。”

“我也是。”

“先商量好吃什么，再出去。不然，又要在大街上找。”

火锅首先被排除了，因为太热，而且两个人吃火锅，总觉得不对劲儿。然后过桥米线和烧烤也被排除了。接下来，程小葵提议吃日料，但段楠不喜欢。段楠想吃泰餐，又被程小葵否定了。商量来商量去，最后，他俩终于达成一致意见：去吃串串香。

重庆的本地美食大多与火锅有关，不是火锅的儿子，就是火锅的孙子，而串串香辈分比较高，算是火锅的弟弟，有“小火锅”的美誉。串串香的锅底跟火锅相同，食材也完全相同，最大的不同在于，串串香的食材是切成小份，穿在竹签上，再放进锅里边煮边吃。

两人出了奶茶店，直奔鲤鱼池 42 艺术公园的另一侧，那里有一家名气颇大的串串香店。进了店，找到空位，服务生过来问：“要什么锅底？有红汤、清汤、白汤、海鲜汤。”他俩一起回答：“红汤，微辣。”在锅底上来之前，他俩又去冷柜里挑选自己中意的串串。程小葵端了一堆黄腊丁、鱿鱼、鹌鹑蛋、毛肚和豆腐皮，段楠则选中了黄喉、肫肝、鸭肠、鸡心、土豆、藕片、豌豆尖。这就是串串香的魅力之一，可以自行挑选。

回到桌边，火已经点燃，锅底还没有烧开。两人一起动手，把一部分耐煮的食材放进锅里，在等待锅底烧开的时候，继续闲聊《鲤鱼池》。

“你说，水生人是吃熟食，还是生食？”

“水下没法燃起火堆，热泉也不行，会把自己也煮熟。”

“所以，水生人就只能吃生食？好遗憾，水生人吃不了火锅，连串串香都吃不了。”

“也许，水生人会发明别的什么方法，把食物弄熟。我们都知道，跟生食相比，熟食的优点可太多了。”

“在水下，阳光也是个奢侈品。”

“对。你说得很对。”

他们不约而同地抬起头，越过热闹非凡的人群，将视线投向窗外。太阳早就不知所终，也没有见到月亮和星星，天光很亮，一片薄薄的云温柔地飘在半空。照亮薄云的，是重庆城璀璨的灯火。

在水下，会是另外一副模样吧。

水下几米，阳光还能穿透，将一切照得水晶般透明；水下几十米，阳光变得无力，看什么都像是隔着浓稠无比的雾；再往下，水下几百米，阳光已经消失，四周比最深的夜还要黑，说什么伸手不见五指根本不是夸张而是实情。但这还不是深海，深海呀，要到水下几千米。在这样的深度，再大的眼睛也不好使。有些动物学会了自己发光，而更多的动物则强化了别的感官来“观察”周围的情况，并据此调整自己的行为，捕获猎物、逃避敌害、繁殖自身……

“你说的是深海，水生人生活的地方还到不了几千米的深度吧？”

“对，对。你说得没错。不过，我也有一个疑问。由始至终，锦鲤都是一种人工选育出来的观赏宠物，野外生存能力几乎为零，离开了人，基本等于死亡。那为什么还要把锦鲤的基因注入人体，将人改造成水生人呢？”

“确实，锦鲤是鲤鱼的分支，人工选育出的观赏种。但千万不要低估它的野外生存能力。”

程小葵掰着手指数道：“鲤鱼有着非常强悍的环境容忍能力；不挑食，从浮游动物到水生植物，逮到啥就吃啥；繁殖能力超强，一条雌鲤鱼一次能产卵三十万粒；小鲤鱼有许多捕食者，当它们长到成年，几乎就没有捕食者能欺负它们了。”

“这个事情我知道。在北美，亚洲鲤鱼还成了最可怕的入侵物种之一。”

“亚洲鲤鱼其实是好几种鲤科鱼类的统称。说起来，我们吃的鲤鱼其实都是未成年的，在野外，活到二三十岁的鲤鱼能长到一米多长，一百多公斤重……水开了，真香啊。”

“再等一会儿，等熟透了再吃。”

“以为我傻呀？”

两人盯着红汤里翻滚着的液体。

“知道韦伯氏器吗？这是一种由四对小骨组成的结构，为鲤鱼所特有。它位于鳔与内耳之间，能将放大后的声波传到内耳，从而使鲤鱼能听到的声音范围更广也更敏锐，很容易就发现潜伏的敌害。锦鲤是鲤鱼的一种，你还担心锦鲤的野外生存能力吗？”

“《侏罗纪公园》里边有一句名言：生命自会找到出路。然而，对生物演化史了解得越多，你越会明白，这句话只说出了一部分真相。找到出路的生命，只是一部分。更多的生命，没有找到出路，就这么无声无息地消失在时间扬起的烟尘里。有一项研究证明，地球上存在过的生物物种绝大多数都灭绝了，现存的，只是曾经存在过的生物物种的十分之一。”

“大自然并不大慈大悲。”

“我还是觉得，选取别的动物，比如海豚，更容易。海豚和人同属哺乳纲，改造起来相对容易。而锦鲤，是鱼，从人到鱼，跨纲了。”

“人和鱼同属于脊椎动物亚门，也不算隔得太远。我们和锦鲤有共同的祖先，至少可以追溯到奥陶纪，甚至更早的寒武纪。只是后来，我们的祖先登上了陆地，而锦鲤的祖先继续生活在水里，走上各自的演化之路。”

“你说的是自然演化，而锦鲤是人工选育的结果。出于选育优良品种的目的，我们对锦鲤基因的了解远远超过别的动物。当然，说一千道一万，最关键性的原因只有一个：因为我喜欢。我喜欢锦鲤。你不喜欢吗？”

“当然喜欢。”

“千金难买喜欢。更何况，都出现螯虾人了，从脊椎动物跨到无脊椎动物了。我不知道你还在纠结啥。”

“也是。应该熟了，可以吃了。”

段楠和程小葵从热气腾腾的锅里，各自抽取自己喜欢的串串，专心致志地吃起来。

合·得合而欲多者危

三十六

水下纪元996年，盛夏时节，蛟人的单刀会与鲛人的拜神祭正式举行。

从上方看，鲤鱼池是一座特别巨大的穹顶建筑。这穹顶历经千年，虽有破损，整体框架还巍然屹立，不曾倒下。中间一道无形的水墙，也就是电子围栏，将鲤鱼池分成南区和北区。南区是鲛人的，衣家族奉命守卫，是鲛人拜神祭的举办地；北区是蛟人的，由千斯门管事龙麻子率领千斯门的蛟人弟兄镇守，是蛟人单刀会的举办地。

今年的拜神祭与单刀会因为种种原因，均晚于往年，在夏至过后三天才开幕，但终归得以举行，也算是一大堆令人头疼的烂事中的一件大喜事。

作为蛟人的当家三爷、单刀会总指挥，冷开泰捏着老炮儿送给他的鲸骨枪，硬挺着身子，矗立在鲤鱼池南区拱门外。门楣上两条抽象的锦鲤头尾相连，似在无尽地追逐。冷开泰看着不同肤色、不同鳞片、不同门的蛟人排着整齐的队伍，按照他列出的名单，一个个游入鲤鱼池，前所未有的自豪感油然而生。

金紫门新任管事铁肩和巡风铁膀负责清点人数，名单上的名字有四千之多。铁肩估算了一下,蛟人总数在十万左右,这四千,真是蛟人的精华。

太平门管事牛耳大黄和一千太平门蛟人列队而来, 浩浩荡荡。千厮门管事龙麻子和他的弟兄带着鱼鳞盾牌和双股钢叉,他们负责守卫,在鲤鱼池有携带武器的特权。南纪门在闷墩儿死后,加上储奇门的幸存者,总人数不到四百,士气明显低落。金紫门的队伍最为庞大,竟占到了总数的一半。谁都知道为什么,可谁都不敢多说, 金紫门弟兄们脸上洋溢的光芒恐怕连太阳都要自愧不如。六百朝天门弟兄在陌刀的带领下,踩着最后一分钟准时进入鲤鱼池,倒也不卑不亢。

鲤鱼池北区拱门外,白写盛装打扮。写家族全体鲛人倾巢而出,参与到拜神祭的每一个环节之中。她们很久没有这么忙碌过了。各大家族的鲛人从她们跟前游过,都带着崇拜的眼神,这使白写体验到了祖上的荣光。

最先到场的是金银鳞家族,金鳞大病初愈,精神头倒还不错。金银鳞鲛人舞动长鞭,驱赶着数十条活蹦乱跳的电鳐,令人瞩目。赤别甲带领的别甲鲛人全副武装,浩大的声势会让人以为整个鲤鱼池都是她们的。赤别甲身边,新任巫罗黄写格外兴奋。丹顶家族和光写家族先后到场,她们人数不多,跟别甲家族相比,甚至可以说寥寥无几,躲在无人关注的角落里,默默观察。衣家族的鲛人们在葡萄衣的带领下,手持长剑、四处巡游维持秩序,看上去英姿飒爽。秋翠家族出现的时候,队列整齐,吸引了众人的目光。但没有人见到秋翠家族新任族长海沫，领队是育婴堂堂主黄秋翠。这引发了一些毫无根据的猜测。

白写不在乎。代表七大家族十万鲛人的四千鲛人已经到场，接下来，就看她惊心动魄的表演了。

陌刀已经辞去龙头大爷一职，承认冷开泰舵把子的地位，连《海底》一书都交了出去。这是清水派与浑水派谈判的结果之一。“这不叫让步，这是必要的妥协。”老炮儿说过，老飘也这样评价陌刀的做法。朝天门弟兄在为接下来的单刀会比赛做准备，陌刀无所事事，或者说，心中有事，意兴阑珊地四处游动。不知不觉中，他游到分隔鲤鱼池南区与北区的电子围栏附近。

在这个距离上，还不会被电子围栏用“电”攻击。望着影影绰绰、若有若无的电子围栏，陌刀发了一阵呆。鲤鱼池为什么要有南区和北区之分？这电子围栏到底是谁安装的？仅仅是为了把蛟人与鲛人隔开吗？又有什么特殊的意义？

这些问题都没有答案。

在安全距离之外，他贴着电子围栏底部游了一段距离，赫然看见电子围栏底部出现了一个灰色的漩涡。不，那不是漩涡，而是一个窟窿。透过它，陌刀能看到两根严重锈蚀的支架。这似乎就是陌刀一直寻找的东西。他毫不犹豫地游过窟窿，进入北区……

不对，这里不是北区，而是介于南区与北区之间的空隙。

而且，这里，他曾经来过。上次……远远地，陌刀看到一个模糊的身影。一种莫名的熟悉感让他迎了上去。“是鲛人海沫吗？我是陌刀。”他主动发问,“你也是来找虚拟空间的吗?”

海沫比陌刀警惕:“你找到了?”

“没有,我刚到,还没有来得及找。”

海沫盯着陌刀的脸,想要确认他说的是否是真话,还要抑制自己想要杀死陌刀的冲动。就是这个蛟人,杀死了珍珠秋翠,她的妈妈。

陌刀抽出了金属匕首。

海沫后退几尺:“你想干什么?”

陌刀说:“你用这把匕首杀死了老炮儿,后来,我又用这把匕首杀死了珍珠秋翠。现在,我把这把匕首还给你,希望你收好,不要引发蛟人与鲛人的全面战争。”

“谁怕谁呀!”海沫说,但她还是把匕首收了起来。因为到这里,她有更为重要的事情要做。何况,外边正在举行拜神祭呢。“你找你的,我找我的。”她遏制住杀手的本能,恶狠狠地说。

他们在南区和北区之间的空隙来回游动,这里的空间并不大,他们很快找了个遍,哪里都没有虚拟空间的入口。

“那个虚拟空间的入口关闭了?”

“应该是。”

“我们上次来的时候,入口是怎么开启的?”

“我不知道。”

“我也不知道。”

相同的感受让陌刀与海沫绷紧的情绪松弛下来。

陌刀与海沫之间，唯一的共同经历就是上一次误打误撞进入鲤鱼池禁区，见到了段楠与程小葵的数字分身。现在，他们见到彼此，瞬间想起的，就是那一件事情。

当时，陌刀误杀了珍珠秋翠，海沫一路紧追不舍，两个水生人都是功夫高手，又是不死不休之局，一个为妈妈珍珠秋翠报仇，一个要为龙头大爷老炮儿雪恨，打杀起来自是拳拳到肉，招招致命。

直到进入鲤鱼池禁区里的虚拟空间，他们褪去尾巴，化作两脚行走的陆生人，这强烈无比的震撼才使得他们的生死搏杀暂时停了下来。

“要不这样，你在前面逃，我在后边追？”海沫建议。

“重演当时的情景？”陌刀明白了。

不能不说，这是一个重返虚拟空间的好办法。

他们尝试了五次。陌刀在前，海沫在后，尽可能地重演当时的情形，从路线到速度再到角度，甚至情绪。他们时而分开，时而紧贴，用一切手段攻击对方。他们游动着，翻滚着，相互推开又急速簇拥在一起，就像是爱恨交织、分合纠缠的痴男怨女。第五次，他们游回鲤鱼池北区，从那边的窟窿重新追杀了一次。直到这时他们才意识到，当时是在激烈的追杀中穿过电子围栏的窟窿，误打误撞进入南区与北区之间的空隙。

然而虚拟空间的入口还是紧紧关闭着，不曾为他们重新开启。

“我们根本不知道入口在哪里，更不知道它为何而开。”

“我们不知道的事情还有很多。”

“离开这里后，我反复回忆，在鲤鱼池禁区里到底发生了些什么。有些内容已经模糊，有些事情我却记得非常清楚。要说懂，确实有太多的地方不懂。”

“最奇怪的是，我明明记得进入虚拟空间的时间并不长，就是进去听程小葵和段楠讲了一个长长的故事。然而，我回到朝天门，他们告诉我，我失踪了五天，他们都以为我已经死了。”

“她们也说我失踪了五天。可我们不可能在那个虚拟空间里待了五天。”

放弃了寻找入口的陌刀和海沫同时陷入了回忆。当时，葵神与祖师爷的数字分身对他们说了很多很多的话，新鲜又陌生，令他们无比兴奋又无比困惑。

“如果再次进入虚拟空间，你会问些什么？”海沫自问自答，“我想问葵神，什么叫开启了生命的本能，为什么只能在鲤鱼池开启生命的本能，生命的本能到底指的是什么，你知道这些问题的答案吗？”

陌刀耸耸肩，既不肯定，也不否定。因为他知道一部分答案，但肯定不是全部，最关键的是，他不知道怎么向海沫描述。

他参加过两次单刀会。他记得鲤鱼池的讲茶大堂跟别处不同。墙壁甚是高大，入口却极小，仅容一个蛟人游过。陌刀跟在前面一个蛟人身后游过了那道狭窄的门。前面那蛟人尾巴一甩，消失在一片浓稠的紫色里。陌刀在浓稠得化不开的紫色液体里继续游动，带着惶恐，带着兴奋，身体一阵阵触电般地战栗。与海水不同，那紫色液体像半凝固半融解的岩石，游过之后，会留下一个肉眼可见的窟窿。四周的紫色液体会慢悠悠地聚拢来，填补上那个窟窿。陌刀记得自己抓过一把紫色液体，黏稠而湿滑，但在递到眼睛之前，它就如泡沫一样消散了。看不到其他蛟人，仿佛整个世界就只有他。

再往后的记忆就变得模糊了。他依稀记得身体不可遏制地猛烈抖动，有什么液体倾泻而出，巨大的无以复加的快感将他紧紧包裹。他愿意沉浸在这种愉悦里直到永远……然后就是讲茶大堂的出口。他游了出去。

后来陌刀问过其他进过鲤鱼池讲茶大堂的蛟人，过程和体验大差不差。他们都记得很多无关紧要的细节，偏偏最重要的部分谁也说不清楚——在紫色液体里到底发生了什么？虽然大家都想再去。然而，随着时间的流逝，多数蛟人不再提起鲤鱼池，把鲤鱼池忘得一干二净，一门心思地做着眼前的事情。直到下一年夏天，下一次单刀会到来，鲤鱼池的话题才会再一次回到蛟人群体里。

陌刀看着海沫。海沫胸前和后背上有和珍珠秋翠几乎一模一样的斑点，而且——陌刀也不得不承认——这些珍珠一样的斑点使海沫比别的鲛人漂亮多了。一种难以言表的情愫在他体内滋生。他转过头去，望向上方，两堵电子围栏在遥远的上方合并为一条影影绰绰的线。

“你们也有拜神祭，进入鲤鱼池之后，”陌刀问，“你们会做些什么呢？”

“我还没有去过拜神祭。”海沫说，“黄秋翠告诉我，有资格进入拜神祭的鲛人事先会准备一颗小鹅卵石，上面写上自己的名字。在一系列表演和祭祀之后，小鹅卵石会被投到一个很大的箱子里。巫罗蒙上眼睛，游进箱子里，随便拿小鹅卵石，拿到谁的鹅卵石，谁就有资格进入下一步。她们把这叫作神选。然后，鲛人会进入一个紫色的房间。但黄秋翠不肯告诉我在那房间里到底发生了什么事。我很好奇。回头我也去参加，鹅卵石已经准备好了，我亲自去看看那个房间。”

紫色房间？一个念头在陌刀心中隐隐形成，令他不安。难道……

“嗐，我干吗要跟你说这些。”海沫沉默片刻，又按捺不住好奇心，问，“如果再见到你们那个祖师爷，你会问什么？”

“鲛人和蛟人，说着同样的话，读着同样的字，说明我们同源同宗，可为什么蛟鲛两族会彼此隔阂千年、互相仇恨千年呢？”陌刀说，“我还想问祖师爷，为什么要把蛟人设计成纯男性的社会，把鲛人设计成纯女性的社会，又让蛟人和鲛人成为世仇？这有什么意义吗？”

“这也是我想知道的。陆生人有男女之分，鲛人对应的是陆生人的女性，而蛟人则对应的是陆生人的男性。阿飞是伪装者，能主动将自己由男性蛟人变成女性鲛人。一个合理的猜测，阿飞也能主动将自己从女性鲛人变成男性蛟人。最根本的原因还在于鲛人和蛟人原本是一个族群的。傻瓜都能看出来,纯男性的族群,与纯女性的族群,都有问题,可为什么还要这样设计?”

“承认自己的族群有问题,真不是件容易的事情。老飘说,蛟人是袍哥制,鲛人是家族制,都是在陆生时代出现过又被淘汰了的制度。段楠和程小葵为什么要把我们安排成这个样子呢?一定有某种合理的解释,可惜……”

“离开虚拟空间之后——现在想来,不但如何进入虚拟空间是一个谜,就连如何离开,也是一个谜。我好像睡了一觉,醒来之后就发现自己不在虚拟空间里,而是来到鲤鱼池外的一片水草丛里。”

“我也是这样。”

“原来不是我一个人——那之后,我反复琢磨程小葵和段楠说过的话。他俩说了洪水泛滥、陆地被淹没的原因和大致经过,还重点介绍了基因驱动技术,以及将陆生人通过注射锦鲤病毒改造成水生人的全过程。然而水生人下水之后呢?有一段巨大的空白。不可能那么顺利,肯定发生了很多事情。我有一种感觉,这段空白,和我们今天会是这个样子息息相关。可惜现在找不到虚拟空间的入口,这些问题大概就只有靠我们自己去解决了。”

“是的。是这样的。”陌刀继续说,“我在想,即使我们再次进入虚拟空间,见到他们,问出了我们的问题,他们的回答能令我们满意吗?最关键的是,我们能听懂吗?”

海沫老老实实地摇头。

三十七

虚拟空间里，段楠、程小葵自顾自地讲着，讲得格外动情，格外精彩，讲到激动之处，不由得手为之舞，足为之蹈，声调也提高了十度。但数字分身旋即发现，自己讲得热闹，可谓是纵横铺排，汪洋恣肆，却没人听自己的，眉头很自然地紧锁了起来。

陌刀和海沫听得极为认真。他和她屏息凝神，关注着数字分身的一举一动，一言一语，甚至一颦一蹙，一呼一吸。然而，他和她的人生阅历与知识储备，不足以让他们明白数字分身所陈述的全部内容。

陌刀抢了一个空当，插话道："海底在上，您说的这些，到底是什么意思？"

海沫说："葵神保佑，陆生文明的覆灭，不是因为陆生人做错了很多事吗？"

段楠与程小葵对望一眼，四周的画面瞬间静止，并呈现出一种冻结在万年冰川里的效果。

"果然。"段楠说。

"果然。"程小葵说。

段楠和程小葵望着对方，齐声叹息道："果然，他们听不懂。"

一阵说不上多耀眼的光闪过，他们的容颜刹那间变老，从二十出头的青春靓丽，变成九十多岁的模样，憔悴不堪。岁月隆隆碾过，在他们的身体上留下了所有的痕迹。

陌刀和海沫还处于冰冻模式中。段楠和程小葵开始回忆，开始盘点，开始用有限的算力进行思考。

还在读大学的时候，段楠和程小葵就是一对情侣。后来发生了很多事情，他俩分开了。段楠报考了国家基因实验室，研究之外，与各种琐事搏斗；程小葵去了民营基因公司，研究之外，同资本主义奋战。时间如无常的潮水，将他俩一会儿推开，一会儿又推在一起。分分合合，合合分分；谁错谁对，谁对谁错，早已经无法说清楚。

到洪水泛滥、陆地即将被淹没的前夕，事情又起了巨大的变化。

大灾当前，人心惶惶。重庆市鲤鱼池锦鲤繁育中心资金链断裂，正在秘密研发的基因驱动技术遇到瓶颈，又被无意中曝光，繁育中心和负责人程小葵处于舆论的风口浪尖之上。段楠注意到了繁育中心的存在，一番打听后，极力促成国家基因实验室与重庆市鲤鱼池锦鲤繁育中心的深度合作。由于国家基因实验室也在研究基因驱动技术，双方一拍即合。注入资金和技术后，重庆市鲤鱼池繁育中心得以稳定地运转。

这时，段楠和程小葵都快五十岁，在各自的领域都有一番成就，感情生活却各种不如意。再次相遇时，他俩不无惊讶地发现，双方都是单身，似乎在等待什么。而且，在基因驱动技术上，两人遇到的瓶颈居然是互补的。段楠遇到的问题，程小葵研究的锦鲤病毒正好可以解答;程小葵遇到的问题,用段楠发明的基因编辑法正好可以解决。所以,在陆生文明最后的动荡日子里,他俩一起完成了一件伟大的事情。

不,不是一件,而是两件。

程小葵设计出了鲛人,段楠设计出了蛟人。两套方案送到繁育中心高层。经过评审专家组反复讨论,两套方案不相上下,最终的决定是:两套方案同时进行。“跟末日基地相比,建设基因驱动针剂生产线的资金不值一提。这肯定是挽救人类文明最便宜的方案了。”繁育中心主任对段楠和程小葵说,“资金已经到位,两位放心去干吧。”

那个时候,各国的航天发射场都被不能逃生的人所占领,雪水淹没了高原地区的末日基地,海底城市建了一小半就承受不住海水巨大的压力而悉数坍塌,海岛改造成的浮城因为动力不足被台风掀了个底朝天……原本不被看好的水生人方案成了最后的希望,就像是溺水之人抓住最后一根稻草不肯放手一样。

段楠说:“既然无法改变整个地球的大气候,那就退而求其次,改变自己好了。”

程小葵说:“终归是要活下去,不管以哪一种形态,不是吗?”

二期实验有五千志愿者参加,三期实验则有两万,成功率从40%提高到70%。失败者被淘汰,成功者开始水下生活。叶状鳃的工作效率极高,这使得水下生活变得相对容易。

眼见着实验就要进入四期,最大规模的洪水来了。这滔滔洪水从东海而来，沿着长江一路直上，横冲直撞，所过之地，无论是城市还是乡村，无论是平原还是山地，尽为海底。

重庆也不能例外。

繁育中心计划整体转移到青藏高原，但在那之前，洪水已经来了。转移失败。而段楠和程小葵决定留下来，跟水生人一起，把没有完成的实验做完。

条件极其艰苦，环境极其恶劣，新的问题层出不穷，段楠和程小葵疲于奔命。不管是什么样的问题都会汇总到他俩眼前，每天一睁眼，就有无数的问题等待着他俩解决。

最大的问题在于繁殖。

在失去了基因驱动针剂生产线之后，水生人必须靠自己来繁殖。在原先的计划中，水生人是用锦鲤的方式来繁殖。锦鲤在夏天繁殖，一条雌锦鲤一次能产三十万粒卵，一个夏天就可产下一百万粒卵。这个繁殖速率过于夸张，夸张到可怕。所以，在水生人那里，产卵量是被调低到百分之一的。

当时，水生人总数在一万多一点儿，单就数量而言，是一个微不足道的族群；又身处危机四伏的洪水之中，随时可能灭族。不说失去现代医疗体系的支撑后，各种来源不明的瘟疫和疾病会带来极高的死亡率，仅仅是水忽然间变淡（雪山融解来的）或者变咸（东海入侵来的），就会一次性杀死近一半的水生人。

然而一旦适应了水下生活，水生人便发现，这是一个远比陆地更为辽阔的世界，而水生人的数量实在是太少了。于是，水生人开启了疯狂繁殖的模式。

最初是好事。真的。很多生物在大灾大难中,会选择不繁殖或者延迟繁殖,但水生人不一样。快速增长的人口极大地拓展了水生人的生存空间，各种形式的灾难再也不能一次性灭绝水生人了。在段楠和程小葵的视野之内与视野之外,水生人都蓬蓬勃勃、日益兴盛起来。

十几年时间转瞬即逝，陆地与海洋的角斗终于分出了胜负。海洋胜出,而陆地则淹没在了万顷碧涛之下。陆生文明彻底结束,海生文明在陆生文明的灰烬里,开始复兴。他们把自己生活的地方叫作扬子海,把已经年迈的段楠和程小葵称为“神”。

然后,水生人之间展开了空前的血战。

这是因为,在海陆之争结束后,水生人一如既往地疯狂繁殖,却忽视了死亡率已经降低的事实。水生人人口总数迅速超过五百万,结果在极短的时间里消耗了扬子海的天然资源。水生人以各种理由,自行分成大大小小的各种群体,为了争夺最后一丁点儿资源而疯狂厮杀。鲜血染红了整个扬子海。

段楠与程小葵无力阻止血战的发生,现在所发生的一切都超出了他们的预期。他俩完全失去了对水生人的控制。

因为,人口总量猛增的同时,教育却没有跟上。多数水生人婴儿都没有受过像样的家庭教育或者社会教育。他们都在无人照管的情况下,自行野蛮生长,长成了只知道填饱肚子、不知道任何规则的野兽。

直到这个时候，段楠和程小葵才明白，个体的生育、族群的繁衍、文明的赓续，是联系在一起的三件事。

段楠和程小葵焦灼万分。但也无可奈何。

经过一番艰难的思考，他俩决定为水生人方案打一个巨大的补丁。

他俩利用残存的设备，对繁育中心进行了一番改造。

改造结束的时候，段楠和程小葵已经灯尽油枯，遂决定将自己的意识扫描后复制到鲤鱼池主控电脑的虚拟空间里。“这样，当水生人有什么问题时，可以向我们的数字分身求助。”他俩说完便悄然离开，不知所终。

大洪水发生的时候，数字分身技术也在快速发展中，这也是应对末日危机的方案之一。好多人渴望把自己的意识扫描后复制到电脑里，摒弃肉身，实现数字永生。“只要服务器还在，意识就在，哪怕是洪水滔天、陆地被淹没、太阳爆炸！”当时的广告是这样说的。

但广告就是广告，夸张是其本性。数字分身技术本身不是很成熟，段楠和程小葵的数字分身复制到虚拟空间后，就没有正常工作过几回。

历经数年，水生人的血战也告一段落。人口锐减的同时，两个超大族群已经在血战中形成，而新的生存危机又出现了。不知道为什么，水生人无法繁衍了。两个族群的领袖先后找到段楠和程小葵，向“神”寻求帮助。段楠和程小葵的数字分身将他们带到后来被水生人称为鲤鱼池的地方，告诉他们：“这就是我们为你们提供的解决方案。你们接受还是不接受？”答案可想而知。

也许是恶作剧，也许单纯就是系统出了错，“神”分别赐给了两个水生人领袖一人一本书。

一个领袖得到了《海底》，后来他所在的族群演化为蛟人；一个领袖得到了《锦鲤宝典》，后来她所在的族群演化为鲛人。

单刀会与拜神祭的雏形，也是在那个时候形成的。

鲤鱼池的存在，一方面是辅助蛟鲛两族的繁殖，一方面是控制蛟鲛两族的数量。不能繁殖与超量繁殖，都是问题。有计划的繁殖，才是文明。

再后来，数字分身所在的虚拟空间能量不足，自动关闭。蛟鲛两族前来求助，得不到回应，很快就失去了耐心，将段楠和程小葵的故事改头换面，变作蛟人和鲛人各自传说的一部分。

直到千年之后，海沫与陌刀的到来，才再度唤醒了段楠和程小葵的数字分身。此刻，两个数字分身看着眼前处于冰冻模式的两个水生人，继续讨论。这些讨论，有时像是对话，有时又像是一个人的独白。

“我是蛟人之父。”

“我是鲛人之母。”

“但是有什么用呢？”

“没什么用。”

“鲤鱼池就是繁育中心。这里有各种内外激素。”

“这里有各种内外激素。繁育中心就是鲤鱼池。”

“我记得产卵繁殖之外，还有5%的水生人可以卵胎生。”

“有吗？我不记得了。”

“也许是，也许不是。我也记不清楚了。”

“演化的图景其实异常复杂。它不是一条从甲到乙再到丙的直线，不是一张四通八达的蜘蛛网，也不是一棵枝繁叶茂的参天大树，在我看来，演化更像是一条平原之上流淌的大河。”

“雪山上的源头模糊不清，很难判断哪里是唯一的起点。没有一条主河道，平原上，数条河道相互交叉，彼此承接，像网，又与网不同。有的河道，流着流着就消失了；有的河道马上要消失了，却又峰回路转，绝处逢生，流出一片新的天地；有的河道起初很窄，却处处有来水，越流越宽。”

“我们智人是地球众多生命之河中的一条，一路流淌下来，遭遇过多次大灾变，其中好几次都险些消失，不复存在。然而，兜兜转转，智人终究出现了智慧的萌芽，于跌跌撞撞中走上了文明之路。”

“你知道‘碳中和’吗？你知道‘碳达峰’吗？你知道我们曾经在沙漠里种树吗？你知道我们为了对抗气候变化都做过了哪些事情吗？”

“我知道，我记得。”

“我们努力了，我们失败了；我们失败了，我们努力了。然后有了蛟人和鲛人。”

它们沉默了。

能量不足，资源不足，它们只是程序残片，早就不能正常工作了。所以，它们根本不知道它们已经断断续续思考了五天，就像是一位耄耋老人，时而清醒，时而沉睡，时而絮絮叨叨，时而沉默如石头。

“我们总想着控制他们。”

“以父之名，以母之名，以神之名。”

“要相信他们，相信他们自己会找到出路。”

“我们总妄想着能为他们提供一切的答案。”

“我们早就不能为他们提供答案了。”

“该放手了。”

虚拟空间亮了几下，鲤鱼池的街景闪烁几下，然后能量耗尽，彻底昏暗下来。

三十八

没能重回虚拟空间，海沫沮丧地游回鲤鱼池北区。她有太多的问题想要向程小葵请教，但现在……她的心空空荡荡的，神思恍惚，以至于自己被几个别甲鲛人包围了也没有注意到。

赤别甲一声令下，别甲鲛人一拥而上，用一张渔网擒住了海沫。海沫抽出匕首，拼命去割渔网，却被赤别甲抓住机会，夺走了匕首。海沫恨得用手和牙齿去对付渔网，可惜无济于事。

海沫被赤别甲送到北区拜神祭祭坛附近。

高高的、形如金字塔的建筑四周，别甲鲛人、秋翠鲛人、丹顶鲛人、金银鳞鲛人、衣鲛人等按照家族各自排列整齐，梅花丹顶、银鳞、葡萄衣等族长浮在最前面。单就数量而言，七大家族中，来得最多的是别甲家族。除了在本家族列队的，还有在四处巡逻、维持秩序的。到处都有别甲鲛人凶悍的身影。海沫估计别甲鲛人至少有两千以上。看来，白写对别甲家族的支持获得了最大限度的回报。

写家族才是真正意义上的倾巢出动。从少年到成年再到老年，写鲛人均打扮成古老的巫罗模样，头发全部盘起来，脸上和身体的各个部位，统统绘制着包括坦克、火箭炮、歼击机、轰炸机、巡洋舰、航空母舰、洲际导弹等在内的奇怪图案。

巫罗们站在鲛人家族队伍的前面，与各大家族族长并列，俨然各个家族的精神领袖。她们异常激动，图案之下，面色潮红，鳃裂不停地翕动着，尾巴不由自主地颤抖着。对于能重新当上巫罗，重现写家族的荣光，她们是无比骄傲的。

海沫看见黄秋翠飘浮在秋翠家族前面，对自己的被俘与到来视而不见。黄秋翠身边，挺立着一个打扮成巫罗的写鲛人，神采奕奕。她的胸前，描绘着空间站的图案。

金字塔顶，白写的打扮最为夸张。浓墨重彩之下，只剩下一双眼睛还能分辨出她是写家族族长、鲛人家族联盟最大的巫罗。她悬浮在金字塔顶端的平台，正在向着四周的鲛人侃侃而谈：

“拜神祭本是极为严肃、庄严与神圣的族之大事，秋翠家族执掌鲛人家族联盟以来，轻视葵神，藐视葵神，将拜神祭搞成了嘻嘻哈哈的娱乐活动，成何体统！而今，我白写要将这颠倒的一切矫正过来，鲛人必须重回葵神之道。葵神之道，是大道，是正道，是天地永生不灭之道，是古往今来一切智慧之道。”

巫罗们领颂，在场的数千鲛人齐声颂道：“葵神葵神，赐我以命；无以为报，万物可祭！”

这几句唱词出自《葵神颂》。海沫曾经在大剧院听过，当时觉得有几分好笑，现在听来，却有几分毛骨悚然之感。她四处张望，瞥见在一块巨大的岩石底下，光写家族的五十多名成员在这个不引人注目的角落里默默浮游着。她们都是洪崖洞大屠杀的幸存者。在她们前面，飘浮着一个巫罗。那巫罗与别的巫罗有所不同，因为她正是光写家族现任族长楼兰……

楼兰身边有一个奇怪的老鲛人，那是谁呢？

颂念三遍之后，白写继续讲道：“矫枉必须过正，方显我葵神的大德大能。小灾小祭，大灾大祭，而今鲛人所面对的灾祸前所未有，是以，所献祭之物，也必须是前所未有。”

海沫可不蠢，立刻听出白写所要献祭的是谁来。

“海沫，乃是千年以来，第一个父精母血所生，是异端，是另类，是不折不扣的怪物。秋翠家族前任族长绯秋翠临死失智，竟任命其为秋翠家族族长，是为大谬。”白写加大了说话的力度，“在此，我白写，鲛人大巫罗，向葵神献上海沫，以平抑葵神之怒，停下大海之侵的惩罚。”

赤别甲手一挥，海沫被别甲鲛人从渔网里拖出来，推推搡搡着，送到一个木头架子下方。别甲鲛人用水草编织的绳子把海沫牢牢地绑在了木头架子上。她们的力气大得惊人，海沫再怎么反抗也没有用。

木头架子后方，斜放着另一个更大的木头架子，里边锁着一个巨大的气球。看到这些，海沫一下子想起花秋翠讲过的“人牲”。这气球的底端与绑住海沫的木头架子连在一起，只要打开那个大的木头架子，气球就会带着小的木头架子和海沫，一起飞快地向着海面升去。到达海面后，木头架子将会漂浮在海面之上，让海沫暴露在阳光与热浪之中，无比痛苦地死去。

海沫可不甘心接受这样的命运。“听我讲！”海沫喊道，“我见过葵神！真正的葵神！你们见过吗？白写也没有见过，所以，她要杀了我灭口！”

“胡说八道！”白写命令道，“赤别甲，动手！”

“大家知道鲤鱼池是怎么来的吗？为什么会有拜神祭？衣家族到底在守护什么？葡萄衣，你不想知道我在禁区里见到了什么吗？”海沫继续喊叫，“白写就是个大骗子！她什么都没有告诉你们，嘴里全是谎话！”

“赤别甲，还在犹豫什么？”白写问。

“慢。”衣家族族长葡萄衣喝道，“让海沫把话说完，我想听。我想知道鲤鱼池禁区里到底有什么。”

衣家族在鲛人家族中的地位非同一般。她们奉葵神之命守护鲤鱼池,守护了一千年。她们还全部装备了金属做的兵器和铠甲。要不是衣家族有不得介入鲛人家族政治事务的古训,盟主之位,还真不知道是谁的。所以,听葡萄衣这么一说,就连大巫罗白写也不由得犹豫了。

"秋翠家族想听。"黄秋翠说。

"丹顶家族想听。"梅花丹顶道。

"金银鳞家族想听。"金鳞说。

"我们都想听。"楼兰高亢而富有魅力的声音从角落里传来。

机会难得,有无数的话想要从海沫的嘴里喷涌而出,但在这种场合,白写,尤其是身边蠢蠢欲动的赤别甲,会给海沫发表长篇大论的时间吗?不会的。而且,故事里还会涉及一系列的前因后果,涉及鲛人的世仇蛟人。所以,海沫忍住把一切原原本本地再讲述一遍的冲动,而是诵念了一首歌谣:

水生人没有衣服,赤身裸体,用鳞片遮掩皮肤,可笑

水生人不会走路,上到陆地很快被晒死,可笑

起初只有海沫在诵念,楼兰跟着诵念,随后所有的光写鲛人也跟着诵念。光写鲛人都是练习过的,集体诵念起来,歌声在祭坛四周来回荡漾,极富感染力。

水生人不会把食物用一种叫作火的东西煮熟了吃，吃生的食物让水生人容易生病，可笑

这首歌本就是楼兰根据海沫告诉她的内容编写的，俏皮有趣，又通俗易懂，已经在鲛人之中流传了一段时间。所以，有不少鲛人都跟着诵念，有在心里诵念的，也有诵念出声的。秋翠鲛人中参与诵念者最多。当衣家族中也有鲛人诵念时，葡萄衣回首瞄了一眼，并没有出言制止。

水生人骄傲自大、贪得无厌、小肚鸡肠、蛮横无理、自私自利、色欲熏天、好吃懒做，快要把自己的文明弄没了，还在拼命嘲笑陆生人，最可笑

大巫罗白写道："可笑！以为诵念一首歌谣就可以推翻千年的葵神之道？没用的。赤别甲！"

"住手！"楼兰身边那一个奇怪的鲛人忽然喊叫起来。那声音也很奇怪，苍老而有力，但那绝不是一个鲛人该有的声音。那是蛟人的。鲛人中混入了一个蛟人。这让在场的鲛人一片哗然。那蛟人卸去了他的伪装，露出长须飘飘的真面目。"我乃凤飘飘，蛟人的圣贤二爷，"老飘吼道，"再不住手，我就叫蛟人把你们都灭了！"

"楼兰真该死，居然和蛟人勾结在一起！迟早杀了她！"赤别甲恶狠狠地对海沫说，"别指望她们能救你，我不会给她们机会的。"

说着，赤别甲用金属匕首砍断了固定住大木头架子的绳子。大木头架子裂开，放出那个巨大的气球。气球立刻向上飞升，带着小木头架子，还有小木头架子上被牢牢绑住的海沫。

“救族长！”黄秋翠一声令下，带头砍杀了身边的巫罗，然后向飞速上升的海沫冲去。秋翠鲛人纷纷拿出手弩和蚌刀，跟别甲鲛人和写鲛人战在一起。楼兰呼啸几声，几只鳄雀鳝从鲤鱼池外冲进祭坛，四处游动，数量虽然不算特别多，制造混乱却是足够了。金银鳞鲛人竭力控制躁动不安的电鳐，可它们还是像野狗一般窜来窜去。葡萄衣拔出金属长剑，大声喝止，可惜对战双方没有一个肯听她的。衣鲛人都拔出了金属兵器，但向谁进攻呢？葡萄衣一时之间难以抉择。

海沫被气球拽着，迅速上升，很快从穹顶的一个大窟窿穿了出去。在她眼里，昏暗如同恶魔一般从四面八方侵袭过来，而明亮如珍珠的鲤鱼池则变得越来越小。

她向着海面升去，去面对灼热的太阳和海面异乎寻常的热浪，去面对自己的死亡。

三十九

陌刀回到鲤鱼池南区，回到鲛人之中。单刀会正在冷开泰的组织下，进行得如火如荼。现场一共分成二十个场地，进行着各种比赛。有比速度的短距离游泳，有比耐力的长距离游泳，有单纯比力量的举重，也有比敏捷和智慧的穿花绕树——从一个极为复杂多变的迷宫里快速逃脱。

陌刀一边游一边欣赏。

不得不说，每种比赛都是力与美的结合。

依靠当年战功的积分，有资格进入鲤鱼池参加一年一度单刀会的蛟人，还必须通过参加单刀会比赛赚取积分。只有积分排行榜上前四百名的蛟人，才有资格进入鲤鱼池的讲茶大堂。想到前几天，清水派和浑水派还在朝天门打得血流成河、尸横遍野，如今却在同一个穹顶之下比赛，不得不感慨万分。“还是比赛好啊！”陌刀感慨，“不用流血。”

太平门管事牛耳大黄过来，以最正式的礼节拜见龙头大爷。“我已经不是龙头大爷了。”陌刀闪到一边，摆摆手说。

牛耳大黄一本正经地回答：“朝天门保卫战之后，我就认刀爷。”

这人明明是在揶揄，却把揶揄说得这么有仪式感，也就牛耳大黄了。陌刀见和他说不到一块儿去，就转换话题：“看见二爷了吗？”

“没有。我没有见着二爷。二爷喜欢逍遥，说不定又到哪儿逍遥去了。”

陌刀又问：“现在排行榜上第一名是谁？”

“第一名是金紫门管事铁肩，千厮门管事龙麻子暂时排在第三。要是刀爷上场，第一保证是您的。”牛耳大黄说。

铁肩的功夫确实了得，排行第一并不意外。陌刀笑了笑，说：“我不想参加。”

牛耳大黄急了：“为什么呀？您必须参加！”

陌刀四处张望。现场有四千蛟人，最后四百蛟人胜出，而鲤鱼池外，至少有十万蛟人连进比赛场地来围观的资格都没有。此刻，陌刀身体里的某个器官不明所以地抽动了几下。在来鲤鱼池之前，他已经下定决心，不参加比赛，不去讲茶大堂。但这几下抽动，加上周围热烈的气氛，让他忽然之间改变了想法：我要参加比赛，然后去讲茶大堂……

这就是启动了生命的本能？

八角笼那边的呐喊声引起了陌刀的注意。

“铁肩在和龙麻子打。”牛耳大黄说。

他耸耸背鳍，游了过去。

牛耳大黄略微犹豫了一下，也跟着陌刀游过去。

那八角笼是用金属丝编织而成，用一个绳子系在穹顶之上。参赛者游进八角笼，然后笼门关上，直到决出胜负，笼门才会再一次打开。八角笼旁边的观众是所有比赛场地中最多的。他们一群群聚集着，从四面八方、不同角度看比赛，同时为自己的支持者呐喊助威。

正在对决的是金紫门管事铁肩和千厮门管事龙麻子。龙麻子沿用一贯的作战风格，狠戾、直接，没有任何花架子，所有攻击的目的都是杀死对手。反观铁肩，则是不急不躁，稳扎稳打。

龙麻子连番进攻，均没有取得预期效果，体力却下降了不少，不由得心浮气躁。再次进攻时，不但绵软无力，而且毫无章法，被铁肩抓住机会，轻易击退。

太平门蛟人欢呼鱼跃，纷纷表示："浑水派的战斗力，就这么渣？唉，真就这么渣！"四面八方又传出新的呐喊声："杀了他杀了他！为离魂报仇！为离魄报仇！离魂、离魄是清水派的英雄！"

陌刀皱了皱眉头，四处张望。喊打喊杀的蛟人大抵是出自金紫门。金紫门的前前任管事离魂，在鲤鱼池北区外的伏击战中死于陌刀之手，前任管事离魄在朝天门保卫战死于龙麻子之手。难怪他们要这么喊！陌刀皱眉的原因是，虽然历史上单刀会八角笼比赛确实死过参赛者，但那多半是因为失手……金紫门现在这种喊法，是要再度挑起浑水派与清水派之战啊。

"最初为什么有浑水派，为什么有清水派，你们还记得吗？我们现在所做的事情，跟我们是浑水派还是清水派，还有多少关系吗？"在结束跟冷开泰的谈判之后，老飘这样对陌刀说。说这话的时候，他们正在讨论"冷开泰没有拿着《海底》登上舵把子之位，手里有《海底》的陌刀却自愿放弃了龙头大爷之位对蛟人意味着什么"的话题。

当时陌刀不明白老飘为什么要这么说，此刻他却忽然明白了：自己能放下浑水派与清水派之争，但别的蛟人可不一定也能啊；当他在思考一些深奥玄妙的问题时，有的蛟人却只想着如何有效地砍掉他的脑袋。

陌刀感觉到有目光注视着自己，回望过去，正好看见太平门管事牛耳大黄一脸诡异的笑容。那笑容的意思是……陌刀忽然想起先前斥候报告的一个新情报：舵把子冷开泰同意太平门接管原先储奇门的领地。我怎么把如此重要的消息忽视了呢？牛耳大黄得了储奇门的领地，必定会为冷开泰做点儿什么吧！

陌刀转回头，看见铁肩一反常态，主动出击，将龙麻子打得节节败退，连先前在朝天门之战受过的伤都裂开了。

八角笼外，千厮门蛟人齐齐发出不满的哀鸣。

铁肩继续追击，龙麻子只能勉强招架，毫无抵抗之力。再这么下去，龙麻子死定了。陌刀急得分开众蛟人，挤到八角笼边上，扒着金属丝喊："振作起来！不要放弃！我们还要去扬子海深处冒险呢！"

龙麻子吐出几个血泡，更多的血泡从他后背的鳃裂汩汩流出。他的生命力也随之流逝。他冲陌刀笑了笑，憨厚的脸没来得及展现第二次笑，就被铁肩蛮横地拖走。接下来发生的事情，可以用"匪夷所思"来形容。在所有蛟人都以为龙麻子死定了的时候，他却爆发出骇人听闻的力量。当铁肩准备下重手捣毁龙麻子后背上的鳃裂时——那里是蛟人的致命弱点——奄奄一息的龙麻子忽然奋起反击。铁肩撕碎了龙麻子的背鳍，而龙麻子却已经翻转到他身后，双手用力捶进了铁肩脆弱的鳃裂。

铁肩不甘地哀号着，在无限的痛苦中死去，去了传说中的木阳城。

鲜血染红了八角笼。这突然的变故让现场变得安静。"金紫门的弟兄，你们还能忍吗？”太平门管事牛耳大黄喊道，“为铁肩管事报仇啊！”

随即，“为离魂管事报仇！”“为离魄管事报仇！”“为铁肩管事报仇！”喊声此起彼伏，最后只剩下“报仇”两个字在现场回荡。金紫门蛟人纷纷拿起藏好的骨矛，率先向身边的千斯门蛟人动手，然后太平门蛟人也加入围攻千斯门蛟人的行列。

四十

前方光线越来越亮，气球拖拽着木头架子终于来到海面。

波涛涌动中，木头架子翻了一个身，将海沫翻离海水，来到空气里，直面太阳的照射。

海水还没有从海沫的皮肤和鳞片上流尽，痛苦就开始从她身体的每一个部位传来。

在此之前，海沫没有到过海面。她所有关于海面的认知，都来自鲛人的传说。“海面是太阳直射之下，焚风肆虐的地狱，”她们说，“你会干枯而死，焦渴而死，在火辣辣中脱水而死。”

此刻，正值一天的中午，太阳最为猛烈的时候。

只需要几分钟的时间，海沫就会死去。

但这短暂的几分钟，又被痛苦拉长成了无限。

她睁不开眼睛，浑身刺痛，每一个器官都想逃离。就连头发也在迅速干枯。

无限的痛苦中，海沫听到一个声音，那个蛟人苍老的声音。她迷迷糊糊，一时之间竟不知道这声音是现实，还是幻觉。那声音呼唤着她的名字，是那么亲切："海沫，海沫。"她感觉到有一双手在给她松绑，被牢牢固定住的身体开始能活动了。

难道这也是幻觉？

然而那声音不再有力却是事实，因为他言语中带着抑制不住的颤抖："我错过了你的婴孩，错过了你的少年，也将错过你的成年！真是遗憾啊！"

海沫不明白那个年迈的、自称是圣贤二爷的蛟人这话是什么意思。疑惑中，绑住她的绳子都被解开。她还不能动弹，而那蛟人用力将什么东西塞进她的手里，又将她推下木头架子，推进了海里。

海水给了她最甜蜜的滋润。澎湃的生命力几乎在一瞬间回到了她体内。她下潜数米，又游回海面，看见老蛟人趴在木头架子上，已经死去。他身上有多处新鲜的伤痕，显然是先前在鲤鱼池的混战中留下的。海沫不知道他是怎么从海底游到这海面的。一定很困难吧？然而，她根本不认识他，不知道一个蛟人为什么会这样拼死来救她。

她手里攥着金属匕首，正是先前赤别甲从她手里夺去的那一把。老蛟人又是怎么从赤别甲那里抢回来，塞到她手里的呢？

阳光依然炽烈。海沫松开木头架子，任由海浪将木头架子和老蛟人带走，自己则反身向下，向着深深的海底游去。

那里，还有太多的事情等着海沫去做。

水流涌动。海沫划动双臂、摆动尾巴，用尽全力，向鲤鱼池所在之处游去。

远远地，能看见鲤鱼池了。

鲤鱼池周边的幽暗里，似乎隐藏着什么可怕的东西。

但她还来不及仔细分辨，就看见将鲤鱼池分隔为南北两区的电子围栏像玻璃泡沫那样碎裂开来。

四十一

不能让千厮门孤军作战，陌刀没有别的选择，抖动鳃裂，唱起了蛟歌，命令朝天门蛟人也加入了战团。实际上，根本不用陌刀下令，因为朝天门蛟人已经受到了来自金紫门和太平门的联合进攻，他们不得不反击。

陌刀将龙麻子从八角笼中拽出来。

“还能打吗？”陌刀问。

“没问题。”龙麻子答。

与此同时，“为闷墩儿管事报仇！”南纪门蛟人大喊。“为储奇门报仇！为幺师管事报仇！”储奇门的幸存者大喊，“消灭朝天门！杀了陌刀！杀了浑水派的！”

所有在场的蛟人，不管是哪一个门，不管是哪一个派，都主动或者被动地加入这场前所未有的大混战。他们两眼滴血，浑身潮红，有兵器的用兵器，没有兵器的用手、牙齿和尾巴攻击另一派的蛟人。

混战在鲤鱼池南区的每一个角落展开。

骨矛刺出,蚌刀砍下。

兴奋的蛟歌与死亡的哀鸣混杂在一起。

鲜血汩汩流出,将整个鲤鱼池南区染成一片通红。

冷开泰在一众蛟人的护卫下,向着这边冲杀过来。他手中的鲸骨枪势大力沉,挥舞起来极为费劲儿,但杀伤力极大,刺中就死,磕着也伤。

陌刀抢了一根骨矛,低吼一声,将朝天门斥候小队召集在身边,迎着冷开泰的队伍狂奔而去。“《海底》我不是已经给你了吗?”他愤怒地喊道。

“陌刀,你太天真了。你还不明白吗?”冷开泰说,“只要你还在,朝天门还在,我这舵把子之位,就坐不稳当。”

那么,就是不死不休喽!不死不休就不死不休!陌刀不再犹豫,使出浑身解数,杀死每一个靠近的清水派蛟人。他久经战阵,左冲,右突,上挡,下架,懂得充分利用水流,制造杀敌的机会。他不是独自战斗,斥候小队在他身边,结成战斗队形,彼此护卫,交替进攻。他们在浑水派与清水派的混战中,宛如一股势不可挡的逆流,杀出了一条通向冷开泰的血路。

另一边,龙麻子组织千厮门弟兄迎战。数量上,千厮门弟兄吃了亏,但千厮门弟兄有鱼鳞盾牌和双股钢叉,对付战骨矛和蚌刀还是占优势的。因此,双方打了一个平局,谁也无法在短时间内获胜。

陌刀已经冲到冷开泰跟前。两个金紫门蛟人挡住了他的去路，他手起矛落，刺去了他直面冷开泰的最后阻碍。擒贼先擒王，陌刀的目的再明白不过了。冷开泰也不畏惧，扬手就是一枪，奋力刺出。陌刀避开枪头，贴着枪身，尾巴一甩，旋转身体，欺近冷开泰，手中骨矛朝着冷开泰的面门刺下。

说时迟，那时快，冷开泰往旁边一闪，那骨矛就刺在他的肩膀上。冷开泰负痛，双手一松，鲸骨枪跌落。但在落进淤泥之前，已经被陌刀一把抓住，枪身一挺，枪尖儿直抵冷开泰的喉咙。

“这是老炮儿的！你不配用它！”陌刀说，“叫他们住手！”

“杀了我！”冷开泰瞪大了眼睛，不肯认输。

就在这时，上方突然传来奇怪的碎裂之声。陌刀和许多机敏的蛟人齐齐抬头，看见早就破烂不堪的穹顶彻底碎裂了。也许是蛟人的混战引发的，也许只是因为碎裂的时间到了，鲤鱼池屹立千年的穹顶出现了大得不可思议的裂缝，起初只有一两条，紧接着更多的裂缝出现。随后穹顶裂成大小不一的无数块，被水流一冲，向着不同的方向，沿着不同的轨迹，漂啊漂地落下来。

碎裂的不只是玻璃穹顶，还有分隔鲤鱼池南区与北区的电子围栏。那不知道是什么材料制成的电子围栏也一点点地坍塌，一点点地碎裂，然后加速，直到整个电子围栏都变成遍布海底的碎屑。于是，一千年来，南区的蛟人与北区的鲛人，第一次在鲤鱼池里见面了。

两边都在打仗。玻璃穹顶与电子围栏的垮塌，让蛟人与鲛人都大吃一惊，震撼之下，竟全都停止了厮杀，望向彼此，面面相觑。

这一幕太过诡异。

他们/她们想不明白。

她们/他们无法接受这个现实，目瞪口呆。

直到海沫从上方游下来，方才打破这诡异至极的局面。

“是鲛人！”

“是蛟人！”

“蛟鲛是世仇，杀了她们！”

“鲛蛟是世仇，杀了他们！”

于是，双方都有了新的作战目标，先前的内战转眼就被遗忘。

黄秋翠、白写、金鳞、楼兰、梅花丹顶等率领各自的姐妹向着蛟人所在的鲤鱼池南区冲去。

龙麻子、牛耳大黄、铁膀、冷开泰等率领各自的弟兄向着鲛人所在的鲤鱼池北区冲去。

鲛人和蛟人，就像两股无可匹敌的潮水，在原先电子围栏所在的地方相遇，撞击出无数的血花。

四千蛟人与四千鲛人鏖战在一起。有时像密集的沙丁鱼群，疯狂地舞动着，一会儿向东，一会儿向西；有时像血与肉的旋涡，无数的生命在里边旋转，旋转，死尸与活人都在一起旋转。

蛟歌与鲛歌此起彼伏。

在一片混乱与喧嚣中，只有陌刀和海沫注意到了有一条特别的身影从远处的山脊拼了命地游过来。那条身影让他俩同时确认，是阿飞，那个臭名昭著、恶贯满盈、死有余辜的阿飞。

但阿飞现在的状态异乎寻常。

他边游边吼叫。

陌刀和海沫身处不同的位置，都听不见阿飞的吼叫，都只看见他大张着嘴，发出的所有声音都被周遭的喧嚣给淹没了。

然后，陌刀和海沫同时看见，在阿飞身后，灰暗的山脊之中，出现了一条起伏不定的线。那线迅速扩大，颜色越来越斑斓，形状越来越复杂。那不是线，而是滚滚向前的浪，那浪由不计其数的螯、不计其数的腿、不计其数的长须子组成。

那是由不可名状的无数怪物组成的正在冲锋的军队！

它们贴着海底，一边发出咔嚓咔嚓的怪声，一边浩浩荡荡地向着鲤鱼池，冲来！

四十二

当蛟人和鲛人各自开打时，螯虾人就受了刺激一般，摩拳擦掌，蠢蠢欲动。这两个词语对鲛人和蛟人来说是形容词，对螯虾人而言，却是最为真实的写照。

阿飞感受到身前身后螯虾人的兴奋状态越来越浓烈。它们的长须子胡乱地摇晃，一对大螯和两对小螯开开合合，两对刀片状步行足不停地原地蹬踏，五对游泳足互相摩擦。几丁质的尾扇彼此碰撞，甚至藏在胸甲之下的丝状鳃也不时显露出来，呈现出一幅异常兴奋又异常混乱的诡异画面。

从曼宁到萨特努再到杜普拉再到克拉凯基，就连雷蒂斯和魏斯曼，螯虾帝国的每一个等级都是这样。

那就是鲤鱼池？先前一直和阿飞交流、扮演了翻译一角的曼宁这样问他。茫然与恐慌中，阿飞点了点头。他不是傻瓜，螯虾人来鲤鱼池，肯定不是来旅游的。螯虾人会干些什么，他很清楚。但……就算他否认这是鲤鱼池，又有什么用呢？

阿飞被螯虾人重重包围。前面是螯虾人，后面是螯虾人，左边是螯虾人，右边是螯虾人。他嗅到一丝丝若有若无的异味，但并不知道这异味代表着什么。这异味越来越浓烈，浓烈得令阿飞头晕目眩。他意识到所谓的异味，是从螯虾人身体散发出来的。也许是魏斯曼或者是雷蒂斯那个等级的螯虾人率先发出，传递开来，然后所有的螯虾人都齐齐散发出那种说不清道不明的味道。身边的那个曼宁也不例外。它们通通蛰伏下去，收了大螯小螯，收了长须子和扇状尾巴，蛰伏在到水草丛里，蛰伏在岩石缝里，蛰伏在淤泥里。刚才还喧嚣沸腾如火山即将爆发的四野骤然间安静下来，仿佛那数万螯虾人不存在一般。

发生了什么？阿飞不明白。

这时，鲤鱼池上方的穹顶和电子围栏悉数垮塌。数千蛟人与鲛人鏖战在一起。

环顾四周，螯虾人依然蛰伏着，它们在等待最佳的时机。当鲛人和蛟人鏖战很久，决出胜负之时，败者不必说，即便是赢家也损兵折将，实力大减，螯虾人再出击，摘取胜利的果实简直易如反掌。

阿飞也知道，这是自己逃生的最后机会。他长长的尾巴奋力甩动，从蛰伏的螯虾人中鱼跃而起，先向上，再沿着一条斜线，向着混战中的鲤鱼池俯冲过去。他一边俯冲，一边大喊："螯虾人来袭！螯虾人来袭！螯虾人来袭！"

四周依旧深陷黑暗之中，鲤鱼池是唯一的光亮。

阿飞仿佛是受了那光亮蛊惑的飞蛾，不要命地向鲤鱼池奔去。

蛰伏中的数万螯虾人反应迟缓。等到几个最高等级的魏斯曼释放出某种螯虾人特有的外激素给雷蒂斯们，收到命令的数十雷蒂斯又向担任了中层职务的曼宁、萨特努和杜普拉们释放出准许进攻的外激素，数百个曼宁、萨特努和杜普拉穿行在螯虾人军团之中，释放出数量更多、品种也更复杂的外激素，然后螯虾帝国数量最多的克拉凯基们才从蛰伏状态中清醒过来，然后重新兴奋起来，再一次进入进攻状态。于是，在阿飞出逃的五分钟后，螯虾人军团向鲤鱼池发起了地毯式冲锋。

蛰伏就蛰伏，仿佛死去一般；一旦冲锋，螯虾人又展现出骇人听闻的活力。

阿飞在前，螯虾人在后。它们漫山遍野，它们如五彩斑斓的潮水一般淹没了鲤鱼池四周的山岭、丘陵和深浅不一的沟壑。从上方看，仿佛是阿飞在带领着螯虾人进攻鲤鱼池。

与鲤鱼池的距离迅速拉近，阿飞一头冲进了鲤鱼池里。那里有三个鲛人和两个蛟人在捉对厮杀，阿飞从他们头顶掠过，他们浑然不觉。然后，螯虾人就到了，转瞬间就将那几个鲛人和蛟人杀死。

螯虾人没有兵器，一对大螯和两对小螯就是它们最趁手的兵器。它们用尾扇拨水，用五对游泳足调整方向，两对刀片状步行足与之配合，从最为怪异的角度，用不可思议的方式发起进攻。

不管是悍不畏死的蛟人，还是骁勇善战的鲛人，都没有见过这种作战方式。事发突然，蛟人和鲛人都来不及组织有效的防御，就被螯虾人全线突破。

蚌刀太短，砍不到螯虾人的身体，就被螯虾人的小螯挡住；骨矛够长，但侥幸突破大螯和小螯的防御，却不够锋利，根本刺不穿它们的铠甲。鲸骨枪倒是能突破螯虾人的一切防御，但数量太少，只有少数领袖使用，对整个战局没有多大的影响。

秋翠鲛人的手弩取得了一些战果，射中了一些螯虾人的胸膛。但螯虾人推进的速度太快，往往在秋翠鲛人装填第二枝弩箭时，身上还插着弩箭的螯虾人已经蹦跳到秋翠鲛人跟前，大螯一开一合，就把她们一分为二。

螯虾人似乎不知道什么叫疼痛，更不知道什么叫死亡。即使砍掉它们的螯肢或者长须子，也丝毫不影响它们继续冲杀。同伴的死亡对它们也没有丝毫影响。踩着同伴的尸体继续冲杀，对它们来说是家常便饭。

数千鲛人和蛟人被潮水一般冲来的螯虾人分割成无数的小

群，然后一个小群一个小群地被螯虾人杀死。有的成为螯虾人的俘虏，一部分螯虾人专门做这个事情，用渔网把俘虏送到后方。

陌刀身边的斥候只剩下几个。他手中的鲸骨枪也渐渐无力起来。到处都是螯虾人跃动的身影，杀了一个又来三个，杀了三个又来九个，源源不断。而训练有素的斥候，死一个少一个。

冷开泰死于螯虾人的第一次冲锋。

当螯虾人出现时，陌刀对他说："我有情报证明，就是它们灭了储奇门。"冷开泰睁大了不可思议的眼睛："不可能！一定是你！是你干的！"见他仍固执己见，不肯承认自己犯了不可饶恕的重大错误，陌刀也不想再劝说，收了鲸骨枪，转身离开。

"你不杀我？"冷开泰问。他难以理解。

"我为什么要杀你？"陌刀反问。

后来，螯虾人攻到近旁。冷开泰捡了一把蚌刀，向螯虾人发起了自杀式攻击。他如愿以偿，死于螯虾人的大螯之下。

"千厮门管事在那边。"有眼尖的斥候报告。

"往那边冲。"陌刀命令，"继续唱蛟歌，叫朝天门弟兄往这边集中。"

一群千厮门蛟人一手持鱼鳞盾牌，一手持双股钢叉，将受伤的龙麻子护卫在一栋房间里。

陌刀带着斥候杀出了螯虾人的包围圈，来到千厮门弟兄所在之地。朝天门斥候主动加入护卫之中，陌刀进屋去看龙麻子。在屋门口，陌刀愣住了，因为门边的广告牌上赫然写着"重庆市鲤鱼池锦鲤繁育中心”,跟他在虚拟空间里看到的一模一样。

“还撑得住吗? ”陌刀劈头就问。

“死不了。”龙麻子乐呵呵地说,又问,“那到底是什么怪物呀?好像很能打的样子。”

“要是二爷在这里就好了。”陌刀说,“二爷知道一切。”

“也不知道二爷去哪里了。”

陌刀说:“二爷不在,我们就只有靠自己了。”

四十三

在鲤鱼池的另一边,海沫已经和秋翠鲛人会合。手弩和蚌刀的作用有限,就连海沫的匕首也用处不大。幸而衣鲛人的金属长剑对那些可怕的怪物造成了极大的威胁。两个家族合兵一处,秋翠鲛人负责远程攻击,衣鲛人负责近战,再加上光写家族的幸存者,她们这边才得以在一处半坍塌的大厅边暂时稳住了阵脚。

黄秋翠受了伤,海沫替她简单包扎。这时,楼兰从外边游过来,对海沫说:“我抓住阿飞了,那个蛟人伪装者。”

“别着急杀他,我有很多问题想问。”海沫急忙说。她知道,楼兰恼恨阿飞泄露光写家族的秘密,导致她们被别甲家族盯上,造成了洪崖洞大屠杀。

楼兰控制着自己的怒气:“没杀,给盟主留着了。他说他有很多话想对盟主说。”

“你不能杀我。”见到海沫的第一面，阿飞就这样说。

海沫只冷冷地看着阿飞，熟悉又陌生。认识阿飞的时候，阿飞是鲛人的模样，而现在阿飞是蛟人的模样。细节上有不同，但总体上相似，所以看上去有种似是而非的感觉。

“我会螯虾语。只有我会。我知道它们很多的秘密。这些秘密可以帮助你们打败它们——那些螯虾人。“螯虾人”这个名字是我取的。”

海沫明白楼兰为什么不杀阿飞了。

阿飞又指了指鲤鱼池南区：“我是蛟人龙头大爷陌刀派来的，我和陌刀关系非同一般。我可以促成鲛人与蛟人的合作，共同对抗螯虾人。海沫，你很聪明，你应该知道，仅仅靠鲛人的力量，无法渡过眼下的难关。”

“陌刀”这个名字让海沫心念微动。

“不能再犹豫了。”阿飞急切地说，“再拖延下去，鲛人就没了。”

海沫思忖了其中的利弊，觉得这里边既有危险，又有机会。最大的危险就是眼前这个可男可女的家伙没有说真话，刚才所说的这一切都是他为了保命而编造的假话。而机会嘛确实转瞬即逝……“去找陌刀，”海沫命令道，“带我去。”

黄秋翠疑惑地问：“这个蛟人，信得过吗？”

海沫回答：“情况紧急，又没有别的办法。暂且相信他。我会盯着他，一有风吹草动，我就会杀了他。”

鲛人找到了陌刀藏身的地方。当看到“重庆市鲤鱼池锦鲤繁育中心”的广告牌时，海沫刹那间有进入虚拟空间的感觉，一时之间，竟不知道哪一边才是真实的。

当斥候向陌刀报告鲛人到来的信息，提到了海沫和阿飞的名字时，陌刀还是微微吃了一惊。“叫她们进来。”陌刀命令。

海沫在前，阿飞和黄秋翠紧随其后，游进了房间。

寒暄完毕，阿飞提供了第一份情报：“它们的游泳能力不行。”

这就是为什么螯虾人喜欢潜伏、喜欢突袭的原因。它们不是不会游泳，而是相比之下，它们更擅长在起伏不平的海底奔跑和跳跃。一身坚实厚重的甲壳保护了它们，也限制了它们的游泳技术。

以鲛人和蛟人的游泳能力而言，如果同时从鲤鱼池冲出，是可以逃出大部分的。然而，逃走是最好的选择吗？

海沫与陌刀对望一眼。显然不是。

“鲤鱼池既是蛟人的繁育中心，也是鲛人的繁育中心。没有鲤鱼池，就没有蛟人和鲛人的下一代，没有蛟人和鲛人的未来。”陌刀说，“而这里，就是最核心的区域。”

海沫说：“我明白，别拿我当傻瓜。我知道的不比你少。”

“明白就好，我们必须守住鲤鱼池，绝对不能放弃。”

“你是说我们？”海沫指了指陌刀，又指了指自己。

“还有所有的蛟人和鲛人。再这么各自为战，大家都会死。”

“大敌当前，我们必须摒弃前嫌，携手应敌。”

“胸甲之下是它们的丝状鳃，那里是它们的致命弱点。”阿飞抓住机会提供了第二份情报。

陌刀命令在这里的蛟人唱起蛟歌，召唤蛟人到此集合："朝天门蛟人、太平门蛟人、金紫门蛟人、储奇门蛟人、千厮门蛟人、南纪门蛟人，这里需要每一个蛟人弟兄。"

海沫命令在这里的鲛人唱起鲛歌，召唤鲛人到此集合："秋翠家族、别甲家族、丹顶家族、金银鳞家族、衣家族、写家族、光写家族，这里需要每一个鲛人姐妹的到来。"

陌刀说："斥候听令，去找到太平门管事牛耳大黄，告诉他，冷开泰已经去了木阳城，我在这里，想要储奇门没有问题，甚至南纪门都可以，但现在，他必须带着太平门的所有弟兄，过来，听我，听我这个龙头大爷的指挥。"

海沫说："信使听令，去找赤别甲，给她说，赤别甲发动叛乱，夺取了别甲家族族长之位，是为家族联盟所不允许的。想要获得鲛人家族联盟的认可，赤别甲必须带上别甲家族的所有姐妹，过来，来这里，听我这个盟主的指挥。"

陌刀说："斥候听令，去找金紫门巡风铁膀，告诉他，铁肩已去木阳城，想要继任金紫门管事，带着他的弟兄到这里来，为蛟人的生死存亡而战。"

海沫说："信使听令，去找写家族族长白写，对她说，我可以原谅她把我当祭品的行为，只要她带上所有写家族的巫罗过来作战，我不追究她的罪行。"

两人一起说："蛟人/鲛人必须团结起来，保卫鲤鱼池，打败螯虾人。"

四十四

蛟歌短促而厚重，鲛歌清冽而悠远。当繁育中心的蛟人和鲛人唱起各自的歌，竟互不影响，甚至相得益彰，彼此都有提高的感觉。

那些被螯虾人分割包围的蛟人和鲛人听到了集合的蛟歌和鲛歌，精神为之一振，也开合着背鳍两侧的鳃裂跟着唱起来。于是，以重庆市鲤鱼池锦鲤繁育中心为中心，蛟歌和鲛歌向着四面八方扩散到鲤鱼池的每一个角落。

尽管还身处螯虾人的层层包围之中，蛟人们和鲛人们都像看到胜利的曙光，兴奋异常。从螯虾人的突袭开始，不管是蛟人还是鲛人都陷入了无助的恐慌之中。打又打不赢，逃又逃不掉，身边的弟兄姐妹越来越少，而那些多手多脚的怪物却越杀越多，死亡随时可能降临到自己身上。绝望之中忽然听到召唤，知道自己不是孤军作战，知道龙头大爷/家族盟主还在，看到了缥缥缈缈的希望——希望是这个世界最美好也是最稀缺的东西——那是多么令人兴奋的一件事情啊！

是以，整个鲤鱼池的战局为之一变，鲛人和蛟人从被分割的小群，纷纷杀出一条血路。每一条血路，都通向繁育中心。

在重庆市鲤鱼池锦鲤繁育中心里，龙麻子和黄秋翠都被派出去巩固防御，就剩下海沫和陌刀，还有阿飞。

海沫游到陌刀身边，轻声道:“给你说一件事，先前鲛人拜神祭的时候，一个自称是圣贤二爷老飘的蛟人救了我。”

“二爷在哪里？”

“他死了，按照你们的说法，是去了木阳城。”

陌刀心中刺痛，蛟人中最聪明的那一个，无所不知的圣贤二爷，竟然已经去了！“我知道为什么。”陌刀强忍悲伤，对海沫说。有些事情，必须让海沫知道:“老飘给我说过，你是他和珍珠秋翠的孩子。”

“不是……我妈说，我是老炮儿的孩子！”海沫震惊。

“那个时候，老飘冒用了老炮儿的名字。”

“我不明白……”

“老飘说，他担心你，怕你因为杀了老炮儿而一辈子活在弑父的阴影里。”

“我才不会——杀了老炮儿，我不知道多高兴！”

“炮爷对我恩重如山。”

海沫咂咂嘴，忍住了准备说出口的话。有些事情，她已经放下;有些情愫，正在悄然萌生。但不管如何，打赢眼下的鲤鱼池保卫战才是最重要的。

金鳞带着金银鳞鲛人驱赶着电鳐来了。

铁膀带着金紫门弟兄来了。

梅花丹顶带着丹顶家族的姐妹来了。

牛耳大黄带着太平门弟兄来了。

葡萄衣带着衣家族的姐妹来了。

陌刀出去迎接蛟人的到来,海沫也出去了。

海沫左看看右看看,看见了几个化装成巫罗的写鲛人,但没有看到大巫罗。她问:“白写呢? ”楼兰在她身后回答:“白写死了,我杀的。”显然,白写雇佣别甲家族屠戮了光写家族,楼兰一直伺机报仇,先前的混战中,楼兰抓住了机会。而写家族与光写家族的恩怨情仇,从鸣沙蛇讲起,也是一言难尽……海沫转身,对楼兰说:“也罢。我曾经说过,要把写家族和光写家族合并,由你担任族长,这事现在可以提前了。新家族的名字由你自己决定。”楼兰道:“就叫光写家族吧。”海沫说:“如你所愿。接下来,凝聚鲛人精神力量的事情,就靠你了。”楼兰果断地回答:“葵神保佑! ”

又有一部分蛟人和鲛人陆陆续续来到这里,多数都带着轻重不一的伤。越来越多的水生人来到繁育中心,使得这里变得非常拥挤。所以,陌刀安排铁膀带领金紫门弟兄去扩大繁育中心的防御范围。

铁膀什么也没有说,径直去了。

鳌虾人那边，几个魏斯曼首领也向雷蒂斯们发出新的指令,减缓进攻的节奏,扩大包围圈,所有力量,曼宁们、萨特努们和杜普拉们,还有数量最多的克拉凯基们,都向繁育中心聚集。在先前的进攻中,一部分狩猎对象四散而逃,从上方游走的,占了很多一部分,如今却聚集在同一个地方,这给了它们聚而歼之的机会。在它们的认知里,只有狩猎对象,没有蛟人和鲛人之分。

别甲家族还是没有消息,海沫决定不等了。她和陌刀商量后,分别向鲛人和蛟人的领袖们讲述了眼下的危局,鲤鱼池的重要地位,保卫战必须获胜的决心和信念。

"不再有蛟人与鲛人之分,不再有门派之分,家族之分。我们都是鲤鱼池的孩子。"陌刀说。

"蛟人和鲛人将编在一起,集体作战。"海沫说。

"攻击它们的丝状鳃,那是它们的弱点。把这个消息告诉每一个鲛人姐妹,每一个蛟人弟兄。"陌刀说。

海沫反复读过《秋翠兵法》。那书佶屈聱牙,读完她只明白了一件事情,就是作战不是简单地把很多战士集中在一起冲杀就可以了,而是要根据各自所长,有序地组织起来。然而,在她布置完成之前,螯虾人已经发起了全面的进攻。从上方看,螯虾人色彩斑斓的包围圈突然向内收紧。在蛟人和鲛人看来,是一堵由无数手、螯和脚组成的墙碾压过来。

按照之前的分工,陌刀提起鲸骨枪,率领朝天门弟兄,与龙麻子还有千厮门弟兄并肩站在最前面,迎战螯虾人的攻击。另一个方向,铁膀率领的金紫门以及数量不多的南纪门、储奇门的弟兄负责防守。他们共同组成第一层防御圈。

海沫在后方游动,负责总指挥、安排:黄秋翠把所有秋翠鲛人分成四个战斗群,作为第二层,用弩箭越过第一层防御圈,射击螯虾人的胸部;葡萄衣带领衣鲛人在金紫门身后策应;金鳞带领金银鳞鲛人指挥电鳐在朝天门后方策应;梅花丹顶和她的丹顶鲛人在繁育中心旁边提供紧急救治；光写家族在各个群体之间传递消息，鳄雀鳝是她们最好的信使。

“我呢？”牛耳大黄问。眼见着别人都有事情做，牛耳大黄也不由得着急起来。

“太平门管事是吧，做总预备队。这场保卫战要打很久，不能把所有的实力一下子甩出去。”海沫说，“牛耳大黄，把太平门弟兄每四十人编为一个战术小队，听候命令，随时出击。这是你擅长的。”

“你怎么知道？”

“陌刀告诉我的。”

螯虾人的第一波攻击如同潮水拍击在礁石，在溅起无数水花之后，迅速退却。阵地之前留下了无数螯虾人的尸体，蛟人和鲛人也有死伤，但联合作战令伤亡人数跟先前相比，减少了很多。因此，蛟鲛两族的信心大增。

趁螯虾人退却的间隙，陌刀回到繁育中心，逮住阿飞，问：“我看螯虾人进退有据，它们的指挥体系是怎样的？”

“螯虾帝国等级森严。”阿飞向陌刀介绍了魏斯曼、雷蒂斯、曼宁、萨特努、杜普拉，还有数量最多的克拉凯基。

海沫在一旁问：“看上去，它们都长一个样啊？”

“区别很大的，看大螯，看长须子，看个头，看条纹的颜色。”阿飞说。

海沫见阿飞故意卖关子，说：“关于螯虾人，还有什么秘密，一次性说完。”

“说完了好被你们杀掉？我还想去海面看月亮和飞鸟呢。”

“狡猾的伪装者，想死就明说。”

陌刀也说：“你出卖我的事情我还没有跟你算账了。”

就在这时，螯虾人的第二波攻击开始了。这一次，螯虾人改变了战术：一方面继续先前的正面进攻，保持对狩猎对象的压力；另一方面，一部分克拉凯基奋力摆动游泳足，游到鲤鱼池上方，然后团成一个球，炮弹一般落向繁育中心所在的区域。

位于第二梯队的秋翠鲛人是螯虾人的重点攻击对象。她们的手弩给没有远程攻击手段的螯虾人造成了极大的威胁。落到秋翠鲛人身边的螯虾人立刻对秋翠鲛人展开屠杀。秋翠鲛人死伤惨重。在衣鲛人反身去救秋翠鲛人之后，正面的防御阵线又出现了缝隙。螯虾人趁机突破，陌刀、龙麻子和铁膀拼死抵挡，防御阵线也节节败退。葡萄衣不幸战死。海沫紧急安排太平门的四支战术小队驰援，由能臣和公使带队。他们出去了就再也没有回来。

陌刀见状，奋起神威，连杀几个克拉凯基，可也无济于事。这时他注意到前面那一堆克拉凯基后方，有一个模样特别的螯虾人，好像是阿飞说过的雷蒂斯，螯虾人中的将军。擒贼先擒王，陌刀立刻鲸骨枪一挥，不顾一切地冲杀过去。十几个克拉凯基自动过来护卫。陌刀连刺带捅，势大力沉的鲸骨枪仿佛是他手臂的延长，连杀十几个克拉凯基，直杀到雷蒂斯跟前。那个雷蒂斯也是神勇，大螯、小螯上下格挡，竟挡住了陌刀的连续进攻，但最终还是被鲸骨枪刺穿了胸甲，隐藏在胸甲之下的丝状鳃也被捣得稀烂。

那个雷蒂斯浑身抽搐，所有的手脚颤动不止，人形脑袋也在脖子上反复扭动，最后喷吐出姜黄色的液体，不甘心地死去。

四十五

繁育中心里，一个衣鲛人突破螯虾人的包围圈，将葡萄衣的金属长剑献给海沫。“这是族长的遗命。”她说。海沫接过长剑，心中慨叹。在很久以前（真的是很久以前吗），在大剧院门前，葡萄衣曾经对海沫说：“等我死了，就可以把这剑送给你。”没想到竟一语成谶。想到葡萄衣一直以来对自己的照顾和支持，海沫不由得涕泪涟涟。

在螯虾人的包围中，陌刀以为雷蒂斯的死会是一个阶段的结束，事实上恰恰相反，那个雷蒂斯一死，周围的螯虾人全都疯了。它们不要命地冲过来，甚至不用大螯进攻，而是单纯地想用层层叠叠的身体，将他活活挤死。如果说，此前的战斗中螯虾人还有几分智慧可言，此时的进攻，已然没有任何理智的存在。

陌刀没有见过这样的打法，只能快速后撤。他向上鱼跃，跃出螯虾人的包围圈，想借助自己高超的游泳本领逃回繁育中心。但下方的螯虾人发了狠，拼命晃动短小的游泳足，硬扛着坚实的甲壳往上游，同时上方原本准备进攻繁育中心的螯虾人也发现了他，上下夹击，陌刀陷入了螯虾人的重重包围之中。

海沫在下方繁育中心里看见了，一手抄起金属长剑，一手持手弩，喝令一队太平门蛟人拿上骨矛跟着自己出击。金属长剑的优势很明显，锋利无比，螯虾人的大螯也好，小螯也好，胸甲也好，都是无用的摆设。海沫在螯虾人群中冲杀，如入无人之境。但她冲到陌刀身边时，跟着她出击的太平门蛟人已经全部战死。

陌刀也不多话，与海沫配合作战，鲸骨枪与金属长剑各展其长。螯虾人无法近身，然而，两人也陷入包围之中，无法脱身，并且力气渐渐用尽。

“快回去！”梅花丹顶的声音传来。

只见梅花丹顶带着六名丹顶鲛人冲到螯虾人上方，一边游动一边抛洒一种紫莹莹的粉末。那粉末遇水就溶，向着下方的螯虾人飘去。吸入紫色粉末的螯虾人头昏脑涨，纷纷向下坠落。海沫赶紧招呼陌刀，趁机冲出螯虾人的包围圈，回到繁育中心。

“那是丹顶家族的毒吗？”陌刀问。

“不是毒，”海沫回答，“就是一种麻醉剂，做手术用的。”

螯虾人的攻击暂停下来。海沫和陌刀各自清点：除葡萄衣之外，黄秋翠也死于螯虾人的奇袭；龙麻子重伤，无法再战；蛟人和鲛人总数折损近一半，加起来不足两千。此外，弩箭消耗殆尽，电鳐损失大半，清洁鱼和鳄雀鳝所剩无几。悲哀的气氛再一次笼罩了整个繁育中心。

“能赢吗？”牛耳大黄问。

没人回答他的问题。

沉默良久，陌刀说：“我有一个疑问。先前我杀死了一个雷蒂斯，螯虾人不但没有退却，反而发了疯一般向我进攻，毫无理智。而且，不管我冲到哪里，哪里的螯虾人就发了疯似的攻击我，即使它们完全不知道是我杀了那个雷蒂斯。”

一直在角落里默不作声的阿飞开口说：“刀哥，那是因为你被标记了。”

“什么意思？”陌刀问。

“我说过，螯虾人的社会等级森严，而螯虾人森严的社会等级靠外激素来维持。上一个阶层的外激素，对下一个阶层有着绝对的控制力。我猜，那个雷蒂斯临死前一定在你身上留下了什么外激素，将你标记为所有螯虾人的敌人，这才有了你所说的现象。”

陌刀想起那个雷蒂斯临死前吐出的姜黄色液体，明白阿飞说的意思了。“那个什么外激素，不会一直都存在吧？”陌刀说。

“会消散的。”阿飞说，“先前我在螯虾人那边的时候，看见它们……我想我想到了打败螯虾人的办法了。”

四十六

阿飞说出了他的计划。这个计划大胆、离奇、荒谬，然而又有那么一点点的合理性，有那么一点点成功的可能性。在场的众位水生人听罢都不敢轻易作声。

“能赢吗？”牛耳大黄又问。见无人回答，就自顾自地继续说，“不能赢，那我走了。”他对身边的高君和大佐说：“去，叫弟兄们集合，我们回太平门。”

“且慢！”陌刀出言阻止，“牛耳大黄，你可以走，太平门的弟兄必须留下！”

太平门蛟人至少还有八百，他们一走，总数直接减少一半，战斗力至少下降三分之二。而且，他们的离去，对整个队伍士气的打击是最为沉重也是最致命的。

“鲤鱼池是守不住的，这么浅显的结论，难道你们得不出来？”牛耳大黄双手一摊，表示不能理解。

“牛耳大黄，我听说《海底》你倒背如流，对《海底》的理解甚至超过圣贤二爷。《海底》的每一个字，都在教你忠义，对蛟人尽忠，对弟兄尽义。”龙麻子骂道，“然而，关键时刻，你却只想着夹起尾巴临阵脱逃？我瞧不起你！”

“激将法对我没用。”牛耳大黄说，“我们走。”

陌刀手持鲸骨枪拦住了牛耳大黄的去路，海沫在他附近盯着。

“怎么，想杀我？”牛耳大黄凶巴巴地问。

“大敌当前，乱我军心；临阵脱逃，不忠不义。该杀。”

陌刀一边厉声说道，一边果断刺出鲸骨枪。每说一句，刺出一枪。牛耳大黄避开了第一、二、三枪，但没能避开陌刀连续刺来的第四枪。说到“该杀”时，陌刀拔出了刺入牛耳大黄胸膛的鲸骨枪，然后看着他捂住冒血的伤口痛苦地死去。

“杀得好。”龙麻子吐着血泡说。

陌刀忽然将鲸骨枪横过来，双手用力一掰。这鲸骨枪磨损本就很大,哪里禁得起陌刀这么一掰,立刻被掰成两半。“此鲸骨枪本为炮爷磨制,是用来消灭蛟人的敌人的。”陌刀对太平门巡风高君和大佐说,“如今我用它杀死了蛟人弟兄,虽是不得已而为之,但终究是违背了炮爷的本意。在此我陌刀立下誓言,必定带领众位蛟人弟兄打败螯虾人,取得鲤鱼池保卫战的胜利,不然,就如此枪。”

高君和大佐面面相觑。

陌刀又拱手说道:“单刀盛会喜洋洋,龙兄龙弟聚一堂。龙头大爷开金口,桃园结义万古扬。”

高君拱手道:“能臣与公使已经去了木阳城,我断无独活的道理。”

大佐说:“莨忠山下路,一带明澄水。我亦如此。”

两人齐齐拱手:“海底在上，太平门愿意誓死追随龙头大爷,战斗到底。”

随后,大伙儿对阿飞的计划进行了激烈的讨论,提出了好几条切实可行的修改意见,进一步提高了计划的成功率。接下来,是组建突击队。经过一番争吵,楼兰、龙麻子和梅花丹顶留守繁育中心,主动出击,吸引螯虾人的注意力;陌刀、海沫、金鳞、铁膀和阿飞则伺机而动。

“为什么要我去?”阿飞问,“我又不会打仗。”

“你出的主意。”海沫说。

“早知道就不出这个馊主意了。”阿飞嘟囔着。

“这主意确实够馊。”海沫说,“但要不是你出了这馊主意,我就把你当初出卖我的账一剑剑算清楚。”

“算账怎么能用剑呢？哎呀，不说了，去就去。”

龙麻子把自己的鱼鳞盾牌和双股钢叉交给陌刀：“真不要我，也不要千斯门弟兄跟着？”

“这次行动，人越少越好。”陌刀说，“放心吧，相信我，一定会成功的。”

“我相信你，比相信我还要相信。”龙麻子说，“刀哥，我等你。”

陌刀对铁膀说：“怎么样，有信心吗？”

铁膀晃了晃黑龙一样闪闪发亮的身体，上面的红色花纹像罂粟花一样漂亮。“还能怎么样？我是个做事的。”铁膀说，“要打就打，要死便死，决不拉稀摆带。”

在楼兰指挥蛟人和鲛人联军发起第一次反冲锋的时候，突击队悄悄出发了。

被包围的一方，主动跳出自己的防御阵地，向包围的一方发起冲锋，往往会有奇迹一般的战果。但这是一般情况，对手是螯虾人军团，恐怕是另外一回事呢。海沫游在突击队的最后，回望鲤鱼池，看见一队队鲛蛟联军冲出防御圈，主动向螯虾人阵地发起进攻时，这样想。

前头带路的阿飞，在墙壁坍塌的一角，掀开了一个洞口，介绍说：“这是鲤鱼池的排水管道，非常复杂，其中一条通到很远的地方，远到螯虾人军团的后方。”

“这排水管道，我游过。”阿飞说。

“怎么？”铁膀问。

阿飞耸耸肩：“小时候我通过南区类似排水管道进过鲤鱼池，想进来瞧瞧这个禁区里到底有什么。”

“结果呢？”

“成功了，也可以说成功了一半。我进来了，转悠了一圈，还没有发现什么新鲜玩意儿，就被守卫给逮住了。”阿飞说，“后来，我再想通过排水管道进去，发现入口已经被堵死了。”

“走吧。”陌刀拍了拍阿飞的肩膀，跟在铁膀的后边游进了排水管道。然后是两只电鳐，金鳞拎着鞭子在后边指引着方向。这两只电鳐无比机敏。“还不走？”海沫看看阿飞，又看看手里的金属长剑。阿飞无可奈何地游进了他所畏惧的那个黑暗而狭窄的排水管道。

繁育中心里，一个愤怒的光写鲛人向楼兰报告了一个消息。楼兰思索片刻，给这个光写鲛人下了一道命令。光写鲛人更加愤怒，楼兰尽力安抚她。光写鲛人匆匆离去，脸上依然带着恨意。楼兰还是不放心，于是把事情告诉了梅花丹顶和龙麻子。“从大局出发，我必须亲自去。”楼兰说，“这里就只能交给你们了。”

楼兰带着所剩无几的光写鲛人和三条鳄雀鳝离开了繁育中心。

排水管道黑暗又狭窄，不但曲曲折折，还有数不尽的岔道。要不是有阿飞指路，即使游进了排水管道，也找不到某一个特定的出口。这和观音桥地下深宫是一个道理。

陌刀在前，打开了出口。他甩甩健硕的尾巴，游了出去。突击队鱼贯而出。这里是一处古河道的内侧。在突击队与鲤鱼池之间，是漫山遍野、数不胜数、喧嚣沸腾的螯虾人军团。

它们正在组织对繁育中心的新一波进攻。

“还需要再一次说明突击行动的步骤吗？”陌刀心下着急。

突击队众人都摇头。于是众人悄然出发了，逐渐靠近螯虾人军团的后方。从后面看，螯虾人的样貌依然显得怪异，尤其是那尾扇，要多别扭就有多别扭。不管是鲛人还是蛟人，他们的尾巴是竖立的还是平直的，至少都是流线型的，便于游泳。而螯虾人的尾扇，偏偏向前方卷曲，好像故意长成不擅长游泳的样子。

阿飞说过，魏斯曼是螯虾人的第一等级，也是最高等级，对第二等级、第三等级和第四等级拥有生杀予夺的权力。它们数量不多，体型中等，颜色多变，包括钴蓝色、黄橘色和茶褐色，有一对很长的触须，一对黑沉沉的大螯，身上还有显眼的红色线条。

“我怎么看不出？”金鳞问。

“看见了你就知道了。”阿飞回答，“运气不错。那边就有一个。”

隔着浑浊不堪的水体，突击队看到一大群克拉凯基簇拥着一个钴蓝色的魏斯曼，旁边还有一个雷蒂斯和两个曼宁。不能不说，魏斯曼还是非常重视自己的保卫工作的。

“头疼。”阿飞说，他再一次觉得自己出了一个馊主意。就凭跟前的五个人和三只电鳐——尽管都很优秀——能完成活捉魏斯曼的任务吗？

繁育中心附近，螯虾人的进攻又开始了。龙麻子拖着伤痕累累的身体四处游动，竭尽全力地应对螯虾人。战场冲杀，龙麻子是一把好手，振臂高呼“弟兄们，跟我冲呀”，是他的拿手好戏。但说到战场指挥，他却只会一招，那就是哪边的防线出现漏洞，就派出预备队去顶上。战事惨烈，敌人凶猛。没用多久，预备队就用光了。高君战死，大佐也战死。于是，他决定自己亲自上阵。

另一边，楼兰于乱军丛中，找到了一个巨大的地下洞穴。那是陆生时代地铁九号线的隧道，非常隐蔽。要不是有鳄雀鳝带路，楼兰怎么也找不到别甲家族的藏身之所。

隧道里，几乎没有战损的一千五百名别甲鲛人列队站立。

楼兰还没有来得及说完，就被赤别甲打断。“闭嘴吧，楼兰。”赤别甲说，“对你那一套虚伪的说辞，我已经烦透了。”

“白写已死，写家族已经完了。”楼兰说，“现在写家族已经并入光写家族。”

在赤别甲身后，别甲家族巫罗黄写正盯着楼兰看。“我杀了你！”黄写怒喝。

“闭嘴。”赤别甲发出惊天动地的喊叫，“就不能安静点儿！”

四十七

再难不也得去？突击队简单地分了一下工。陌刀和海沫在前突击，他们的兵器对螯虾人的威胁甚大。然后是铁膀，他腰间绑着梅花丹顶给他的皮囊，计划中，他将发挥关键性的作用。金鳞在后，用鞭子小心地安抚着躁动的电鳐，不让它们胡乱放电，现在还不到时候。阿飞想留在原地，看看四周黑压压的一片，想想自己孤零零的一个，就赶紧追上突击队，跟电鳐游在了一起。

螯虾人的注意力都在前方。当突击队以迅雷之势冲进螯虾人军团之中，它们只慌乱了片刻，就组织起有效的防御。因为它们很清楚要护卫的是什么。

陌刀一手持鱼鳞盾牌，一手握双股钢叉。鱼鳞盾牌帮他挡住了大螯和小螯的进攻，而双股钢叉则刺中了无数螯虾人的手、脚和脑袋。

在绯秋翠的倾心指导下，海沫的剑术自是了得，一把长剑使得出神入化。加上她非同寻常的游泳技术，在螯虾人军团中，如入无人之境。

陌刀与海沫突破了由克拉凯基的身体组成的防御墙，直面那个钴蓝色的魏斯曼。雷蒂斯和两个曼宁出击，堵截陌刀与海沫。在海沫刺死一个曼宁的同时，铁膀出手了。按照最初的计划，在陌刀与海沫引走护卫之后，他快速冲过克拉凯基，游到魏斯曼的斜上方，将皮囊里的紫色粉末抛洒到魏斯曼的身前。

铁膀成功了。魏斯曼的胸甲想要闭上，却已经来不及了，由丹顶家族精心熬制的紫色粉末随着水流，进入了它的丝状鳃。

铁膀又失败了。因为在铁膀突袭之前，魏斯曼黑沉沉的大螯已然举起，螯口大开；在紫色粉末进入丝状鳃之后，药效发挥之前，那大螯猛力一闭，就将铁膀拦腰夹断。

鲜血从断口处汩汩而出，宛如喷泉。

繁育中心里，冲动的龙麻子被梅花丹顶拦住。“要相信他们。”她说，“相信他们的计划一定能够成功。”

九号线隧道里，楼兰对赤别甲说：“不需要你现在就率领别甲家族的姐妹们去出生入死，你只需要等待，我们只需要等待，等待一个奇迹的发生。”

鲤鱼池外围，陌刀与海沫各自击退雷蒂斯和曼宁，然后一上一下游到了魏斯曼身边。麻醉剂的药效已经发作，魏斯曼努力睁开眼睛，可它的眼睛和大螯、小螯一样，不由自主地闭上。

“该我们了。”金鳞对阿飞说。她把长鞭抡圆了一挥，啪，水花四溅。两只电鳐乖乖地游到了昏睡中的魏斯曼身边。阿飞戴上了先前金鳞给他的橡胶手套，游到魏斯曼的上方，跟它脸对脸。

单独看螯虾人的脸，造型上跟水生人相差不大。

“我准备好了。”阿飞控制住内心的恐慌。“呜沙蛇，保佑我！”

螯虾人，无论是第四等级的克拉凯基，还是第三等级的曼宁，抑或是第二等级的雷蒂斯，眼见着第一等级的魏斯曼被狩猎对象生擒活捉，一时之间竟不知道如何是好。它们早就习惯于听从魏斯曼的命令，没有独立思考的能力。所以，它们只是从各个方向包围了突击队和被突击队控制的魏斯曼，却没有进一步的行动，不敢远离，也不敢靠近。

它们等待着来自魏斯曼的命令。

陌刀和海沫各自拿着兵器，与螯虾人对峙。

两只电鳐同时施展放电绝技，肉眼看不见的电流击打在魏斯曼和阿飞的身上。一下，两下，三下。魏斯曼缓缓睁开眼睛，迷迷糊糊中，正好看见阿飞那张俊俏的脸，听见他咔嚓咔嚓地用魏斯曼的专用语言说："蛰伏！蛰伏！蛰伏！"

它一时恍恍惚惚，不知身在何处。但不管怎样，"蛰伏"是没有错的。螯虾人最擅长蛰伏了。"蛰伏！蛰伏！蛰伏！"先蛰伏，再出击，冲呀！杀呀！想怎样就怎样！它这样想着，就这样做了，浑身微微颤抖，释放出某种外激素。

这外激素只是一点点，但影响的范围却极大。

雷蒂斯嗅到了，高举的大螯立刻低下，释放出自己的外激素。它脸上带着迷惘，因为它看见魏斯曼被狩猎对象劫持，本该拼死营救，为何却收到"蛰伏"的命令？它不明白。但螯虾人的本能促使它在迷惘中也不折不扣地执行来自魏斯曼的命令。

曼宁同时嗅到了来自魏斯曼和雷蒂斯的外激素。双重刺激下，不容它有任何的犹豫，立刻一边飞快地游走，一边分泌出独属于曼宁的外激素。

曼宁的游走，最大限度地把它的外激素散布在克拉凯基们的头顶。克拉凯基们相互提醒着，收拢了大螯和小螯，原地蛰伏起来。同时，这个曼宁把来自魏斯曼和雷蒂斯的命令传递给遇到的每一个曼宁、萨特努和杜普拉。于是，更多的曼宁、萨特努和杜普拉开始它们的忙碌。

一传十，十传百，百传千，千传万，没有花多长时间，鲤鱼池这一侧的螯虾人全部处于蛰伏状态。

陌刀和海沫齐齐望向鲤鱼池，目之所及，先前还躁动不安的螯虾人此刻都已经偃旗息鼓，仿佛不存在一般。

繁育中心里，龙麻子抄起双股钢叉大喊："海底在上，蛟人弟兄们，鲛人姐妹们，跟我冲呀！"

跟在他身后冲锋的水生人不足八百，却冲出了八千人的气势。

九号线隧道里，赤别甲对楼兰说："这就是你说的奇迹？"

楼兰回答："是的。这就是我说的奇迹。"

黄写说："葵神保佑！这是葵神降下的奇迹！"

"不是葵神，是海沫她们创造的奇迹！"楼兰说，"赤别甲，难道你想浪费这大好的机会？"

"我又不是傻瓜。"赤别甲说着，转向身后，对整齐排列的别甲鲛人命令道，"姐妹们，轮到我们上场了，全体都有——出击！"

四十八

一半螯虾人在蛰伏中被杀死。另一半螯虾人在被魏斯曼唤醒后，在闹哄哄的咔嚓咔嚓声中，撤离了鲤鱼池。

鲤鱼池保卫战，以水生人的胜利告终。

但这是一场惨烈的战斗。鲛人折损大半，蛟人也不遑多让。打扫战场时，几乎找不到一具完整的尸体。鲜血和哀伤弥漫在整个鲤鱼池。

突击队回到繁育中心，各自忙碌。

龙麻子用绳子绑了一个螯虾人，向陌刀游过来。“抓了一个活的。”他向陌刀报告，“好不容易才抓到。”

陌刀打量一番，说：“这是一只魏斯曼。”

那只魏斯曼脚不停、手不住，没有一刻安宁。螯肢相互摩擦、敲击、碰撞，发出不明意义的咔嚓咔嚓声。

海沫注意到这边的螯虾人俘虏，从远处游过来，问：“它这是在说话？”

一旁的阿飞回答：“是的。我说过了，我懂它们的语言。”

“伪装者，用不着强调你在语言方面的天赋，”海沫说，“我只需要你告诉我，告诉我们，此时此刻，它在说什么？”

“它在诅咒你们，非常恶毒的诅咒。”阿飞说，“诅咒你们死于痨瘟之下，葬于锤头鲨之腹。”

海沫思忖片刻，道：“审讯它的时候我要在场。我要审讯它。”

一间审讯室被清理出来，魏斯曼和阿飞先后进了审讯室。

当陌刀与海沫在审讯室门口再一次相遇时，他俩对望一眼，又快速地避开，仿佛对方的眼睛是世界上最可怕的东西。

在来审讯室之前，龙麻子拦住了陌刀。

“刀哥，你会杀死她吗，那个鲛人新领袖？”龙麻子说，“她的能力你已经看到了，让她活着回去，鲛人肯定会进一步壮大。还有，不要忘了，她杀死了老炮儿。按照蛟人的规矩，你必须为老炮儿报仇，才能真正当上龙头大爷。你下定决心了吗？”

几乎是同时，楼兰拦住了海沫，对她殷殷叮嘱。

“海沫，这是杀死那个蛟人龙头大爷的最佳时机。”楼兰说，“我接触过陌刀，此蛟人担任龙头大爷，必定成为鲛人的心腹大患。还有，如果我没记错的话，正是他，在鲤鱼池外，杀死了你妈妈珍珠秋翠。无论是为了鲛人，还是为了你自己，你都必须杀死陌刀。”

审讯室里，陌刀上前，双手擒住魏斯曼的大螯，用力捏住。“告诉它，站好了，不要乱动，手和脚，还有这长须子。”陌刀说，“再乱动，我就把这些手和脚一根一根折断，把这长须子一根一根拔掉。如实翻译，一个字都不要漏。”

阿飞照着翻译，还把语气加重了几分。对于魏斯曼语，他掌握得不如螯虾语，但他相信魏斯曼懂得自己要表达的意思。

那只魏斯曼还不老实。

海沫掏出了匕首，在手上把玩。“我不会和它讲道理，我讨厌讲道理。”她说，“我只会把这匕首刺进它的肚子，把它的肠肠肚肚都掏出来，让它亲眼看看是什么颜色。”

魏斯曼看着海沫手里的匕首，停止了聒噪。

陌刀松开手：“问它，它们是谁，从哪里来？”

海沫追问：“还有，为什么毫无理由地袭击我们？”

魏斯曼开始还不肯说，但说到螯虾帝国的光辉历史时，它抑制不住自己的骄傲情绪，将一切和盘托出。阿飞将魏斯曼语翻译为水生人的语言。起初还磕磕绊绊，不懂的地方就略过不提或胡编一下，有时也一时兴起，加上自己的理解和想象。于是，一幅陌生而浩荡的历史画卷在审讯室里展开。

魏斯曼告诉他们，在极为遥远而神秘的太平洋深处，惨烈无比的海底世界大战已经持续了一千年之久，久得让所有海底文明都忘记了大战因何而起。参与这场海底世界大战的势力多种多样，最著名的有虎鲸人、鱿鱼人、锤头鲨人、海豚人、螯虾人、蛇颈龙人……各方势力相互仇恨，实力此消彼长。任何一支势力的崛起，都伴随着血腥至极的屠杀；任何一支势力的衰落，都伴随着无数生命的陨落。这一次，轮到螯虾人倒了血霉。它们的迅速崛起引发了其他几族的联合进攻。在付出了极为惨重的代价之后，螯虾人不得不放弃经营多年的深海巢穴，向着完全陌生的海域迁徙。联军没有放过它们，在它们身前身后围追堵截。眼见着覆灭在即，螯虾人发现了长江水道，潮汐将它们推送了几千公里远，最终来到了扬子海这边……

刚开始的时候，陌刀和海沫还不时提问，引导魏斯曼讲述螯虾帝国的兴衰。在魏斯曼的讲述中，有太多陌生的词语。后来，他俩都沉默了，审讯室里，只剩下魏斯曼的咔嚓咔嚓声和阿飞声情并茂的讲述。

陌刀和海沫同时意识到：螯虾人是深海大战的失败者，但它们在深海大战中锤炼出来的战斗力与残忍冷酷的秉性，对水生人而言，还是近乎无敌的存在。

当魏斯曼详细描述那些深海族裔时，陌刀和海沫心中均生出一股莫名的熟悉感，不由得对望一眼。魏斯曼所描述的虎鲸人、鱿鱼人、锤头鲨人、海豚人、蛇颈龙人……难道也是基因驱动技术的产物?

“问它,对基因驱动技术知道多少?”陌刀和海沫几乎同时问道。

阿飞翻译了,魏斯曼回答了。是的,它知道基因驱动技术,它知道是基因驱动技术制造了它们,它知道是不同大陆上的陆生人制造了不同的深海族裔。除了刚才提到的这些,还有一些说也不敢说、想也不敢想的深海族群:鲎人、海蝎人、蝠鲼人、鮟鱇人、七鳃鳗人、管水母人……

陌刀和海沫同时在想:世界上不是只有段楠、程小葵会使用基因驱动技术。当基因驱动技术开始成熟进而普及的时候,谁都可以使用它,谁都可以成为“神”,尤其是出现冰川融解、陆地被淹没、文明毁灭这样的大灾变时。“既然无法改变整个地球的大气候,那就退而求其次,改变自己好了。”段楠、程小葵如是说,“终归是要活下去,不管以哪一种形态,不是吗?”

陌刀和海沫同时意识到,不管是鲛人还是蛟人,都忘了对于更为辽阔的世界而言,扬子海也只是一个小小的鲤鱼池。在漫长时光里,在极遥远极遥远的异域,别的人类后裔也在茁壮成长。他们在鲛人与蛟人看不见的地方积蓄着力量,统一着思想,扩张着地盘,然后势力不可避免地来到扬子海这里……

海沫问:“你刚才说,在螯虾人身后,深海联军紧追不舍?”

答案是肯定的。魏斯曼咔嚓咔嚓地说,螯虾帝国扩张时发动了无数次战役,攻城略地,死伤无数。现在螯虾人遭遇疠瘟,实力大减,那些虎鲸人、鱿鱼人、锤头鲨人、海豚人、蛇颈龙人、鲎人、海蝎人、蝠鲼人、鮟鱇人、七鳃鳗人、管水母人……就联合起来对付螯虾人。螯虾人丢城失地,死伤无数。“是的,他们就在我们身后,紧追不舍。他们发誓要把我们赶尽杀绝,绝不给我们东山再起的机会。”阿飞用唱腔说,“只要给螯虾人一点点机会,孤雌生殖的螯虾人就会卷土重来!”

“问它,扬子海的城市那么多,为什么单单进攻鲤鱼池?”海沫说,“它们是怎么知道鲤鱼池的?我想问的是,它们是怎么知道,鲤鱼池如此重要,无论是对鲛人还是蛟人而言?”

阿飞略略迟疑了一下,将前面一部分选择性地翻译成了魏斯曼语。那只魏斯曼咔嚓咔嚓地回答,阿飞再小心翼翼地翻译成水生人的语言:“螯虾帝国大举迁徙时,都会派出无数支先遣队到前方进行调查。其中一支先遣队发现了扬子海,还有这里的原住民。在螯虾帝国大部队抵达之前,先遣队已经调查出鲤鱼池乃是原住民的繁殖场所。”

听阿飞讲到这些,陌刀不由得想起自己曾经想过的,带队去扬子海深处探险的事情。

“魏斯曼之所以做出全力攻打鲤鱼池的决定,是因为:第一,螯虾帝国需要安全的繁殖场所;第二,螯虾帝国需要稳定的食物来源。而占领了鲤鱼池,消灭了正在鲤鱼池聚集的原住民,上述两个目标就能同时达成。”

“什么意思？让它说清楚一点儿。”陌刀问。

阿飞屏息凝神。魏斯曼的咔嚓咔嚓声里，洋溢着独属于螯虾人的骄傲之情。“能参与繁殖的，肯定是原住民的精英。消灭了你们，原住民就失去了抵抗的力量与意志。”说到这里，阿飞也不由得打了一个寒战，“而鲤鱼池又是原住民唯一的繁殖场所，剩下的原住民不敢远离，又不敢反抗。想要族群继续繁衍生息，就得听螯虾帝国的。”

“什么叫稳定的食物来源？”海沫不解地问。

这一次，阿飞直接回答了：“它们吃蛟人，也吃鲛人。它们说的稳定的食物来源，指的是水生人。”

饶是身经百战，海沫和陌刀也不禁心冷胆寒，均想：这些螯虾人，看它们的谋划，条条框框，严丝合缝，很有智慧的样子；做起事情来，怎么又如此残酷？又暗自感叹：幸好，先前拼死抵抗了，保住了鲤鱼池，否则，后果真是不堪设想。

“问它，袭击储奇门的，是不是它们的先遣队？”陌刀问。

在得到肯定的答复之后，就再没有什么可问的了。押走了魏斯曼和阿飞，审讯室就剩下陌刀和海沫。一种诡异的气氛在审讯室弥漫、沉积、发酵。良久，静默到极点的审讯室里才传出新的声音。

“不管我们的祖先做错了什么，还是做对了什么，他们做出了他们的选择。对于他们的选择，我们没法干预，没法评价。你说，是吧？”

"有一点毋庸置疑，程小葵和段楠，他们当年的选择，造就了我们的今天。"

"我们，鲛人和蛟人，蛟人和鲛人，一路磕磕绊绊，一路跌跌撞撞，走到了今天。"

"现在，又到了要做出选择的时候了。"

陌刀心中一动，想到了龙麻子的吩咐，没有龙麻子的支持，陌刀不会有今时今日的地位，他必须重视；海沫转念一想，忆起了楼兰的叮嘱，楼兰的意见代表了很大一部分鲛人的意见，她不能不重视。

两人不约而同地想到，现在正是杀死对方的最好时机。一旦错过……他俩无意中对望一眼，突然之间明白了对方的想法与自己一模一样，不由自主地瑟缩了一下。

离别时龙麻子说："关键时刻，刀哥你可不要拉稀摆带。海底在上！我们事先说好，别怪我到时候翻脸无情。"

楼兰在虚空中说："我们都是异类，我们所拥有的一切，全部是靠我们自己的努力争取来的。松一松手，就可能全部失去。"

陌刀和海沫又同时认定：水荒正在加剧，海侵又来了；蛟人内战与鲛人内战尚未结束，螯虾人的袭击又来了；螯虾人的威胁尚未完全解除，深海联军又浩浩荡荡而来……

然而——

龙麻子说："二爷让我转告你，这话他也跟你说过。蛟人是袍哥组织，这种古老的组织形式早就该淘汰了。而改造蛟人的任务就交给你了。不成为名正言顺的龙头大爷,你如何改造蛟人?”

楼兰说:“此役别甲家族的损失几乎可以忽略不计,并且获得了极高的声望,但以赤别甲的野心与狂妄,迟早成为鲛人的一大祸害。你不当鲛人家族联盟盟主,谁来保护鲛人?”

龙麻子语重心长地说:“还有水荒。”

楼兰忽闪着眼睛说:“还有海侵。”

陌刀与海沫对望一眼。

“想要继续走下来,鲛人和蛟人就不能再像以前那样杀伐不止。”

“我们必须放下堆积千年的仇恨,齐心协力,团结一致,共抗入侵,走向我们共同的未来。”

但是——

“我们,还有未来吗?”

四十九

串串香又麻又辣,吃得两人汗水直冒。但两人都没有抱怨。这是他俩共同的选择。顾客很多,周围甚是喧闹。他俩靠得很近,才能听见对方说了什么。

“我看到一个说法,今年会是未来五十年最冷的一年。”

“意思是说,气候一定会越来越热?”

“我希望这是谣言。”

"我也希望,希望我们刚才编的故事不会变成真的。"

"你是说我们俩分分合合、聚聚散散那一部分吗?"

"包括那一部分。但现在,我更想说的是极端天气。"

"从地质史角度讲,我们现在正处于间冰期。第四纪大冰期从三百万年前开始,到一万年前结束,那时的年平均气温比现在低十几摄氏度,冰川覆盖的范围比现在大得多。"

"我知道你想说什么。一万年前,正是我们的智人祖先在第四纪大冰期结束后的泥泞里,开始了原始农业和定居生活——这是现代人类文明崛起的重要节点。因此,所谓人类文明只是两次大冰期之间的产物。对于这个结论,我既心酸又骄傲,因为人类文明既渺小又伟大,而大自然,既美丽温柔又残酷暴虐。"

"甚至有科学家认为,第四纪大冰期并没有结束,现在的气候也比历史上很多时期要寒冷,下一次小冰期随时可能回来。未来地球会变暖,还是变冷,都是未知之数。"

"你想说什么,小说就是小说吗?"

"如果把小说视作一种思想实验,也能提供一些参考吧。"

"也许能,也许不能。取决于是谁在看这小说。"

吃过串串香,两人又闲逛了一阵,时间已经很晚。他们决定回家。这时,鲤鱼池 42 号艺术公园里,依然是人潮涌动,熙熙攘攘。冰蓝色的灯光照在他们青春的脸庞与新潮的衣装上,五彩斑斓,宛如一个分外悠长又光怪陆离的水下之梦。

"世界原本就是海洋的,重归于海洋,这是不是某种超越一般感知的大循环？海洋是一切的归宿吗？海洋孕育了最初的生命，所有的陆生生物都曾经生活在海洋里，都是海洋的子嗣、海洋的后裔，现在又回到海洋，这是不是一种必然？”

所有的问题都没有确切的答案。

他俩走到鲤鱼池42号艺术公园门口，就在满是各种锦鲤的鲤鱼池旁边，相互挥了挥手，各自离开，走向各自确定或者不确定的未来。

十个思考

萧星寒

思考一：《红土地》写地下，《黄泥塝》写天空，理所当然地，《鲤鱼池》就该写海里边了。对应的，《红土地》涉及的动物是裸鼹鼠，《黄泥塝》写的是飞鼠（实为蝙蝠），而《鲤鱼池》则是锦鲤，一种观赏性极强、其实野外生存能力也极强的鱼类。有人总是担心人会异化，人将不人，我却认为人的异化是必然的。不说现在跟刚从树上下来的时候相比，就是和一百年前相比，其变化之大，也不会被百年前的祖先认为是与祖先完全相同的孝子贤孙。所以，异化不是问题，往哪个方向异化、谁来主导异化、异化的结果为何才是需要思考的问题。

思考二：鲛人是家族模式，家族的名字来自锦鲤的种类；蛟人则是帮派模式，帮派的名字来自重庆“九开八闭”十七座城门，帮派内部的组织架构与升迁路线参考了四川袍哥。家族模式与帮派模式都已经过时，却在千年之后重现海底，就跟扬子海这个名字来自地质史上曾经覆盖重庆这块土地的大海一样，表现的是一种历史在未来的某种阶段性重复，但并不代表我认为未来会是过去的简单循环。

思考三：为了一点点儿资源，鲛人与蛟人内斗千年。恩怨情仇，谁是谁非，早已如一团乱麻，说不清、道不明，剪不断、理还乱。这样的事情，过去发生过，现在正在发生，将来也一定会发生。将蛟人设定为纯男性群体，鲛人设定为纯女性群体，都只是设定，我无意挑起性别对立，这也不是《鲤鱼池》所要探讨的重点。我想说的是，不管蛟鲛两族之间的内斗如何厉害，都不过是茶杯里或者鲤鱼池里的小小风景。在时代滚滚而来的大潮面前，根本就不值一提。那何谓时代大潮？

思考四：螯虾人的到来，对应的是清末重庆被迫开埠的历史。螯虾其实是龙虾的学名。我们常说——其实是常吃——的小龙虾，学名叫克氏原螯虾（Procambarus Clarkii），去掉种名，再把“Clarkii”音译一下，就变成了“克拉凯基”，小说里处于帝国社会最底层的螯虾人。现实里，作为一种外来入侵物种，小龙虾被中国人做成了风靡大江南北的美食，以至于需要专门的人工养殖才能在数量上满足广大饕客的需要。这或许是某种未来的隐喻，也可能不是。就看你怎么想了。

思考五：每一个时代都有自己的英雄。陆生时代如此，海生时代亦是如此。扑灭山火是英雄，信守承诺是英雄，抵御外敌、护我族群是英雄，承认错误、尽力悔改是英雄，立马横刀、锄强扶弱是英雄，于纷纷扰扰中坚守初心是英雄，历尽波折、终于寻回自我是英雄，打破陈规陋习、祛除一己之私而为族群的生存谋长远发展的更是英雄。说英雄，谁是英雄？

思考六：程小葵的名字出自西西弗书店的留言板，段楠的名字出自一篇新闻报道，老炮儿的名字——正如你所想的那样——出自冯小刚主演的同名电影，而老飘则是某地对鬼的称呼，但正好与老飘是龙凤锦鲤、游动起来飘飘摇摇的设定相符。阿飞出自古龙的武侠小说《多情剑客无情剑》，冷开泰出自历史上真实存在的袍哥，海沫出自《海的女儿》的结尾，而陌刀则是一种唐朝时的知名武器。每一个名字都是有故事的，并因此涂抹上某种与之对应、令人浮想联翩的色彩。

思考七：和平年代，想要把人改造成半人半鱼的生物，绝对是大逆不道的行为，违反了一切伦理、道德与法律。然而，当大灾大难降临时，比如《鲤鱼池》这种，全球冰川融化，所有陆地都被淹没在万顷碧涛之下，情况变得如此极端，族群延续成了第一需求，使用基因驱动技术，把人改造成半人半鱼的生物还会遇到那么大的阻力吗？自然，有人坚守昔日的伦理范式，有人会寻求技术与道德上的双重突破，还有人随波逐流，大家怎么做我怎么做，我不在人前，也不在人后。你呢，你会如何选择？

思考八：曾经有人问我，为什么总是把未来写得那样黑暗？人类不是被核战毁灭了（《红土地》），就是被瘟疫毁灭了（《黄泥塝》），再不就是被跟神话一样的大洪水毁灭了，幸存者在废墟上挣扎求存，还时不时地内斗？是想讥讽人类的所谓劣根性吗？我说，不是的，之所以把故事放置于大灾大难之后，其实是想借助大灾大难的力量，毁掉现有秩序，给自己一个在小说里创建新世界的自由。同时，也是警醒读者，未来并不天然地比现在更幸福更美好。我们要警惕那些坏未来的不请自来。

思考九：重庆的地名，比如红土地、黄泥磅、鲤鱼池，又或者如观音桥、化龙桥、上清寺，抑或如海棠溪、蚂蝗梁、喵儿石，看上去就故事性十足，即便是望文生义或是顾名思义，都能生发出很多很多趣味性十足的故事。一查，每一个地名背后，都有自己或久远或新鲜的来历，无一例外。当不同的人来到这些地方，用不同的眼光观察、理解和想象这些地名及地名背后的意义，新的——科幻的、奇幻的、玄幻的、魔幻的、梦幻的——故事又在其中孕育，进而生根发芽，完全可能在将来开出各色的花，结出各样的果。

思考十：《红土地》中，男主角犹犹豫豫，无法做出选择，于是搞了一个开放式结局。《黄泥磅》的结尾，女主角做出了她的选择，变身翼族，决绝地脱离陆地的束缚，一飞冲天。《鲤鱼池》里，陆生人类在牵牵绊绊与跌跌撞撞中或主动或被迫做出了自己的选择。当陆地被大海淹没，未来得以在海底开启。时光荏苒，一瞬千年，海生人类又面临着新的选择。这个时候，无论是生物学上的“神”，还是物理学上的“神”，均消失无踪，他们——我们的后裔——又面临着《红土地》中男主角面临过的难题。

是为十个思考。

简单又深刻的故事

小桥老树

《鲤鱼池》讲述了一个简单又深刻的故事。

地球的生命过于漫长，因此在人类眼里是永恒的。对于我们普通人来说，冬去春来，风霜雨雪，日月循环，皆是可测的、有规律的、能重复的。人的一生太过短暂，地球上的高山、平原、沙漠、海洋等地貌在我们眼里不曾发生翻天覆地的变化，顶多是在微观上被人类活动改变。事实上，地球从诞生到现在，其面貌不断发生巨变，满是熔浆的地狱、厚到天际的冰川、铺天盖地的洪水，都曾经是地球的真实地貌。适合人类生存的时间以宇宙的尺度来看实在短得可怜。各类“灾难”在漫长地球成长史中的无限循环正是本书设定的依据。在故事的结尾，一男一女不禁感慨：“一万年前，正是我们的智人祖先在第四纪大冰期结束后的泥泞里，开始了原始农业和定居生活——这是现代人类文明崛起的重要节点。因此，所谓人类文明只是两次大冰期之间的产物。”熔浆、海水、冰川等“异变”，对我们人类来说是灾难，对地球来说只是其存在的不同表现形式。我们人类所做的努力不是拯救地球，而是拯救我们自己。

我们人类从何而来，一直是争论不休的命题。基因技术的发展并没有给出人类起源的答案，反而增加了变数，给作家们提供了无限想象。随着科技发展，在可以预见的将来，人类迟早会成为有能力制造生命的“神”。《鲤鱼池》的故事发生在被淹没后的重庆，鲤鱼池是重庆的一个地名，在轻轨十号线上就有名为鲤鱼池的站点。鲤鱼池 42 号有一家重庆市鲤鱼池锦鲤繁育中心，里面养有各类品种的锦鲤。这是陆生城市文明极不起眼的一个小点，却成为扬子海区域水生人的起点。在无法应对陆地毁灭的大灾难之时，段楠和程小葵这两位科学家选择了基因驱动技术，通过注射锦鲤病毒针剂将陆生人变成人与锦鲤的基因混血后裔——水生人：一类是鲛人，一类是蛟人。以在陆地毁灭之时，让人类通过基因改造而适应水下世界的生活，得以继续生存。对于蛟人和鲛人来说，段楠和程小葵就是他们的“神”。从古至今，人类的来处和去处引得无数哲人沉思，这是我们人类的共同命题。科幻作品超越了平凡世界，蕴含着人类最宝贵的好奇心和探索精神。当原始人仰望太空之时，注定人类会在众生中崛起，直至成为“神”。这是大概率会发生的事情。

人类社会的发展受限于资源，诸多纷争由此而起。在未来的海洋世界，不管是鲛人、蛟人还是鳌虾人，都和陆生人一样，需要依靠资源而存在，资源决定了社会组织形式。在《鲤鱼池》的设定中，海洋族群的科技已经大大退步，难以对资源进行深层次开发，更依赖自然资源。这其实是人类历史的真实写照，在漫长的历史进程中，人类对自然资源的利用水平都很低，资源决定生死存亡。每当冰河时期到临，面对北方的冰天雪地，族群便难以生存，必然南下，抢夺温暖地区的资源，血腥战争在数千年期间一遍遍反复上演。尽管现在的科技水平日新月异，达到了很高的水平，我们依然无法彻底解决资源问题。在未来，资源问题依然会存在，只不过会变形，以我们当前难以理解的方式出现。

鲛人和蛟人的对抗则是人类现状的复制。作者和读者是另一种全知的“神”，居高临下俯视海洋世界，知道蛟人和鲛人就是段楠和程小葵的生命延续，两者本是同根。尽管鲛人和蛟人来源相同，却有着千年来积累起来的深仇大恨，恨不得将对方从精神到肉体彻底消灭。直至遇到了来自深海的另一个强敌螯虾人，鲛人和蛟人为了生存才团结起来。作为当事者来说，他们的仇恨有根有据、实实在在，是刻在骨子里的。可是对于另一个层面的“神”来说，他们的仇恨显得如此莫名其妙，如此不值一提。

一部小说要承载如此沉重的话题，会被压垮的。所幸《鲤鱼池》有我们喜欢的小说结构，有饱满的情感，读者能够顺利进入故事，体会到鲛人和蛟人的喜怒哀乐和爱恨情仇，为其命运揪心，暂时忘记俗事。对于一部小说来说，这就足够了。

（作者本名张兵，系重庆市作家协会副主席、重庆文学院院长）

水生人类、地域文化与战争反思

何庆平

山是海的褶皱。百万年前的海底，在地壳运动和岁月沧桑中成了如今的群山。反过来，如果群山重新被水淹没，会发生怎样的故事呢？进一步设想，如果山城重庆被水淹没了又会怎样？当人群熙攘、车马喧嚣的观音桥、朝天门，沉入碧波荡漾的海底；当人类抬头观看，见到的不是蓝天白云，而是蔚蓝的海水、漂浮的水草与游过的鱼群……这是萧星寒小说《鲤鱼池》呈现出的瑰丽奇妙的情景。或许是重庆夏季的炎热气候让他有所触动，又或是他带着孩子去观赏鲤鱼池时获得灵感，总之在某个特殊的时刻，作家脑海中突然冒出灵感：将全球变暖推演到极致会发生什么？人类会以怎样的形态生存下去呢？作家的想象力，开始如天马行空般驰骋飞扬。在现实世界观赏鲤鱼池里，别甲、黄金、秋翠、丹顶、光写等各个种类的锦鲤在争抢鱼食。在作家蓬勃发散的想象世界中，这些不同种类的鲤鱼幻化成不同家族的水生人类，为了地盘与资源发起了一波又一波的血战，激烈而悲壮的故事在浩瀚神奇的万顷碧涛之下上演。

《鲤鱼池》并非纯粹是基于想象的奇幻故事，反而有着较为详细的科幻设定。小说采用非线性叙事，主体故事先从蛟人与鲛人两大种族在观音桥的战争讲起，再讲两个族群年轻一代中最优秀的陌刀和海沫，机缘巧合进入圣地鲤鱼池内，见到祖师爷段楠和程小葵遗留的数字分身，从而得知了人类从陆生文明到水生文明的全部历史。原来，千年以前的陆生文明时代，温室气体大量排放，导致全球性持续超级高温，冰川开始大规模融化，大片陆地随之沉没，大量物种灭绝。祸不单行，冰川内的远古病毒也被释放出来，人类社会随之崩溃，陆生文明面临毁灭。人类为了继续生存而寻找和尝试各种方案，最终程小葵发现了锦鲤病毒的神奇特性，加上段楠研发的基因驱动技术，为人类找到一条可行的出路。人们通过注射锦鲤针剂，就能用鳃叶替换肺叶，用尾巴替换双腿，长出鱼鳍和鳃裂，最终变成人与锦鲤的混合基因物种——水生人。水生人在发生一系列变故后，最终基本采用单性繁殖的技术，分裂成男性的蛟人族与女性的鲛人族，最终有了千年后鲛人与蛟人的战争。

然而，以上只是小说的一重视角，作者还设置了另一条叙事线索，就是从段楠和程小葵的角度展开整个故事。在这条叙事线中，研究单性生殖的段楠和研究基因工程的程小葵两位博士生一起去观赏鲤鱼池，对着池中锦鲤展开无限遐想。上边讲述的水生文明代替陆生文明，蛟人与鲛人持续近千年的争战，陌刀与海沫的传奇经历，都只不过是段楠与程小葵两人脑洞大开想象出来的小说故事。当段楠和程小葵在讨论蛟人与鲛人的情节构思时，小说也有了一种“元叙事”的意味。这是小说的另一重视角。先前以蛟人和鲛人为主体的视角，并不必然处在以段楠和程小葵主体的视角之下。谁说蛟人和鲛人的争战，就一定只是段楠和程小葵的想象？或许在某一个宇宙时空，他们的想象变成了现实，人类真的进入水生文明，蛟人与鲛人真实存在。如同电影《少年派的奇幻漂流》一样，李安借助剧中人物讲述了一个美丽但充满梦幻的海上故事，同样也给出一个残忍但更现实的版本，取决于观众愿意相信其中哪一个。好的故事可能有多种解读角度，读者完全可以按照自己的意愿去理解，作者最初的设计已不再重要。当小说故事付诸纸面，文本就已然独立成型，不再受到作者的掌控。

无论从哪个视角去解读故事，《鲤鱼池》都不显得难懂，反而是通俗有趣、老少皆宜。小说整体架构严谨，分为"起·风起于青萍之末""承·凤皇翼其承旗兮""转·千岩万转路不定""合·得合而欲多者危"四个段落。"起""承""转""合"的提示直白而明确，让故事进程变得清晰明了，逐步揭开水生人类的历史面纱的过程，也让读者的阅读期待得到满足。小说对青少年读者足够友好，可以读懂大致的故事，可以从紧张宏大的战斗场面和惊险刺激的传奇经历中获得愉悦感；同时小说也适合有一定阅读基础的人，他们从详尽扎实的科幻设定和双线并置的视角设计中获得新奇感。通俗晓畅的语言文字、沉稳扎实的叙述风格、丰富立体的人物塑造、生动形象的场面描述，使得原本有复杂设定与背景的故事，减少了阅读的障碍和难度。这并不意味着小说会缺乏深度，相反，小说在文化内涵与思想主题上也颇有建树，尤其是小说的地域文化色彩和战争反思主题。

小说的地域文化色彩体现在与重庆相关的地名和地貌,更体现在了袍哥文化上面。蛟人一族中,有龙头大爷、圣贤二爷、当家三爷,还有六位管事,他们聚集到讲茶大堂议事。现实中,袍哥有其组织制度,更有其文化传承,他们别名"汉留",意即汉室的存留。袍哥自称是"光棍",其含义也颇有新意:"一尘不染谓之光,直而不曲谓之棍。光者明也,棍者直也,即光明正直之谓也。"如此释义突显袍哥不俗的志气与抱负。袍哥会还有奉为圭臬的书籍《海底》,里头包含各种文化仪式与切口隐语。这些袍哥文化都融入在了小说《鲤鱼池》中。蛟人之中存在"清水派""浑水派",令人联想起金庸武侠小说中丐帮的"污衣派""净衣派",展现了袍哥内部理念的纷争与派别的存在,让小说的情节内容更加丰富,人物设定更加具体。作家将袍哥文化融入小说,除了能增加趣味性,或许也是想表达这样一种理念:从陆生到水生,生存环境虽然发生剧变,但文化传承却坚不可摧、经久不衰。

小说着墨最多的,还是对战争和人类的反思。小说不仅有蛟人与鲛人持续了数百年的流血争战,连蛟人和鲛人各自内部支派也争斗不休,时不时上演夺权大战。战争,是人类诞生以来都未能制伏的芥藓之疾,是悬在人类头顶上的一把利剑。即便从陆生文明变为水生文明,人类的私心与竞争却没有停止。小说中蛟人与鲛人的大战,不过是一场大型"鲤鱼池"的争斗。庄子讲过一个"蜗角之争"的寓言故事:"有国于蜗之左角者,曰触氏;有国于蜗之右角者，曰蛮氏。时相与争地而战，伏尸数万，逐北旬有五日而后反。”蜗牛左角的国家触氏与蜗牛右角的国家蛮氏，征战不休伏尸百万。《鲤鱼池》中蛟人与鲛人征战不休，最终只是两败俱伤，遭遇螯虾帝国的入侵，与“蜗角之争”的讽刺意味相近。从螯虾帝国又引出太平洋深处已持续千年的各族争战，不正是地球各地人类争战的缩影吗？当今世界，国际形势同样紧张，地区战争尚未止歇。地球人类的这些战争，放在宇宙的时间和空间尺度来看，其实也就是一个笑话。正如小说末尾提及人类文明其实只是两次大冰期之间的间隙，文明如此渺小，更应珍惜。小说对战争的反思，表明了作家对人类的深切忧虑。故事里，蛟人和鲛人面临着战争带来的存亡危机，段楠和程小葵走向各自确定或不确定的未来，那现实中的人类又将走向怎样的未来呢？

（作者系编剧、评论家，北京师范大学文学博士）

备忘录

备忘录

备忘录